À PROPOS DE L'AUTEUR

C'est à l'âge de quinze ans que Lara Temple a lu sa première romance historique. Depuis, elle en dévore toujours des dizaines chaque année. À la seule différence qu'elle en écrit désormais elle-même, favorisant son époque préférée – la Régence – et mettant en scène des personnages féminins au caractère bien trempé.

Pour le cœur du Highlander

LARA TEMPLE

Pour le cœur du Highlander

Traduction française de
MARIE-FRANCE BALAZS-KNOPP

Les Historiques

HARLEQUIN

Collection : LES HISTORIQUES

Titre original :
UNLACED BY THE HIGHLAND DUKE

HARPERCOLLINS FRANCE
83-85, boulevard Vincent-Auriol, 75646 PARIS CEDEX 13
Service Lectrices — Tél. : 01 45 82 47 47

www.harlequin.fr

ISBN 978-2-2804-4337-1 — ISSN 1159-5981

Note de l'auteur

Ceci est mon huitième livre mais, à bien des égards, c'est aussi mon premier – mon premier Highlander, ma première collaboration avec d'autres auteures pour une série, et la première fois que j'ai fait d'un enfant l'un des personnages principaux. J'ai d'abord eu peur d'entreprendre chacune de ces « premières », mais une fois lancée, je suis tombée complètement et totalement amoureuse de chaque aspect de ce livre.

J'ai adoré travailler sur cette série avec les autres auteures, qui sont aussi de bonnes amies à moi : Janice Preston, Elisabeth Hobbes et Nicole Locke. Je n'aurais pu souhaiter meilleures partenaires sur le difficile chemin qu'est l'écriture d'une romance.

J'ai adoré procéder à des recherches – depuis les durs changements survenus dans le tissu social des Highlands durant cette période jusqu'aux petits détails concernant les genres de plantes qui furent introduites en Écosse pour la fabrication du whisky (certaines recherches sont plus savoureuses que d'autres, je l'avoue !).

Mais surtout, j'ai adoré mes personnages : Benneit, le duc de Lochmore, déterminé à faire ce qui lui semble juste même quand son cœur proteste ; Jo, la dame de compagnie, dont l'apparence posée est aussi différente que possible de ce qui se cache dessous ; et Jamie, le jeune fils de Benneit, qui adore les cartes géographiques et les explorations sur la plage autant qu'il déteste les chaussures et se tenir tranquille. Ils étaient si bien tous ensemble que j'ai eu l'impression de devoir courir pour ne pas me laisser distancer par les conflits et autres imbroglios de l'histoire qui se déroulait à toute allure vers son heureux dénouement. J'espère que vous sentirez comme moi qu'ils étaient faits pour vivre tous ensemble.

À mes complices d'écriture – Janice, Elisabeth
et Nicole. J'ai toujours voulu rejoindre
les Trois Mousquetaires – merci d'avoir fait
de ce rêve une joyeuse réalité.

Chapitre 1

Londres, 1815

— Lady Theale est ici, Votre Grâce.

Benneit ne savait pas ce qui était pire – cette fâcheuse nouvelle ou l'explosion de lumière qui lui frappa les yeux quand Angus écarta les rideaux. Ces deux raisons conjuguées lui arrachèrent un gémissement.

— Eh oui, commenta brièvement Angus, en se campant au pied du lit.

Avec son visage balafré de cicatrices, il ressemblait à l'une des gargouilles sculptées sur les remparts du château de Lochmore, venue se poster près de Benneit pour lui rappeler son devoir.

Benneit enfonça la tête dans son oreiller.

— Que diable veut-elle ?

— Jamie.

Benneit rejeta les couvertures et s'extirpa du lit.

— Jamais ! Il faudra d'abord me passer sur le corps.

— Mouais, grogna Angus. Dois-je vous raser ?

C'était davantage une suggestion qu'une question. D'un geste instinctif, Benneit passa une main sur sa joue râpeuse et grimaça.

— Non. Elle devra m'accepter dans toute ma splendeur. Quelle heure est-il ?

— 9 heures.

— 9 heures ? Mais j'ai à peine dormi trois heures ! Qu'est-ce qui lui prend, à cette femme, bon sang ?

Un sourire furtif tordit le visage couturé d'Angus.

— Vous pourrez dormir tout votre soûl quand vous serez mort, Votre Grâce.

Ce fut au tour de Benneit d'émettre un grognement, tandis qu'il ôtait sa chemise et se dirigeait vers la cuvette. Angus ne faisait pas toujours dans la dentelle. Qu'il ait eu ou non l'intention de faire allusion à Bella, ses paroles évoquèrent l'image de la jeune femme enterrée dans la crypte familiale de Lochmore, où Benneit finirait par la rejoindre un jour – perspective pire que la mort à ses yeux. Il respira à fond pour dissiper son malaise. Lorsque ce jour viendrait, il n'en saurait plus rien, Dieu merci.

— Envoyez-lui Jamie pendant que je me prépare – s'il est réveillé. Après une demi-heure en sa seule compagnie, elle réfléchira peut-être à deux fois avant de vouloir l'emmener à Uxmore.

— Il est déjà en bas.

Benneit essuya son visage ruisselant d'eau et jeta un coup d'œil à Angus, captant l'étincelle qui pétillait dans le regard bleu du géant.

— Les grands esprits se rencontrent, hein, Angus ?

— Oui, Votre Grâce. À défaut de toujours s'entendre.

Avec un soupir, Benneit reprit ses ablutions à l'eau glacée.

— Bonjour, Lady Theale.

— Hum… Vous auriez bien besoin de vous raser, Lochmore.

Benneit se composa une attitude, retenant la réplique acerbe qu'il avait déjà sur le bout de la langue.

— Si vous m'aviez averti de votre arrivée, je n'y aurais pas manqué, chère madame.

— Si je vous avais averti de notre arrivée, vous seriez déjà à mi-chemin vers la frontière !

Benneit s'avança vers la vieille dame assise dans le fauteuil favori de celle-ci, saisit la main flétrie posée sur le pommeau de la canne et la porta à ses lèvres.

— Mais non, pas plus loin que le *Potter's Bar*. Jamais je ne me mettrais en route avant l'aube, pas même pour vous.

Lady Theale ricana, profitant de la position inclinée de Benneit pour lui asséner une tape sur la joue juste avant qu'il ne se redresse.

Benneit se retourna et examina la pièce, cherchant son fils des yeux. Soudain, il se figea. Le mot « notre » ne l'avait pas frappé tout d'abord, mais il en comprit tout à coup le sens. Jamie était assis sur le sofa, sans chaussures, les jambes repliées sous lui. Et de l'autre côté de son atlas préféré ouvert devant lui se tenait une femme.

— Papa, elle m'a aidé à trouver Muck ! s'écria le garçonnet en se redressant sur les genoux.

— Vraiment ? C'est remarquable. Mais peut-elle t'aider à repérer Foula ? s'enquit Benneit.

Et s'adressant à la visiteuse :

— Bonjour, Mrs Langdale.

— Votre Grâce…

Elle s'exprimait d'une voix profonde mais sans la moindre inflexion – une voix aussi fade que sa robe de laine grise. Six ans plus tôt, pendant la première Saison de sa défunte épouse, Mrs Langdale, qui s'appelait alors Miss Watkins, portait les vieilles nippes de Bella, mais plus petite et de formes moins généreuses que sa donatrice, elle avait toujours eu l'air d'une poule efflanquée parée des plumes d'un paon, ces vêtements voyants ne s'accordant pas du tout avec ses airs effacés. Effacés, sauf ses grands yeux d'un gris profond que Bella surnommait en riant « les orbes de la vérité ».

« Personne ne peut mentir à Joane quand elle se met en tête de vous extorquer la vérité. Elle n'a qu'à vous regarder et les mots vous échappent avant que vous ne vous en rendiez compte. Papa prétendait qu'elle aurait rendu grand service à Wellington pendant la guerre. »

Benneit se rappelait ce jugement de Bella sur sa cousine

pauvre parce qu'il l'avait trouvé très juste – un éclair de perspicacité rare chez sa défunte épouse.

— Et comment va Mr Langdale ? s'informa-t-il poliment.

— Mr Langdale n'est plus de ce monde, je vous remercie.

— Voyons, Lochmore ! persifla Lady Theale. Cela fait deux ans que le malheureux est mort !

Une rougeur inhabituelle envahit le visage de Benneit, qui s'inclina, embarrassé.

— Je suis désolé.

Mrs Langdale hocha la tête sans un mot et il sentit ses joues s'empourprer un peu plus. C'était absurde ! Sans avoir l'air d'y toucher, cette petite souris de femme le ramenait dix ans en arrière et il avait l'impression d'être redevenu un gamin.

Il se tourna vers son fils.

— Ôte tes pieds du sofa, Jamie.

Ce dernier lui adressa un clin d'œil et sourit, sans doute conscient que cette interdiction inhabituelle était une concession aux convenances destinée à calmer la grand-tante.

Il retira ses pieds de dessous lui.

— Mais j'ai enlevé mes chaussures pour ne pas salir, voyez !

— C'est très poli à toi, commenta Mrs Langdale.

— Non, ça ne va pas ! intervint Lady Theale, péremptoire.

Benneit se tourna de nouveau vers elle. Voilà, cela recommençait ! Depuis la mort de Bella, deux ans plus tôt, les Uxmore avaient procédé à de vigoureuses tentatives pour le convaincre que cela vaudrait beaucoup mieux pour Jamie d'être confié aux soins de leur grande famille plutôt que de rester seul avec son père en Écosse. Chaque fois, Benneit les avait envoyés promener. Depuis la mort de son père l'année précédente, ils avaient mis leurs revendications en sourdine, respectant la période du deuil. Mais de toute évidence, ils n'avaient fait que rassembler leurs forces avant de lancer de nouveau leurs troupes à l'assaut. Et leur général en chef était Lady Theale, sœur de Lord Uxmore et matriarche de ce clan ambitieux.

— C'est très aimable à vous d'avoir fait tout ce chemin pour voir Jamie, Lady Theale, mais il se trouve que nous partons demain pour Lochmore. Des affaires urgentes m'attendent là-bas et nous ne pouvons pas retarder notre départ.

— Vraiment ? Serait-ce que les amusements se font rares en ville ?

— Pas du tout, mais j'en ai eu mon content pour le moment. Jusqu'à la prochaine fois.

Lady Theale dévoila ses dents dans un sourire.

— Joane, j'aimerais m'entretenir un instant en privé avec Lochmore. Pouvez-vous emmener Jamie dans la pièce voisine, je vous prie ?

Mrs Langdale se leva.

— Où est la carte murale dont tu m'as parlé, Jamie ? demanda-t-elle au petit, qui sauta sur ses pieds.

— Elle est immense, mais pas aussi grande que celle que nous avons à la maison, expliqua-t-il avec enthousiasme. C'est grand-maman qui l'a peinte pour papa, quand il avait un peu moins que mon âge. Et il y a des fléchettes !

— Des fléchettes ? Il faut absolument que je voie cela. Viens vite !

— Nu-pieds, Lochmore ! se récria Lady Theale, dès que la porte se fut refermée sur Mrs Langdale et Jamie. Cet enfant se promène nu-pieds !

Benneit haussa les épaules.

— Qu'est-ce qui vous amène, Abigail ?

— Vous le savez parfaitement, Benneit. Je veux que le fils de Bella soit élevé comme un futur duc et non comme un animal sauvage.

Benneit lui jeta un tel regard que la voix de la bonne dame faiblit un instant, mais elle n'en poursuivit pas moins :

— Il devrait être au moins confié aux bons soins d'une femme.

— Il a Moody, sa nourrice.

— Sa nourrice, parlons-en ! Elle a au moins soixante-dix ans. Ce garçon a besoin de quelqu'un de jeune et d'assez énergique pour s'occuper de lui pendant les deux années à venir, jusqu'à ce qu'on l'envoie à l'école. Ou mieux encore, mettez-le en pension à St Stephens, comme vous jadis. C'est à peine à dix miles d'Uxmore et nous serons là pour lui rendre visite chaque fois que ce sera nécessaire. C'est toujours une excellente institution, qui le préparera à son futur rôle dans la société. Vos parents étaient d'accord là-dessus et je ne vois aucune raison de remettre leur choix en question. Si Bella avait vécu, je suis sûre qu'elle vous aurait donné le même conseil. Elle a toujours souhaité conserver des liens étroits avec la famille, vous le savez fort bien. Cette décision comblerait tous ses vœux.

Benneit se détourna, serrant les mâchoires pour réprimer la colère que ces paroles suscitaient en lui. « Ou mieux encore… », avait dit Lady Theale. Que savait-elle de ce qu'éprouvait un enfant relégué à des centaines de miles de tout ce qu'il aimait, juste pour devenir conforme à l'idée qu'elle se faisait d'un duc ?

— Vous vous méprenez. Mon père et ma mère ne m'ont pas envoyé à St Stephens pour me préparer à mon futur rôle, mais pour pouvoir se disputer tout leur soûl et se rendre mutuellement aussi malheureux que possible sans m'avoir dans les jambes. Cela ne s'applique pas à Jamie, que je sache. C'est en apprenant à connaître Lochmore jusqu'à son dernier acre de terre et son plus humble métayer qu'il deviendra un duc digne de ce titre, et non en subissant les coups d'une brute de maître d'étude et les brimades des garçons plus âgés.

Lady Theale contempla un instant le pommeau de sa canne et exhala un soupir.

— Votre mère était l'une de mes plus proches amies, Benneit, et comme c'est par mon entremise qu'elle a rencontré votre père, j'avoue que je me sens un peu responsable. C'était une femme brillante, mais je suis la première à reconnaître qu'elle avait un caractère instable et n'était pas toujours très… hum… chaleureuse. Malheureusement, votre père lui ressemblait sur ces deux points, ce qui a produit une union plutôt tumultueuse. Néanmoins, en dépit de leurs défaillances, ils s'aimaient profondément et vous chérissaient aussi, même si j'admets qu'ils ne savaient guère le montrer.

— Je ne demande pas qu'on me plaigne, Abigail. Pour la dernière fois, écoutez bien ceci : je n'accepterai *jamais* que Jamie soit confié à la famille de Bella. Il est mon fils, ma seule famille comme je suis la sienne. Personne ne l'aimera jamais autant que moi. Comprenez-vous ce que cela veut dire ?

Lady Theale hocha la tête.

— Cela vous surprendra peut-être, mais oui, je comprends. Vous avez toujours été très proche de lui, au point que Bella en était jalouse. Elle affirmait que vous aimiez mieux Jamie qu'elle et pour quelqu'un comme elle, c'était là une faute capitale, croyez-moi. Mais là n'est pas la question. Lorsqu'elle est morte, j'ai pensé qu'il serait mieux de prendre le petit avec nous. S'occuper d'un très jeune enfant n'est pas une tâche facile pour un homme seul, surtout dans cet immense château traversé de courants d'air… Enfin, cela tombait sous le sens. Mais je dois reconnaître que, si revêche que vous soyez, il n'a pas trop perdu à être élevé par vous. Aussi ai-je décidé de le laisser près de vous.

— C'est trop généreux de votre part !

— À une condition…

— Il n'y a pas de conditions, Abigail. Vous n'avez aucune autorité pour en imposer, pas plus que Lord Uxmore. Je souhaite que Jamie connaisse et aime la famille de Bella et vous serez toujours les bienvenus chez nous, que ce soit à Lochmore ou à Londres, mais votre pouvoir ne va pas au-delà. Je suis las de ces querelles.

— Vous semblez las de bien plus que cela, Benneit. Vous manque-t-elle encore au point que vous ne trouviez pas de meilleure façon de passer votre temps que de vous cacher dans des montagnes glacées ou de brûler la chandelle par les deux bouts, ici en ville ?

— Je vais parfaitement bien et Jamie aussi. Et à part son aversion pour les longs trajets en voiture, cela ne lui cause aucun désagrément d'habiter en ville avec moi. Quant à amener une femme à Lochmore, qu'il s'agisse d'une belle-mère ou d'une simple dame de compagnie, ce sera moi qui choisirai.

— Je n'en espérais pas moins. Mais tout ce que vous avez fait depuis deux ans, c'est de chercher votre propre plaisir avec vos aventures de haut vol. Qui est-ce à présent ? Lady Atkinson ? Ou était-ce lors de votre précédent séjour en ville ? Et avez-vous besoin de traîner ce pauvre enfant avec vous ? Votre tante peut sûrement s'occuper de lui au château, non ?

— Au nom du ciel, je ne laisserais même pas mon chien aux bons soins de Morag ! D'ailleurs, elle ne veut rien avoir à faire avec Jamie. Elle reste dans son coin du château et ne lève le nez de son verre de whisky que pour se plaindre que sa provision d'alcool s'épuise.

— C'est à ce point ? Raison de plus pour installer une présence féminine stable à la maison…

Benneit interrompit la vieille dame.

— Lady Theale, vous êtes la commandante en chef incontestée des Uxmore, mais Bella n'est plus là et vous ne détenez et ne détiendrez jamais aucune autorité sur Jamie. Si vous continuez à me pousser sur ce point, vous n'allez pas tarder à comprendre exactement ce que voulait dire Bella quand elle me traitait d'insupportable entêté.

Il fut surpris de voir Lady Theale sourire.

— Je crois que je m'en fais déjà une idée assez juste. Bella n'a jamais pris vraiment votre mesure, vous savez. Elle pensait que vous étiez ce que tout le monde, y compris elle-même, voyait à la surface – le riche et séduisant futur héritier d'un duché. Que voulez-vous ? Les gens qui naissent avec une cuillère en argent dans la bouche sont ainsi.

Benneit émit un rire un peu amer et la vieille dame secoua la tête.

— Je faisais allusion à Bella, pas à vous, précisa-t-elle. Mais que vous acceptiez ou non de l'entendre, j'ai raison en ce qui concerne Jamie. Le priver de toute compagnie en dehors de la vôtre dans cette monstruosité de château n'est pas une solution plus avisée que celle que vos parents avaient choisie pour vous, Benneit.

Benneit s'assit et frotta son menton râpeux. Lady Theale avait beau jouer les mouches du coche, elle était loin d'être sotte et aimait sincèrement Jamie.

Il exhala un soupir.

— Si cela peut vous apaiser, j'avoue qu'il aurait besoin d'une compagnie féminine et surtout de frères et sœurs. C'est pourquoi j'ai décidé de me remarier.

Lady Theale arqua les sourcils.

— Vraiment ? Et avec qui ?

— Quelqu'un que ne rebutera pas, cette fois, la perspective d'habiter des « montagnes glacées » ou la crainte de gâter sa silhouette avec une grossesse.

Lady Theale soupira.

— Bella ne demandait pas mieux que d'aimer votre château, mon garçon. Mais Lochmore se trouve bien loin de Londres.

— Justement !

— Vous avez quelqu'un en vue ?

— Cela vous rassurera peut-être de savoir que le bien de Jamie me tient à cœur au point que je songe à faire d'une pierre deux coups – lui trouver une mère et combler le fossé entre les Lochmore et les McCrieff.

— Et les McCrieff sont d'accord ? J'ai entendu dire qu'il y avait toujours eu de la bisbille entre vos deux familles.

— C'est un euphémisme. Nous avons derrière nous une longue et sordide histoire, où abondent les causes réelles et imaginaires de ressentiment réciproque. Même le fait que mon grand-père ait convaincu le vieux roi George de lui accorder un duché et qu'il ait aggravé l'insulte en gardant pour titre le nom du clan a ajouté de l'huile sur le feu. La balance est devenue à peu près égale quand les McCrieff ont rejeté la main de ma tante Morag, vengeant ainsi le refus de mon père d'épouser une McCrieff. Mais leur chef de clan actuel, différent en cela de ses aïeux, se rend bien compte que ce conflit entre nous affecte nos affaires. Ce n'est bon ni pour nos troupeaux ni pour le commerce du varech dans la région. Beaucoup moins fortuné que nous, Lord Aberwyld en souffre davantage encore que les Lochmore. De mon côté, cette inimitié gêne certains de mes projets. C'est pourquoi, depuis la mort de mon père, je tâte le terrain.

— On ne tâte pas le terrain, comme vous dites, avec un homme comme McCrieff. Je le connais. Si les choses en sont là, il a déjà dû engager des hommes de loi pour rédiger les contrats.

Benneit haussa les épaules. Lady Theale n'était pas loin de la vérité.

— Si je comprends bien, ce voyage est donc votre dernière incartade, Lochmore. Une façon d'enterrer votre vie de veuf, en quelque sorte. Mais même si vous avez déjà choisi votre future épouse, tous ces préliminaires prendront du temps. Pourquoi ne pas emmener Joane avec vous à Lochmore ? Elle tiendrait compagnie à Jamie tant que vous n'aurez pas procédé à d'autres arrangements. Quand vous trouverez qu'elle est de trop, eh bien, vous n'aurez qu'à me la renvoyer.

Benneit haussa les sourcils.

— Vous parlez d'elle comme s'il s'agissait d'un livre ou d'un meuble ! « Emmenez-la dans les Highlands et renvoyez-la quand vous en aurez assez… »

— Oh ! ce sera aussi pour son bien à elle. Ma nièce Celia en demande un peu trop à Joane. La pauvre fille a à peine eu le temps de pleurer son époux.

— Qu'est-il arrivé à ce dernier ?

— Il s'est brisé le cou en tombant de cheval. Un grand malheur. Il était accablé de dettes au moment de sa mort et la maison et tout le reste étant inaliénables, sa veuve s'est retrouvée démunie. Elle ne possède pas grand-chose en dehors de ses compétences.

— Une chute de cheval, Langdale ? Je croyais que c'était un vrai centaure.

— On devient imprudent quand on est trop sûr de soi. Si vous voulez mon avis, finir ainsi était sans doute pour lui la meilleure mort qui soit. Ses chevaux comptaient plus que n'importe quoi à ses yeux, peut-être même plus que la pauvre Joane elle-même. Dans un an ou deux, je lui trouverai un autre mari. Mais pour le moment, cela servira nos desseins à tous deux si elle s'occupe de Jamie jusqu'à votre remariage. Elle est parfaite avec les enfants, vous savez.

— Je n'en doute pas, mais… Oh ! d'accord ! céda Benneit. Mais c'est la dernière fois que vous interférez dans mes affaires ou celles de Jamie. Est-ce clair, Abigail ?

— Très clair. Je pourrais difficilement ne pas comprendre. Vous étiez plus courtois autrefois, Benneit. Ces années passées dans les frimas du Nord vous ont dépouillé de vos façons charmantes. Allez donc chercher Joane et votre fils. Et obligez cet enfant à mettre des chaussures, pour l'amour du ciel ! Un futur duc ne se promène pas pieds nus. C'est tout à fait inconvenant !

Chapitre 2

— Regardez ! s'exclama Jamie en désignant le mur. Elle est belle, n'est-ce pas ?

Jo dut admettre que la carte était magnifique. Ce n'était pas un planisphère encadré : elle avait été peinte directement sur le mur, et comme Jamie l'avait annoncé, elle était immense.

— Grand Dieu ! Elle est aussi vaste que le monde, observa-t-elle, pour la plus grande joie du petit garçon.

Il avait le rire de son père, nota-t-elle, et il était étrange d'entendre ce son bas et profond jaillir d'un si jeune enfant. Mais comme celui de Lord Lochmore, c'était un rire communicatif et Jo ne put s'empêcher de sourire. C'était bizarre qu'elle se souvienne du rire du duc, même après si longtemps. L'homme qui se tenait en ce moment dans le salon semblait si peu capable de rire ! La mort de Bella l'affectait-elle encore à ce point ?

— Ne dites pas de bêtises, pouffa Jamie, en se hissant sur la pointe des pieds. Elle n'est pas aussi grande que le monde car il n'y aurait pas assez de place sur le mur pour tout faire rentrer, vous ne croyez pas ?

— C'est vrai. Tu es futé, dis donc !

— C'est ce que dit papa. Il pense que je suis le plus intelligent de tous les Lochmore, y compris lui.

— Vraiment ? Je suppose qu'il faut être très intelligent pour savoir que quelqu'un est encore plus intelligent que soi.

Jamie plissa le front.

— Alors qui est le plus intelligent ? Papa ou moi ?

— Eh bien, disons que vous êtes tous les deux plus intelligents que moi, car je suis bien incapable de répondre à cette question.

Jamie la dévisagea, levant vers elle ses prunelles étonnamment brillantes en dépit de leur couleur sombre. Il avait les yeux de Bella, ombrés de cils épais et légèrement étirés vers les tempes. Quant au reste de son visage, on ne pouvait pas dire encore s'il avait hérité des traits anguleux de son père et de leur charme viril ou de la délicate beauté de sa mère. Quoi qu'il en soit, avec deux parents aussi remarquables, il ne pouvait que devenir un séduisant jeune homme.

— Moi, je crois que vous êtes très intelligente, déclara-t-il enfin avec le plus grand sérieux. Vous avez trouvé Muck et moi je le cherchais depuis des jours ! Je veux devenir explorateur, vous savez.

— Cela ne m'étonne pas. Tu as tout à fait les pieds d'un explorateur.

Jamie, interloqué et ravi, baissa les yeux vers ses bas.

— C'est vrai ?

— Oh ! oui ! J'ai un don pour voir ce que sont vraiment les gens. Est-ce que tu exploreras Muck ?

Jamie esquissa une moue.

— Papa dit que j'ai déjà un peu trop le goût de l'exploration – à en croire la boue que j'ai toujours aux pieds.

Il pointa le doigt vers le planisphère.

— Vous avez dit qu'on allait aussi chercher Foula.

— Eh bien allons-y, dans ce cas. Notre bateau part de Muck ?

— Non, de chez moi. Vous savez où est ma maison ?

Joane se tourna vers la carte, traçant du bout du doigt la route depuis Inveraray.

— Ici ?

— Non, un peu plus par là…

Comme il se haussait en vain pour atteindre le point qu'il désignait, Jo le souleva dans ses bras. Jamie se raidit un peu avant de se caler sur sa hanche, posant le bout d'un index potelé sur une minuscule étendue de terre verte entourée de bleu. La couleur était un peu effacée à cet endroit, comme s'il avait été souvent touché. Par Jamie ou par le petit Benneit Lochmore autrefois ?

— Ici.

Jo sentait à peine le poids de l'enfant sur sa hanche. Il ne pesait pas très lourd, bien qu'il soit plus grand que Philip, le petit-cousin de Jo, âgé lui aussi de quatre ans. Jamie lui enlaça la nuque de son bras mince, tandis qu'il se penchait en avant pour lui montrer son île. Elle sentait contre elle la chaleur douillette de son petit corps. Souvent, elle tenait ainsi les enfants de sa cousine, parce que cela faisait partie de son rôle. Tante Joane était là pour cela, n'est-ce pas ? Elle vous soulevait, vous reposait à terre, vous cherchait, s'occupait de vous…

Mais cette fois, c'était différent !

Elle n'avait pas pris cet enfant dans ses bras parce que c'était ce qu'il attendait d'elle, mais bien parce qu'il n'attendait rien de tel, au contraire. Cela, elle l'avait compris à l'instant même où le garçonnet avait pénétré ce matin dans le salon, conduit par sa vieille nourrice et le géant balafré à la tignasse rousse. Comme son père, Jamie était lui-même une île, il se suffisait à lui-même, introverti et secret malgré son enjouement. Six ans plus tôt, elle avait observé la même particularité chez Benneit Lochmore – quelque chose de silencieux, d'observateur et d'inaccessible sous le charme souriant de l'homme. Elle s'était sentie mal à l'aise sous son regard, comme s'il avait pu lire en elle à travers sa propre armure et déchiffrer ses pensées amères, son ressentiment.

— Vous avez de beaux cheveux, remarqua Jamie d'une voix songeuse.

Elle faillit le lâcher, mais il resserra ses petites jambes autour de sa taille.

— Tu trouves ?

— Ils ont la même couleur que le désert dans mon nouveau livre. Papa l'a acheté ici, dans la grande librairie. C'est mon livre préféré et papa me fait la lecture mais je peux lire certains mots, moi aussi. J'explorerai le désert quand je serai grand. On y trouve des chameaux ! Vous savez ce que c'est, un chameau ?

— Dis-moi.

— C'est comme un cheval parce que vous montez dessus, mais il a deux montagnes sur son dos et une figure toute triste comme Flops. Flops est mon chien.

— J'aime bien ce nom.

— Son vrai nom est Molach, ça veut dire « poilu » en écossais, mais je l'appelle Flops parce que quand il rentre dans une pièce, ses poils sont si longs qu'ils font *flop-flop* comme un tapis.

Jo éclata de rire.

— Oh ! il faut que je voie cela !

— Apparemment, vous en aurez l'occasion, déclara une voix grave derrière eux.

Jo se raidit mais ne lâcha pas Jamie. Elle se tourna vers la porte.

Le duc se tenait sur le seuil et elle lut une telle animosité dans son regard qu'elle dut résister à la tentation de serrer l'enfant contre elle tel un bouclier. Dès que Benneit Lochmore était entré dans le salon, elle avait remarqué à quel point il avait changé depuis leur dernière rencontre quelques années plus tôt. Mais à présent, la différence entre cet homme aux tempes légèrement argentées, aux mâchoires crispées et au regard étréci de colère, et le jeune homme dont elle avait gardé le souvenir lui semblait encore plus prononcée, comme si les quelques instants qui venaient de s'écouler l'avaient vieilli davantage encore. Il ressemblait à ce qu'avait sans doute été le duc de Lochmore deux siècles plus tôt, quand ce dernier se préparait à livrer bataille pour défendre son domaine. Et peut-être était-ce exactement ainsi que Benneit Lochmore voyait les choses.

Elle reposa Jamie sur le sol.

— Vraiment ? fit-elle. Voilà qui me surprend, je l'avoue. J'ai parié avec ma tante que vous refuseriez son offre.

— Si cela avait été une *offre*, comme vous dites, je l'aurais refusée, croyez-moi, rétorqua le duc.

Il se tourna vers son fils.

— Viens ici, Jamie.

— Vous êtes fâché, papa ?

Jo rencontra le regard vert sombre du duc, où elle vit refluer lentement la colère. Cette froide absence d'expression lui parut nouvelle également. Elle croyait avoir pris la mesure de Benneit Lochmore six ans plus tôt, à Londres, quand il était tombé sous le charme irrésistible de Bella, mais peut-être n'en était-il rien ?

Ce dernier sourit à son fils.

— Oui, Jamie. Mais pas contre toi.

Il n'y avait rien de contraint dans ce sourire, ce qui étonna Jo. Cela aussi était nouveau pour elle, bien qu'elle l'ait souvent vu sourire à Bella.

— Contre tatie Theale alors ? Ou cousine Joane ? questionna Jamie, mi-inquiet, mi-curieux.

— Surtout contre moi-même, Jamie. Mais c'est sans importance. Viens dire au revoir à Lady Theale.

— Mais tatie Theale n'aime pas mes pieds, papa. Est-ce que je dois d'abord aller chercher mes chaussures ?

Le duc examina les petits pieds enveloppés dans leurs mi-bas. Puis il leva les yeux vers Jo, une expression de défi moqueur dans ses iris verts.

— Non, ce n'est pas la peine.

Chapitre 3

— J'ai mal au ventre, papa, gémit le garçonnet, qui se tortillait sur le siège de la voiture.

— Ferme les yeux, Jamie, et essaie de dormir, répondit sans conviction Benneit, tout en tirant le petit bassin de dessous la banquette pour parer à l'inévitable.

Il détestait laisser Jamie seul en Écosse lorsqu'il venait à Londres, mais le voyage était un enfer, il lui fallait bien l'admettre. Les premiers moments d'excitation passés, après avoir sauté d'un coin à l'autre de l'habitacle et s'être intéressé aux vues de Londres qui défilaient derrière la vitre, Jamie était devenu morne et triste, ce qui par contagion rendait Benneit irritable et la nurse, Moody, particulièrement morose.

La présence de Joane Langdale n'avait pas eu jusqu'ici l'heureux effet escompté par sa tante. Les derniers miles s'étaient effectués en silence. Jamie feuilletait le petit atlas que Benneit lui avait acheté chez Hatchard, sa nurse somnolait en éternuant de temps à autre et Mrs Langdale regardait dehors d'un air absent. Devant l'imminence du désastre, Benneit envisagea d'adopter la solution du lâche en changeant de place avec Angus, qui accompagnait l'attelage à cheval, monté sur une haridelle de louage.

— Mon ventre me fait mal, papa…, pleurnicha de nouveau Jamie.

Benneit voulut saisir la cuvette, mais Joane Langdale devança son geste en prenant Jamie sur ses genoux. Tournant le visage de l'enfant vers la fenêtre, elle caressa doucement sa petite joue blême.

— Ton ventre te fait mal ? C'est parce que tu as oublié de le nourrir, lui chuchota-t-elle.

— Mais je n'ai pas faim !

— Qui te parle de nourriture, nigaud ? C'est d'histoires qu'il s'agit. Ton petit ventre voit passer au-dehors des douzaines et des douzaines d'histoires et tu ne lui en as même pas offert une ! Pas étonnant qu'il proteste…

Jamie regarda par la fenêtre. Ils atteignaient le sommet d'une colline surplombant les champs et l'on apercevait quelques maisons accotées à un bosquet de vieux chênes. Il n'y avait rien là qu'une banale campagne anglaise. Rien de bien distrayant pour un enfant ! Benneit jeta à Joane un regard réprobateur, mais elle ne le remarqua pas ou choisit de l'ignorer.

— Je ne vois pas d'histoires ! observa Jamie d'un ton soupçonneux.

Joane haussa les sourcils, écarquillant les yeux.

— Vraiment ? Pas même celle du fermier Scrumpett et de son cochon, là-bas ? Regarde mieux !

Jamie se pencha, sa menotte agrippée à l'encadrement de la fenêtre.

— Où ?

— Hum, tu as dû la manquer, mais il y en a d'autres un peu partout. Tu vois cette petite maison blanche ?

Jamie pressa son front contre la vitre.

— Celle-ci ?

— Exactement. C'est là qu'habite Mrs Minerva Understone avec ses souris magiques. C'est pourquoi la maison est peinte en blanc, tu comprends. À cause des chats.

— Les chats n'aiment pas le blanc ?

— Au contraire, ils l'adorent, cela leur fait penser à du lait et ils accourent à la pelle.

— Mais les chats mangent les souris !

— C'est vrai, mais pas les souris magiques. Tu comprends, les chats pourchassent les souris parce qu'ils essaient tous de trouver leur souris magique et ils sont très fâchés quand ils voient que ce n'est qu'une souris ordinaire, c'est pourquoi ils la mangent. Sais-tu que les chats et les souris étaient jadis les meilleurs amis du monde ? Et que les souris étaient alors aussi grosses que les chats et deux fois plus futées ? Un méchant sorcier leur a alors jeté un sort qui les a rendues petites et insignifiantes. Mais un jour par an, le sortilège est levé. Tous les chats se souviennent alors de leurs amies. Ils accourent au cottage de Mrs Minerva Understone et dansent et jouent avec les souris comme ils le faisaient jadis.

— Mais je ne vois pas de chats !

— C'est parce qu'ils ne viennent là qu'une fois par an, pour le solstice d'été.

Jamie se rembrunit.

— C'est une histoire triste.

— Oui et non. Ce serait encore plus triste s'il n'existait pas ce jour spécial où chats et souris se souviennent qu'ils se sont beaucoup aimés jadis.

— Mais pourquoi est-ce que ça se passe au cottage de cette… Minderda ? Est-ce que c'est aussi une sorcière ?

— Oh ! oui, et une très puissante sorcière, même ! Minerva m'a appris un sortilège, tu veux l'entendre ?

— Un vrai sortilège ?

— Euh… Pas tout à fait. C'est plutôt une chanson au sujet d'un sortilège. Voici…

Joane s'éclaircit la gorge et gonfla le menton.

— *Remous et bouillons, problèmes à venir, enfile tes chaussures, mon garçon, ou il va t'en cuire !*

Jamie éclata de rire.

— Ce n'était pas Minerva, vous avez confondu. C'était tatie Theale !

— Oh ! tu crois ? Peut-être sont-elles sœurs. Des sœurs secrètes, bien sûr.

— Minerva me semble bien trop bienveillante pour être apparentée à Lady Theale, intervint tout à coup Benneit.

Joane tourna vers lui un regard pétillant de gaieté. Mais déjà Jamie la tirait par la manche.

— Racontez-moi d'autres histoires, cousine Joane !

— D'accord, mais appelle-moi Jo. Cousine Joane ne raconte pas d'histoires, elle ourle des mouchoirs et va chercher des châles quand quelqu'un a froid. C'est Jo qui raconte des histoires.

— Et vous, laquelle êtes-vous ? demanda Jamie avec le plus grand sérieux.

— Tantôt je suis l'une, tantôt l'autre, cela dépend des jours, exactement comme tu es parfois un explorateur et parfois Jamie qui ne retrouve pas ses chaussures.

Jamie sourit.

— Je sais toujours où elles sont. Mais il y a des jours où je n'ai pas envie de les trouver.

— Exactement ! C'est la même chose pour moi. Aujourd'hui, je n'ai pas envie d'être cousine Joane. Alors je suis Jo.

— Racontez-moi une autre histoire, Jo, s'il vous plaît ! supplia le garçonnet.

Jo le fit pivoter sur ses genoux, de façon à le tourner de nouveau vers la fenêtre.

— Très bien. Dis-moi ce que tu vois et je te raconterai une histoire à ce sujet.

Jamie fouilla le paysage du regard.

— Ça ! s'écria-t-il enfin. Ce gros arbre près du ruisseau, vous le voyez ?

— Oh ! cet arbre ? Tu es vraiment un explorateur, Jamie. Peu de personnes auraient remarqué combien cet arbre est extraordinaire.

Benneit s'adossa à la banquette, écoutant à demi l'histoire que racontait Joane, un conte avec des renards, des lapins, et une chèvre qui lui faisait irrésistiblement penser à Godfrey, le frère de Bella, ainsi qu'une fouine qui évoquait de façon encore plus évidente sa belle-sœur Celia. Il y avait aussi une petite fille qu'une vieille souris aveugle avait capturée, afin qu'elle l'aide à retrouver une paire de besicles égarée dans l'un des multiples couloirs d'un labyrinthe. L'histoire était à la fois absurde et émouvante, mais surtout, elle captivait Jamie, dont le regard ne cessait d'explorer le paysage à la recherche des endroits évoqués par Jo – une petite hutte, un vieil homme conduisant un cochon, la forme particulière d'un nuage.

Enfin, les questions de Jamie fasciné commencèrent à se tarir. Il bâilla, s'appuya contre l'épaule de Joane et ses paupières se fermèrent. Elle continuait à parler d'une voix de plus en plus basse, mais ce fut seulement quand la respiration de l'enfant se fit plus profonde qu'elle s'arrêta, effleurant de son souffle les boucles noires sur le front du petit dormeur.

— Merci, chuchota Benneit d'une voix qu'il trouva lui-même un peu brusque et qui n'exprimait certes pas la gratitude.

Pourtant, Joane sourit. Contre la chevelure sombre de Jamie endormi, son profil délicat se détachait tel un camée, avec le léger renflement de la lèvre inférieure et le contour accentué du menton.

Une obstinée, songea Benneit. Joane Langdale était peut-être la bête de somme des Uxmore, mais Jo était une tout autre personne.

Après tout, ce ne serait peut-être pas si mal pour elle de rester avec eux jusqu'à ce qu'il ait finalisé ses transactions avec les McCrieff. Il serait absorbé par ses propres affaires et elle pourrait se rendre utile. Une personne capable de distraire Jamie de son mal de ventre pendant un trajet en voiture valait la peine qu'on la garde sous la main !

Chapitre 4

— L'Angleterre est derrière nous, Mrs Langdale, observa Benneit à voix basse, pour ne pas réveiller son fils. Bienvenue au pays du vert et du gris, des vaches, des brebis, des mariages précipités et du whisky, dont je voudrais bien avoir un flacon sur moi en cet instant.

Jo jeta un regard par la fenêtre, mais il n'y avait pas grand-chose à voir. La pluie glissait ou tambourinait tour à tour sur la vitre, et en dépit des briques chaudes sous ses pieds, elle frissonnait. Le manteau que Celia lui avait donné, après qu'elle eut gâté le sien en retirant l'un des enfants d'une mare boueuse, était de piètre qualité et pas même doublé. Il ne la protégeait guère contre l'air froid qui s'insinuait dans la berline par rafales, tandis que l'attelage cahotait sur une portion de route creusée d'ornières.

Jo posa la main sur la vitre froide, regardant disparaître au loin, fondus dans le vert des prairies, les cottages bas à la silhouette brouillée par la pluie et le crépuscule.

L'Écosse.

Elle détacha le rideau et le rabattit sur la fenêtre, occultant ainsi la vue.

La voix de Benneit Lochmore s'éleva dans l'obscurité de l'habitacle.

— Non !

Jo se retourna dans un sursaut, secouée par la rudesse du ton.

— Relevez-le. Le rideau, je veux dire.

Trop surprise pour obéir aussitôt, elle tenta d'argumenter.

— Mais… Il fait froid.

Déplaçant le corps endormi de Jamie, le duc fouilla sous la banquette et en tira une épaisse couverture de laine aux teintes vives.

— Mettez cela autour de vous, ordonna-t-il. Et laissez le rideau ouvert.

Perplexe, Jo rattacha le lien de cuir et déplia le plaid. La laine en était douce et chaude. Elle le drapa autour d'elle, reconnaissante mais déconcertée. Puis une bouffée d'irritation s'empara d'elle, un peu tardive, certes, mais bienvenue. Elle n'allait pas rester longtemps en Écosse, après tout. Alors pourquoi ménager Benneit Lochmore quand il se comportait en malotru ? Elle n'avait pas à se montrer complaisante comme à Uxmore.

— S'il vous plaît ! lança-t-elle.

Le duc fronça les sourcils.

— S'il vous plaît quoi ?

— « S'il vous plaît, Mrs Langdale, cela vous dérangerait-il de laisser le rideau ouvert ? » C'est tellement plus facile de faire la tête en regardant tomber la pluie et la nuit dans toute leur gloire…

Le duc gonfla le torse avant d'exhaler lentement son souffle.

— Je considérais Lady Theale comme une femme avisée, mais à présent j'éprouve des doutes. Elle m'a assuré que vous ne me donneriez aucune raison de me plaindre, Mrs Langdale.

— Veuillez m'excuser de vous en avoir fourni une, Votre Grâce.

Il secoua la tête en soupirant de nouveau.

— Vous devriez plutôt vous excuser de me culpabiliser ainsi. À cause de vous, voilà que je me sens un grossier personnage.

— Je n'assume que la responsabilité de mes propres fautes, Votre Grâce. Les vôtres ne sont pas de mon ressort.

Jo avait pris un risque, elle le sentait, mais son audace se révéla payante. Le duc parut se détendre et un léger sourire incurva ses lèvres.

— Frapper un homme à terre n'est pas très fair-play, Mrs Langdale.

— Peut-être pas. Mais on l'atteint beaucoup plus aisément dans cette position !

Avec un petit rire, il se tourna vers la fenêtre, contemplant le paysage qui défilait sous ses yeux. Jo attendit un instant avant de l'imiter.

On n'entendait plus que le crépitement de la pluie et la paisible respiration des dormeurs à l'intérieur de l'habitacle. Benneit regardait le paysage teinté de vert et de gris glisser derrière la vitre. Après la réflexion impertinente de Joane Langdale, il se sentait partagé entre l'amusement et l'irritation – une irritation surtout dirigée contre lui-même. Comment diable s'y prenait-il pour que leurs échanges tournent toujours aussi mal que possible ?

Bon, elle n'avait pas tort. Il avait eu une réaction instinctive, mais beaucoup trop brutale. D'habitude, il contrôlait ces manifestations hautaines qui révélaient par trop le sentiment de sa condition sociale, mais parfois, quand il se sentait las, cette maîtrise craquait. Et lorsque c'était le cas, cela lui laissait ce petit goût amer dans la bouche.

Il remua sur son siège, irrité par sa propre faiblesse. Bien que trentenaire, il se comportait encore avec l'impulsivité irrationnelle d'un adolescent.

Il jeta un coup d'œil vers Joane, mais elle ne se tourna pas vers lui. Elle ressemblait à une gamine, ainsi enveloppée dans la couverture bariolée de Mrs Merry. La gouvernante avait utilisé toutes les couleurs de laine qu'elle avait pu trouver pour tricoter ce plaid. Le résultat était à la fois désastreux et charmant, évoquant le fouillis de fleurs multicolores d'un jardin anglais. Ces teintes éclatantes faisaient ressortir, par contraste, le teint délicat de Joane, d'une douceur éthérée. Fantôme plutôt que fée ! songea-t-il avec amusement, en se rappelant les récits de la jeune femme.

D'un geste furtif, elle releva la couverture, frottant sa joue contre la laine avec une sensualité quasi féline. Ce mouvement troubla étrangement Benneit.

L'espace d'un instant, malgré le bruit des roues cahotant sur la route, il eut presque l'impression d'entendre le frottement de la laine sur la douce peau satinée. Il remua les jambes, surpris par sa propre réaction, avant de se concentrer de nouveau sur le paysage gris noyé par la pluie.

L'ennui lui jouait des tours, songea-t-il avec agacement. Tout comme son imagination. C'était là un piège dangereux, surtout après une épuisante semaine de voyage et les préoccupations qui n'avaient cessé de l'assaillir. Entre les bobos de Jamie et la perspective des divers défis qui l'attendaient à son retour, il n'avait guère goûté de repos. Il tenta de fixer de nouveau ses pensées sur les défis en question, mais il avait beau faire, elles retournaient malgré lui vers le charmant tableau qu'il venait d'entrevoir – la courbe de cette joue féminine doucement effleurée par la laine aux vives couleurs et la surprenante beauté de la lèvre inférieure pulpeuse qui y était nichée.

Troublé, il tenta de se reprendre. Qu'y avait-il donc là de si attrayant, bon sang ? Et pourquoi diable serrait-il et desserrait-il ainsi ses poings moites, dans un vain effort pour retrouver son habituel self-control ?

Résolument, il tourna les yeux vers Jamie et contempla le petit dormeur, tout en se rappelant sa visite au château des McCrieff la veille de son départ pour Londres. Aberwyld McCrieff se pavanant tel un coq de combat, Lady Tessa placide et douce, sa généreuse silhouette enveloppée dans une robe rose vif qui en révélait davantage sur les goûts et les attentes de sa mère que sur les siens propres. Intelligente, sans aucun doute – parfaitement consciente de la portée financière et politique d'une telle union et clairement désireuse de tenter l'expérience.

En somme, l'épouse parfaite pour un duc de Lochmore.

Ah, si seulement il n'avait pas été ce duc !

Chapitre 5

C'était déjà le crépuscule lorsque l'attelage fit enfin halte. Il ne pleuvait plus, mais la cour détrempée de l'auberge scintillait dans la lumière grise. Sans se soucier de l'humidité, Jamie s'élança en courant sur les talons d'Angus. Jo, lasse et courbaturée après cette interminable semaine de voyage, contourna prudemment les flaques, soucieuse de ne pas gâter son unique paire de chaussures, parfaitement inadaptées au climat. Ce fut seulement quand le soleil perça soudain à l'horizon l'épaisse couverture de nuages qu'elle releva les yeux.

Ce qu'elle vit alors l'arrêta net. Dans la voiture cernée par le brouillard, elle avait renoncé à essayer de distinguer le paysage et ne s'attendait pas au spectacle qui s'offrait à sa vue.

L'auberge était située entre la route et un large ruisseau, et derrière se dressaient des montagnes. Pas des collines, non. De vraies montagnes aux pentes abruptes, dont le sommet se perdait dans le ciel. Dans la lumière majestueuse du soleil couchant, le vert virait à l'émeraude et le roc gris se transformait en luisante obsidienne. Les cimes éraflaient les nuages, conférant au ciel une étrange et vivante beauté. Jo imaginait sans peine un autre monde au-delà de ces nuages, un royaume où l'on pouvait accéder, si l'on était assez vaillant et courageux pour escalader ces monstrueux rochers, aux pentes verdoyantes.

Absorbée par ce spectacle, elle ne s'aperçut pas que le duc s'était avancé à ses côtés. Le son de sa voix la fit sursauter.

— Quelque chose ne va pas, Mrs Langdale ?

— Euh… Quoi ? Oh ! non, c'est seulement que je n'ai jamais rien vu d'aussi grandiose. Jamais, de toute ma vie !

Il sourit, et même s'il paraissait aussi fatigué qu'elle, ses traits s'adoucirent soudain. Le soleil accentuait la nuance verte de ses iris, illuminant sa chevelure sombre et soyeuse. À en juger par l'expression de son regard, Jo eut l'impression qu'il partageait son émerveillement. La perception d'un autre monde, inaccessible aux mortels.

— Vous aimez, fit-il doucement.

Ces mots ne représentaient qu'un pâle reflet de ce qu'elle éprouvait, mais il les avait prononcés d'un ton satisfait, si rare chez lui qu'elle ne put s'empêcher de rire. Son approbation lui réchauffait le cœur.

— Oui, Votre Grâce. J'aime vraiment beaucoup.

— Ah, très bien. La plupart des gens trouvent cela… intimidant. Trop rude à leur goût. Ils regrettent le sage relief des pâturages anglais.

Jo avait entendu Bella s'exprimer ainsi lorsque cette dernière était venue en visite à Uxmore… Sans compter bon nombre d'autres récriminations.

Détournant les yeux du duc, elle contempla de nouveau les cimes. Les nuages se déchiraient, exposant de plus en plus d'étendues vertes et grises à la lumière du soleil. Si hauts et pourtant presque à votre portée ! C'était grisant, vertigineux.

— Oui, c'est un paysage rude, mais c'est précisément ce qui le rend si grandiose. J'aime aussi la campagne anglaise, mais d'un amour tendre et doux. Ici… c'est différent. Bouleversant. Je pourrais regarder pendant des heures.

Ils restèrent un instant immobiles dans la cour, les yeux rivés sur la montagne. L'eau qui coulait en bouillonnant peuplait le silence, le rendant presque vivant. Au bout d'un moment, le duc émit un soupir et la prit doucement par le coude.

— Vous pourrez contempler beaucoup d'autres montagnes, je vous le promets. Mais à présent, il faut faire manger Jamie et le mettre au lit. Il s'est montré si grognon pendant les derniers miles que nous aurons de la chance s'il ne nous fait pas une scène et j'avoue que je ne me sens pas de taille à affronter cela. La journée a été longue et la semaine encore plus.

Jo hocha la tête, absurdement réchauffée par l'étreinte négligente qu'il appliquait à son bras et l'intimité de cet échange à propos de Jamie.

Peut-être, si Alfred avait vécu, s'ils avaient eu le temps de fonder une famille, aurait-elle partagé avec lui de semblables moments.

Si... Si... Si...

La prédiction du duc se réalisa, hélas. Le repas ne parvint pas à calmer les grognements et pleurnicheries de Jamie. Il retira ses chaussures d'un coup de pied excédé, se plaignit de sa chaise, de la nourriture, du feu qui ne brûlait pas assez, bref il frôlait dangereusement la crise de nerfs caractérisée.

Jo aurait aimé avoir le droit de bercer dans ses bras le garçonnet énervé par l'excès de fatigue, mais tout ce qu'elle pouvait faire, c'était tenter de le distraire et de l'amuser. En vain, malheureusement. Vers la fin du souper, un propos lancé par hasard rappela à Jamie son chien bien-aimé et ses yeux déjà rougis par la fatigue s'emplirent de larmes.

— Je veux rentrer à la maison ! Pourquoi nous n'avons pas emmené Flops ? Je ne serais pas triste si je l'avais.

— Nous ne pouvons pas emmener un chien pour un pareil voyage, Jamie, rétorqua sèchement le duc, qui commençait lui aussi à perdre patience.

— Si, on peut ! Je m'occuperais de lui, il dormirait avec moi, et en voiture, je le tiendrais sur mes genoux.

— Il est inutile d'en discuter à présent, Jamie. Nous serons de retour à la maison dans quelques jours.

— Je veux être à la maison *maintenant*. Tout de suite ! Je déteste quand on reste à Londres.

— Ce n'est pas ce que tu disais quand nous sommes allés

voir le spectacle de voltige chez Astley, que nous avons visité Exeter Exchange, la Ménagerie et…

Jamie se dressa sur ses pieds, balayant d'un geste son assiette qui se brisa en deux sur le sol. Sur le visage de l'enfant, une expression de crainte vint tempérer un instant la colère.

Instinctivement, Jo se pencha pour ramener les débris vers elle, mais le duc arrêta son geste en lui empoignant le bras.

— Non. Ramasse ces morceaux, Jamie !

Elle sentait la colère de Benneit Lochmore à travers la crispation de sa main. Il n'exerçait sur elle aucune contrainte, mais Dieu sait pourquoi, elle se sentait incapable de retirer son bras et ne pouvait que rester là, à observer l'affrontement du père et du fils.

Jamie prit une profonde inspiration, puis la réponse jaillit de lui, péremptoire :

— Non, je ne le ferai pas.

— James Hamish Lochmore, ramasse cela tout de suite !

À contrecœur, Jamie commença à ramener un morceau vers lui avec son pied, mais comme il ne portait que des bas, la manœuvre n'était guère avisée et il ne tarda pas à se blesser. Ce n'était pas une coupure profonde, mais l'enfant contempla un instant la petite tache de sang au bout de son orteil avant de s'élancer en courant vers la chambrette voisine, dont il claqua la porte derrière lui.

Jo attendit le bruit des sanglots qui n'allait pas manquer de suivre, mais le seul son qui lui parvint fut le grincement du lit quand Jamie se jeta dessus. Ensuite, elle n'entendit plus rien que la respiration bruyante du duc, tandis qu'il fixait la porte d'un regard flamboyant de colère. Il ne lui avait toujours pas lâché le bras et elle se garda bien de bouger, peu soucieuse d'attirer son attention sur elle. Au lieu de cela, elle observa les doigts de Benneit Lochmore crispés sur sa manche, leurs articulations roidies par la colère. Elle aurait voulu poser sa main sur la sienne en le priant de ne pas s'en faire.

Enfin, il relâcha légèrement son étreinte et lissa l'étoffe de sa manche en un vague geste d'excuse. Puis il se reprit et, baissant les yeux, laissa retomber sa main.

Si elle n'avait pas regretté le chaud contact de sa paume, elle aurait souri en voyant la rougeur d'embarras qui lui envahit les pommettes.

— Je vous présente mes excuses, Mrs Langdale, mais je ne voulais pas que vous ramassiez ces débris à sa place. Il doit apprendre à maîtriser ses crises de colère.

— Vous croyez ?

— Bien sûr ! Il devra assumer un jour de grandes responsabilités et de tels comportements ne seront pas de mise.

Le silence retomba, tandis que Jo cherchait ses mots.

— Quel dommage qu'on ne puisse pas louer des enfants ! déclara-t-elle enfin.

— Pardon ?

— Deux ou trois, ce serait l'idéal. Nous pourrions les renvoyer chez eux dès notre arrivée.

— De quoi diable parlez-vous ?

— Je parle d'un petit garçon de quatre ans enfermé des journées entières dans une berline avec trois adultes en proie à des degrés variés de mauvaise humeur. La seule faute de Jamie dans tout cela, c'est que contrairement à nous, il n'a pas encore appris à masquer son irritation. Ayant souvent voyagé avec tout un troupeau d'enfants mal élevés, je peux vous assurer que la petite crise de Jamie serait totalement passée inaperçue dans la voiture des Uxmore après seulement une heure de trajet. Aussi, si nous emmenions d'autres enfants, l'attitude de Jamie ne vous semblerait peut-être pas si désagréable. Bonne nuit, Votre Grâce.

Elle quitta le salon sans attendre la réponse. S'esquiver avant qu'il n'ait le temps de répliquer n'était pas de bonne guerre, mais elle aussi se sentait lasse et mélancolique.

Sans compter son pouls qui battait la chamade, sans doute un peu trop ému par la chaleur d'une certaine main…

Benneit resta à table, se creusant l'esprit pour trouver une réponse appropriée au sermon de Joane Langdale. Il aurait dû au moins lui rétorquer à quel point c'était agaçant d'entendre les gens qui n'avaient pas d'enfants professer sans cesse des opinions si arrêtées sur la façon de les élever.

Le diable emporte cette femme !

Un silence inquiétant régnait dans la chambre de Jamie et pendant un affreux instant, Benneit craignit que son fils n'ait escaladé la fenêtre pour disparaître dans la nuit. Le cœur cognant contre ses côtes, il se leva et se dirigea vers la porte. C'était ridicule, voyons ! Jamie n'avait que quatre ans, et même s'il lui arrivait de vagabonder tout seul, il n'avait jamais rien fait de réellement dangereux.

Quatre ans. Enfin, presque cinq à présent. À peine plus qu'un bébé, mais déjà un esprit acéré – source de conflits intérieurs pour Jamie, c'était évident. Sans doute ne savait-il plus comment se situer. D'un côté, il n'était qu'un enfant, mais d'un autre, il se voyait déjà comme un petit homme, prêt à explorer le monde.

Oui, Jamie avait besoin d'avoir d'autres enfants autour de lui pour lui rappeler qu'il n'était encore qu'un garçonnet. Pas des enfants *loués*, bien entendu, n'en déplaise à Joane Langdale.

Décidément, cette femme détenait l'étrange pouvoir de le confondre, le déstabiliser et le plonger dans l'embarras, tout cela en un clin d'œil. Tout à l'heure, elle l'avait surpris et ému par son enthousiasme enfantin devant les montagnes et il s'était senti en harmonie avec elle, malgré l'épreuve du dîner. Peut-être était-ce pour cela qu'il s'était un peu oublié ?

Bon sang, qu'est-ce qui lui avait pris de la saisir par le bras ? Il n'aurait jamais dû la tenir ainsi un aussi long moment, comme si cela avait été la chose la plus naturelle du monde. C'était un geste bien trop intime. Et pourtant, étrangement, cela lui avait paru être la chose à faire. Comme s'ils faisaient face ensemble au casse-tête que représentait Jamie…

Benneit secoua la tête. Ce n'était pas correct de compter sur elle pour cela. Jamie était son fils, c'était à lui de l'éduquer, et bientôt Tessa McCrieff serait à ses côtés pour le soutenir et l'aider dans cette tâche.

Il essaya de remplacer l'image de Joane Langdale par

celle de Lady Tessa, mais il était sans doute fatigué car la première resta obstinément imprimée dans son esprit, avec sa mince silhouette de lutin.

Rejetant ces pensées importunes, il pénétra dans la chambrette et s'assit avec précaution sur le lit, près de la petite forme qui soulevait la couverture.

La voix étouffée de Jamie s'éleva, à peine audible à travers l'épaisseur de la laine.

— Je ne voulais pas la casser, papa.

— Je sais, Jamie.

— Est-ce qu'ils vont être fâchés contre nous ? Je veux dire les gens de l'auberge.

— Peut-être un peu, mais si nous leur présentons nos excuses, je pense qu'ils nous pardonneront. Tu sais, j'ai lu quelque part que dans la Grèce antique, casser des assiettes était considéré comme une bonne chose.

La couverture glissa un peu, révélant un petit visage à l'expression intéressée.

— C'est vrai ?

— C'était une façon de montrer qu'on était riche – en brisant les assiettes à la fin d'un banquet.

Jamie promena un regard autour de lui, scrutant la minuscule mansarde au plafond bas.

— Les gens d'ici ne doivent pas être aussi riches que ces Grecs.

— Sans doute que non. C'est pourquoi nous paierons pour cette assiette.

Jamie se tourna pour regarder son père.

— J'ai toujours la pièce que j'ai trouvée sur la plage. Je peux leur donner ça.

— Je pense que tu devrais la garder. Tu risques d'en avoir besoin quand tu casseras un très gros objet.

Jamie pouffa, puis son sourire s'éteignit de nouveau.

— Je voudrais qu'on soit déjà à la maison, papa.

— Je sais, Jamie. On y sera dans quelques jours. Tu as été un brave garçon.

— Alors vous n'êtes pas fâché ?

— Non, mon chéri. Nous sommes tous éreintés et la fatigue nous fait commettre des absurdités.

— Vous, vous grognez quand vous êtes fatigué.

— C'est vrai, et je suis désolé de t'avoir grondé.

— Moi aussi, je suis désolé, papa. Je vous promets que je ne jetterai plus jamais les choses par terre.

— Ne fais pas de telles promesses, Jamie. Tu peux avoir besoin de lancer un objet pour faire fuir un ogre, par exemple, et si tu as promis de ne pas le faire, où nous retrouverons-nous tous ?

— Dans le ventre de l'ogre ! s'esclaffa Jamie, dont le rire se changea bientôt en bâillement.

Il se retourna avec un soupir et Benneit contempla un instant le modelé délicat de sa joue, qu'effleurait l'ombre de ses longs cils. Chaque jour, il ressemblait davantage à un grand garçon, si bien que Benneit avait de plus en plus de mal à se rappeler le bébé qu'il avait été. L'image d'aujourd'hui s'effacerait-elle aussi, d'ici quelques années ?

Cela semblait difficile à croire, et pourtant, c'était sans doute ce qui arriverait. Benneit aurait voulu que cela ne se produise jamais. Il aurait voulu pouvoir arrêter le temps et en rester pour toujours à ce moment précis. La situation semblait si claire à présent. Plus de complications ni d'interférences. Son père n'était plus là, Bella non plus. Il ne restait que Jamie et lui à présent. Cela, il pouvait l'assumer.

— Dors bien, mon fils.

La nourrice, Moody, attendait au salon. Benneit s'écarta pour la laisser entrer dans la chambre de Jamie. La porte donnant accès à celle de Joane Langdale était encore ouverte et la pièce vide.

— Où est Mrs Langdale ?

Moody s'arrêta.

— Dehors. Elle a parlé d'aller voir « le coucher des montagnes ».

— Quoi ?

— Le coucher. Angus garde un œil sur elle. Bonne nuit, Votre Grâce.

Elle referma la porte et Benneit demeura un instant immobile, hésitant. De l'autre côté du salon, dans sa propre chambre, l'attendaient un bon feu crépitant et un lit confortable.

Maudite bonne femme !

Dehors, il faisait déjà nuit. Les sourcils froncés, Benneit essaya de percer l'obscurité. L'odeur caractéristique du tabac d'Angus le guida vers la rangée d'arbres qui bordait le ruisseau. Angus se retourna à son approche, retira sa pipe de sa bouche et posa un doigt sur ses lèvres avant de le pointer en direction de l'eau. La lueur argentée de la lune éclairait faiblement les contours d'une forme encapuchonnée, assise sur un gros rocher près de la rive.

— Je veillerai à ce qu'elle rentre saine et sauve, marmonna Angus, la voix en partie couverte par le gargouillement de l'eau.

— Que diable fabrique-t-elle ?

— Venue regarder les montagnes, elle a dit.

Benneit secoua la tête et s'engagea dans le sentier qui descendait vers la rive. Sans vouloir offenser Angus, il n'aimait pas savoir une femme seule dehors dans la nuit noire, même sous la protection du géant. Ce n'était pas franchement convenable pour une veuve, ou même pour la dame de compagnie d'un futur duc.

Il s'arrêta au pied du rocher.

— Que faites-vous là ? Rentrez à l'auberge !

Elle secoua la tête. L'avait-elle entendu seulement ? Il n'en était pas certain.

— Ces montagnes sont encore plus impressionnantes la nuit, observa-t-elle au bout d'un instant. Pas étonnant que les gens les imaginent peuplées de toutes sortes de bêtes.

— Ce n'est pas que de l'imagination. Allons, descendez de là avant de piquer une tête dans l'eau. Elle doit être glacée et ne comptez pas sur moi pour aller vous repêcher.

— Oh ! je n'attendrais jamais cela de vous. Ni de personne, du reste.

Le ton était calme, mais Benneit trouva la remarque

poignante. Ce n'était pas une accusation mais l'expression tranquille d'une évidence.

« Je n'attendrais jamais cela de vous… »

Il réprima le petit mouvement de compassion qui lui étreignait le cœur.

— Descendez, Mrs Langdale.

Elle baissa les yeux vers lui, mince silhouette dont un rayon de lune illuminait le regard. Vue ainsi, elle semblait sortie tout droit de l'un de ces contes dont elle avait régalé Jamie.

— S'il vous plaît, ajouta-t-il.

Joane sortit une main de sous sa cape et il s'en empara aussitôt. Elle avait les doigts glacés. D'un geste instinctif, il les recouvrit de son autre main.

— Petite sotte ! Vous êtes gelée.

Elle voulut se dégager, mais il resserra son étreinte, portant sa main à sa bouche pour souffler dessus comme il faisait avec Jamie de retour de l'une de ses explorations, les joues cramoisies et le reste du corps frigorifié. La chaleur de son souffle ramena vers lui le parfum de la jeune femme, cet effluve de rose qu'il avait senti flotter dans la berline. Cela ne lui allait pas, d'ailleurs. C'était une odeur trop riche et suave pour une personne menue comme elle. D'un geste machinal, il lui retourna la main, cherchant la source de cette anomalie olfactive, mais elle choisit ce moment pour descendre, sautant avec adresse de son perchoir.

Benneit lui emboîta le pas dans l'étroit sentier qui montait vers l'auberge. Angus et sa pipe avaient disparu, mais le tenancier se tenait dans le vestibule et Benneit l'envoya préparer du thé et un grog. Comme ils pénétraient dans le salon vide, Benneit jeta un coup d'œil vers la mince pèlerine de lainage brun dont Joane dénouait les lacets.

— Vous n'avez rien de plus chaud à vous mettre ?

Elle secoua la tête et s'approcha du feu, les mains tendues vers les flammes.

— Pour être franche, je ne pensais pas que Mrs Theale réussirait à vous convaincre de m'emmener.

— Je vois. Eh bien, nous allons devoir vous trouver

quelque chose de plus approprié au climat. Vous ne nous serez pas très utile si vous tombez malade.

— Ou si je me noie.

— Ne faites pas ça, Lady Theale m'en voudrait. Elle semble vous aimer beaucoup.

— Oui, n'est-ce pas ? Elle est si bizarre.

Benneit émit un son excédé.

— Me prenez-vous pour un imbécile, Mrs Langdale ?

Elle leva les yeux du feu, visiblement surprise.

— Non, pourquoi ?

— Pourquoi ? Parce que vous n'arrêtez pas de me parler comme si je me trouvais plusieurs degrés au-dessous de Jamie sur l'échelle de la compréhension humaine. Ces petites allusions sarcastiques marchaient peut-être avec les Uxmore, qui ne brillent pas par leur vivacité d'esprit, mais en ce qui me concerne, elles me font seulement regretter de ne pas avoir fait preuve de plus de fermeté face aux exigences de Lady Theale. Si vous avez quelque chose de précis à me dire, allez-y carrément et qu'on en finisse !

Bon, il était allé trop loin… Les grands yeux s'écarquillèrent un peu plus, découvrant un cercle bleu sombre autour du gris qui entourait la pupille et un frémissement agita les lèvres entrouvertes. Qu'est-ce qui n'allait pas avec lui, bon sang ? D'abord Jamie et à présent Joane Langdale ! Bien entendu, elle allait se mettre à pleurer et il se sentirait obligé de la consoler. Il fallait vraiment qu'il soit tombé bien bas pour passer ainsi sa mauvaise humeur sur des enfants et des veuves sans défense.

Un soudain éclat de rire vint interrompre ces pensées alarmistes. Joane Langdale… s'esclaffait ?

— Vous avez raison, Votre Grâce. J'ai développé de déplorables habitudes au fil des ans. La vérité, c'est que je ne suis pas habituée à ce que les gens se soucient de mon confort. J'ai l'air de m'apitoyer sur moi-même en disant cela, mais je voudrais juste vous faire comprendre que je ne sais pas très bien comment réagir quand on s'occupe de moi. Dans le doute, j'ai recours à ces petites piques qui vous déplaisent.

— Je vois.

La porte s'ouvrit à cet instant et l'aubergiste entra, chargé d'un plateau. Benneit hésita, puis tendit à Joane un verre de grog fumant.

— Pour adoucir les piques…

Elle sourit – un sourire large et lumineux qui ne manqua pas de le surprendre.

— Pour cela, il faudrait un alcool très fort.

Il la regarda pendant qu'elle goûtait le breuvage, observant son visage, l'éventail de ses cils, aussi longs et épais que ceux de Jamie mais d'une nuance un peu plus claire, qui contrastait étrangement avec la couleur de ses cheveux. De fait, tout en elle était étrange. Une souris magique, qui par moments ressemblait à un chat. Comme en cet instant, tandis qu'elle savourait le grog chaud en plissant les paupières de plaisir. Ou plutôt non, ni souris ni chat mais un lutin – c'était évident quand on la voyait sourire ainsi, les yeux mi-clos, les sourcils légèrement haussés et le coin des lèvres imperceptiblement retroussé. Une bouche bien plus généreuse quand elle souriait ainsi que lorsqu'elle arborait son expression sévère et convenable…

Les femmes Uxmore étaient connues pour leur bouche parfaite – pulpeuse et d'un rose corail qui attirait le regard. Bella avait su faire bon usage de cette bouche-là, attirant sur elle l'attention par tous les procédés connus de la coquetterie en usage – petite moue boudeuse, tapotement d'éventail sur la lèvre… À une autre époque, elle aurait certainement porté une mouche au coin des lèvres.

Joane Langdale, elle, n'avait pas hérité de la bouche des Uxmore, ni de leur haute taille ou de leur beauté, mais à présent qu'il s'accordait le temps de l'examiner, il prenait conscience de l'exquise perfection de ses lèvres. Elles lui rappelaient les pétales des roses favorites de sa mère, ces *Centifolia* dont la couleur pâle se nuançait sur les bords d'une teinte plus chaude, et dont la texture, si douce au toucher, évoquait la soie ou le satin.

Joane exhala un soupir avant de rouvrir les yeux.

— Parfait, fut son verdict.

Benneit s'assit de l'autre côté de la table et tourna les yeux vers le feu.

— Jamie m'a fait remarquer que je grognais quand j'étais fatigué. Je vous prie de m'excuser d'avoir grogné sur vous.

— N'importe qui grognerait après une semaine passée dans une berline.

— Pas vous !

— Vous venez juste de me dire le contraire ! Vous grognez et moi je deviens sarcastique. Je déteste ce mot, du reste. Il évoque une personne sournoise et retorse.

— Comme Celia la fouine dans votre conte de l'arbre ?

— Oh ! mon Dieu, c'était donc si évident ? J'espère que Jamie n'a pas fait le rapport. Pourvu qu'il n'aille pas raconter cela devant elle !

— Je ne crois pas. Il n'est pas habitué à déchiffrer les histoires à clé. J'ai deviné que vous étiez la petite fille retenue captive par la taupe. Quant à Uxmore, je ne savais pas s'il était la taupe ou l'ours, jusqu'au moment où vous avez mentionné les besicles. Je me suis alors rappelé qu'il égare tout le temps les siennes. C'est l'une de vos tâches chez eux que de les retrouver ?

— C'était même ma tâche principale en ce qui le concerne, voilà pourquoi il n'a guère apprécié les plans de Lady Theale. Il aurait préféré que je reste à Uxmore.

— Alors qui était l'ours ? Vous vous êtes montrée gentille avec lui mais je n'ai pas pu l'identifier. Ce n'était sûrement pas Georges, le mari de Celia. Il n'a pas autant de force de caractère.

— Non, Georges était le hibou. Et l'ours, c'était Alfred, mon époux.

— Je vois. Pardonnez-moi.

Joane haussa les épaules et se remit à siroter son grog.

— J'ai eu de la chance de l'avoir dans ma vie. Pour peu de temps, il est vrai…

Benneit se concentra sur son propre grog. Il aurait dû

regagner sa chambre à présent, il en était conscient. La journée du lendemain allait encore être longue et fatigante.

— Par curiosité, quel animal serais-je ? demanda-t-il d'un ton léger, bien conscient de l'absurdité de sa question.

Quel idiot il faisait, vraiment !

Joane plissa le front et le fixa droit dans les yeux, pour sa plus grande confusion. Il résista à l'envie de détourner le regard.

— Jamie et vous ? Un lionceau et un loup.

— Voilà qui est inquiétant. Deux animaux solitaires…

— Pas du tout ! Les loups vivent en meute. Ce sont des animaux loyaux et intelligents. Quant aux lionceaux, ils restent de nombreuses années au sein de leur groupe avant de voler de leurs propres ailes, contrairement à beaucoup d'autres animaux.

Elle s'exprimait d'un ton impersonnel, presque professoral, mais Benneit se sentait pénétré par le sens de ses paroles, qui résonnaient pour lui tel un verdict. Il revit Jamie pelotonné sur son petit lit dans la pièce voisine, serrant la couverture entre ses bras, en regrettant sans doute que ce ne soit pas Flops.

Un sentiment de crainte mêlé de tendresse lui étreignit le cœur. *Son lionceau.*

Joane se leva, faisant grincer sa chaise.

— Bonne nuit, Votre Grâce.

Un peu déconfit, Benneit regarda la porte se refermer sur elle. Une fois de plus, elle s'était esquivée avant qu'il n'ait eu le temps de formuler une réponse.

Chapitre 6

— Vous croyez que ce sera un gros bateau comme la dernière fois, papa ? s'enquit Jamie avec enthousiasme, tout en dévorant un troisième scone dans le luxueux salon de l'hôtel Tontine.

Jo fut tentée de dissimuler le restant des scones avant qu'ils ne subissent le même sort. Moins Jamie en avalerait, moins il risquerait d'en régurgiter dans la berline tandis qu'ils couvriraient la dernière partie du trajet, de Glasgow à Lochmore.

Elle aurait aimé pouvoir passer plus de temps dans cette ville fascinante. Ils n'avaient pas vu grand-chose en arrivant la veille, la nuit étant déjà tombée, mais cela avait été suffisant pour éveiller sa curiosité.

Quant à l'hôtel Tontine, il était au moins aussi agréable que toutes les nobles demeures qu'elle avait pu visiter à Londres, avec ses épais tapis et ses meubles luxueux. Le lit où elle avait dormi, dans l'une des quatre pièces jouxtant le fastueux salon privé, était immense et pourvu d'un matelas de plumes aussi douillet qu'un nuage. Elle aurait volontiers passé ici une semaine entière, à explorer la ville. Elle se rappelait avoir lu qu'on trouvait de charmants jardins et de beaux théâtres à Glasgow.

Quel plaisir cela aurait été de jouer les touristes – non pas à Londres, où tout lui aurait rappelé les souvenirs de cette affreuse Saison et de sa vie chez les Uxmore – mais dans une cité inconnue, où elle aurait pu devenir une autre Joane.

Joane Langdale, veuve et indépendante…

— Je ne sais pas, Jamie, répondit le duc d'un ton distrait, en tournant les pages de son journal. C'est Angus qui a tout organisé. Nous lui demanderons quand nous nous mettrons en route pour le port.

— Le port ? répéta Jo, enregistrant enfin les implications de cet échange.

— Je ne vous l'ai pas dit ? Nous voyagerons sur l'eau à partir d'ici. C'est plus rapide que par la route et Jamie adore cela. L'attelage nous rejoindra un jour ou deux plus tard à Lochmore. La prochaine fois que nous irons à Londres, je pense que nous ferons tout le trajet en bateau. Qu'en dis-tu, Jamie ?

— Oh ! oui, s'il vous plaît ! Vous aimez les bateaux, Jo ? questionna Jamie, tout frémissant d'excitation.

— Je ne sais pas, Jamie. Je ne suis jamais montée sur aucun.

Jamie la dévisagea, stupéfait.

— Jamais ?

— C'est une terrible lacune, je sais. Je suis montée une fois dans une barque, si cela peut atténuer la chose.

Jamie eut une moue de dédain.

— Tout le monde est déjà allé en barque. Mais là, c'est un navire ! Un vrai navire, avec des voiles, un gréement, des odeurs amusantes et de drôles de gens qui parlent bizarrement et des mouettes et des vagues et… plein de choses.

— Eh bien, il y a une première fois pour tout.

— Je suis monté sur un bateau quand j'étais encore tout petit, insista Jamie. Je ne m'en souviens pas mais papa m'a dit que j'avais essayé de ramper jusqu'au nid-de-pie alors que je n'avais même pas un an.

— Voilà qui est impressionnant. Pourquoi y a-t-il des pies sur un bateau ?

Jamie écarquilla les yeux.

— Il n'y a pas de pies, voyons ! C'est l'endroit où on grimpe pour voir très loin, bien plus loin que le reste de l'équipage et on crie « Terre ! » pour prévenir les autres qu'on approche du port. Exactement comme dans les contes !

— Alors pourquoi appelle-t-on cela un nid-de-pie ?

Jamie plissa le front et se tourna vers son père.

— Je ne sais pas. Pourquoi cela s'appelle ainsi, papa ?

— Je crains de ne pas le savoir non plus, Jamie.

Le petit garçon en parut tout chiffonné et Jo nota avec amusement le changement d'expression du duc. C'en était touchant ! De toute évidence, il n'aimait pas décevoir son fils. Sans lui laisser le temps de concocter quelque réponse destinée à pallier le désappointement du petit, elle plia sa serviette et déclara :

— Je vais ajouter cela à ma Grande Liste, Jamie.

— La… Quoi ?

— La Grande Liste des choses dont je ne savais pas que je ne les savais pas mais dont je sais à présent que je ne les sais pas. Tout le monde doit bien avoir une liste de ce genre, non ?

Jamie plissa un peu plus le front dans un effort de réflexion et sa ressemblance avec son père s'en accrut d'autant.

— Qu'est-ce que vous ne savez pas d'autre ?

— Énormément de choses. Par exemple je ne sais pas où on s'assoit quand on chevauche un dromadaire. D'après les images que j'ai pu voir, s'asseoir sur la bosse ne serait pas confortable, il me semble, mais il n'y a guère de place ailleurs, à moins qu'on ne s'accroche à son cou, ce qui me paraît hasardeux.

— Dans *Le Garçon du désert*, le livre que papa m'a acheté, le garçon s'assoit sur une selle placée sur la bosse, la renseigna Jamie d'un ton péremptoire.

— Dessus ? Très bien, je le saurai maintenant. Cela fait une chose de moins sur ma liste. Merci, Lord Glenarris.

Jamie ouvrit de grands yeux à l'énoncé de son titre, puis il éclata de rire et gratifia Jo d'une courbette, non sans lancer un coup d'œil à son père.

— J'aime bien ce jeu, déclara-t-il. Vous pouvez me citer une chose de votre liste à vous, papa ?

— Volontiers. Je ne sais pas quand vous arriverez à faire durer une paire de chaussures plus de quinze jours, Lord Glenarris.

Jamie pouffa.

— Ce n'est pas vraiment une chose que vous ne savez pas !

— C'en est une le matin quand nous sommes en retard et que nous ne trouvons pas tes souliers.

Jamie leva les pieds.

— Mais ce matin, je les ai trouvés, vous voyez ?

— Dis plutôt que c'est Mrs Langdale qui les a trouvés, en dépit de tes efforts pour égarer ses recherches.

Jamie se tourna vers Joane, un large sourire aux lèvres.

— Vous êtes comme la petite taupe qui cherchait les besicles, Jo. Vous trouvez tout !

— *Mrs Langdale*, Jamie, corrigea le duc d'un ton sec.

Jo prit la défense de l'enfant.

— Je lui ai donné la permission de m'appeler Jo, Votre Grâce.

Ce dernier la regarda, un mélange d'agacement et de résignation dans les yeux. En dépit des conditions plus confortables dont ils avaient joui cette nuit, il semblait encore fatigué et Joane se rendit compte que ce n'était pas seulement le long voyage qui l'épuisait ainsi. Plus ils approchaient de leur destination, plus il semblait se blinder, comme s'il se préparait à d'inévitables désagréments.

Elle s'attendait à ce qu'il insiste, mais il se contenta de hausser les épaules et se leva.

— Il faut que je parle à Angus. Il viendra vous chercher quand ce sera le moment de nous mettre en route.

Un silence suivit son départ, ponctué par le petit bruit régulier de la chaussure de Jamie tapant contre le pied de la table. Nerveuse, Joane respira à fond pour se calmer.

— Pourquoi est-ce que papa ne vous aime pas ?

Elle se raidit, surprise par la question. Être consciente de l'animosité du duc était une chose. Mais entendre la vérité sortir ainsi de la bouche d'un enfant… Son cœur se serra malgré elle.

— Je ne sais pas, Jamie. Peut-être qu'il aimerait t'avoir pour lui seul ?

Jamie cessa de heurter la chaise.

— Est-ce qu'il vous aimera mieux si je vous appelle Mrs Langdale ?

— Je ne sais pas, Jamie. Je ne pense pas que ce soit le problème. Viens, maintenant. Nous devrions aller chercher ton manteau si nous voulons être prêts pour le départ. Tu me montreras le nid-de-pie quand nous serons sur le bateau ?

Jamie hocha la tête, mais sans réel enthousiasme, avant de sauter de sa chaise.

Ce n'était pas tout à fait le grand navire qu'elle avait imaginé. Il ne possédait que deux voiles et pas de nid-de-pie, s'il fallait en croire Jamie.

— Pourquoi ne pourrait-on pas embarquer sur celui-là, papa ? s'enquit le garçonnet, le doigt pointé vers un immense trois-mâts ancré plus loin sur les vagues.

— Parce que son itinéraire ne passe pas assez près de chez nous, Jamie.

Le regard de l'enfant brilla d'intérêt.

— Où va-t-il, papa ?

Le duc baissa les yeux vers son fils et son expression sévère s'adoucit.

— Je crains que la question ne figure sur ma liste des choses que je ne sais pas. Où aimerais-tu qu'il aille ?

Jamie n'hésita pas.

— À Zanzibar !

— Pourquoi Zanzibar ?

— C'est un joli nom. Et puis il y a des dragons là-bas.

— Des dragons ?

— Oui, rappelez-vous ! Vous m'avez montré Zanzibar sur la carte du mur et il y avait un dragon vert et jaune assis sur les vagues, qui agitait l'eau avec sa queue.

Jo ne sut pas quelle réponse le duc s'apprêtait à fournir à l'enfant, car Angus interrompit l'échange en leur faisant signe de gagner le bateau. Elle s'approcha de l'embarcation, non sans une légère appréhension. Le vent s'était levé et les nuages filaient telle une fumée grise sur l'horizon. Le navire tanguait et elle regretta de ne pouvoir s'accrocher à quelque chose, tandis qu'ils traversaient le pont mouillé pour gagner une écoutille à l'arrière du bateau.

— Jamie et moi allons rester sur le pont supérieur, Mrs Langdale, l'informa le duc. Angus va vous conduire à une cabine où vous pourrez vous reposer. Ce ne sera pas un long voyage jusqu'à Crinan, mais la mer sera peut-être un peu agitée avec le vent du nord. Restez près d'un meuble où vous pourrez vous cramponner au besoin.

— Vous ne préférez pas laisser Jamie avec moi ?

— Jamie se sent mieux à l'air frais, rétorqua sèchement le duc.

Sur ces mots, il lui tourna le dos et s'éloigna en tenant son fils par la main. Jo n'eut pas d'autre choix que de suivre Angus, descendant à sa suite ce qui ressemblait plus à une échelle qu'à un escalier, avant de s'engager dans un couloir sombre et étroit débouchant dans une cabine tout aussi exiguë. La pièce ne comportait pas de hublot et son ameublement se réduisait à une étroite couchette, une petite table, une chaise et un pot de chambre attaché au mur par une chaîne.

Jo faillit dire à Angus qu'elle préférait elle aussi affronter les éléments sur le pont plutôt que dans cette cellule, mais son expérience lui souffla qu'il valait mieux garder son calme et se taire. Aussi se contenta-t-elle de remercier le géant avec un sourire.

Elle s'assit sur la chaise et ôta son chapeau, résignée à endurer les quelques heures pénibles qui l'attendaient.

Chapitre 7

La jambe calée contre un rouleau de corde, Benneit resserra le pan de son caban autour de Jamie, dont on n'apercevait plus que les cheveux sombres et les yeux luisants au-dessus de l'étoffe.

— Regardez, papa, en voilà une autre !

Sa voix était presque inaudible, étouffée par l'épaisseur du manteau, mais son excitation se devinait au tremblement de son corps.

La vague se dressa, surgie des profondeurs, inclinant le navire sur le côté. Un véritable mur d'eau jaillit au-dessus d'eux, les aspergeant d'une brume froide qui se transforma en perles sur les cheveux de Jamie. Le garçonnet poussa un cri et sauta de plaisir, heurtant presque le menton de son père au moment où celui-ci se penchait pour déposer un baiser sur son front mouillé.

— Vous avez vu ça, papa ? Hein, vous avez vu ? C'était énorme, n'est-ce pas ?

Benneit approuva d'un petit rire. Il se sentait raide, glacé, mouillé et épuisé, avec l'impression que chaque mile qui les rapprochait de Lochmore lui ajoutait une année de plus. Mais le bonheur de Jamie effaçait tout le reste. C'était si pur, si simple. La joie et rien d'autre.

Avait-il été ainsi dans son enfance ? Oui, sans doute, au moins un peu. Bien sûr, il ne se souvenait pas d'avoir jamais été tenu ainsi par son père, serré contre lui. Par sa mère, oui. Dans le jardin de leur maison, tandis qu'elle lui faisait la lecture, ou sur le sofa de la salle au planisphère, pendant qu'elle lui montrait le dernier détail qu'elle avait ajouté à la carte. Il espérait que Jamie se rappellerait cette traversée. Il aurait fallu qu'il donne à son fils davantage de moments tels que celui-ci, afin de contrebalancer tout ce qu'il ne pouvait pas lui offrir.

— Jo ! Jo ! Vous avez vu ça ? cria soudain Jamie, luttant pour dégager l'une de ses mains du manteau.

Jo ? Tournant la tête, Benneit vit Mrs Langdale, enveloppée dans sa pèlerine mais nu-tête, se diriger vers eux en se cramponnant au bastingage. Il fronça les sourcils, inquiet pour elle. Que faisait-elle là, bon sang ? Elle aurait dû rester en bas, en sécurité. Craignant que Jamie ne s'élance vers elle, il le serra plus étroitement contre lui.

Le bateau tangua de nouveau et la jeune femme s'arrêta, tournant la tête pour observer le choc de la vague se brisant contre la coque avant d'envelopper le pont d'un nuage d'écume. L'espace d'un instant, Benneit craignit qu'elle ne lâche le bastingage pour reculer, ce qui aurait été la pire chose à faire. Mais elle se tint ferme, silhouette toute grise sur le gris de la mer, à part la tache claire de ses cheveux blonds autour de son mince visage d'elfe affrontant les éléments, le menton levé.

Quand la vague retomba, Joane se retourna vers eux, mais au lieu de la peur qu'il s'attendait à lire sur ses traits, Benneit n'y trouva que le reflet de l'exaltation de Jamie, dont tout le corps tremblait d'excitation contre lui. Un sourire retroussait les lèvres de la jeune femme, allumant une flamme dans son regard. En cet instant, elle n'avait plus rien de la terne et silencieuse cousine de Bella, ni de l'austère et convenable veuve Langdale. C'était une autre personne qu'il avait sous les yeux !

En riant, elle réussit à parcourir les derniers mètres qui la séparaient encore de l'endroit relativement plus abrité où ils se tenaient, se baissant ensuite pour s'asseoir sur le pont, près du rouleau de corde. Son visage luisait, humecté par l'écume, et des gouttes d'eau perlaient à ses cils.

— Vous aimez, Jo ? s'enquit Jamie d'un ton si passionné qu'elle pouffa de nouveau.

— C'est surprenant ! J'ai cru que le navire allait se retourner comme une tortue sur le dos !

— Vous auriez dû rester en bas, lui reprocha Benneit, haussant la voix pour se faire entendre par-dessus le grondement des vagues.

Jo haussa les épaules.

— C'était insupportable, je n'en pouvais plus.

Elle se cramponna à la corde tandis que le bateau plongeait de nouveau, mais une lueur dansait toujours dans ses yeux.

— C'était comme d'être enfermée dans un tonneau dévalant une pente. J'ai préféré me hisser au-dessus plutôt que de me cogner à l'intérieur.

Jamie rit à son tour et sortit l'une de ses petites mains pour s'essuyer le visage. Benneit saisit le bras de son fils et le rentra sous le manteau.

— Attention, en voici une autre ! Accroche-toi bien, mon garçon !

Après une heure de tangage, Benneit se laissa gagner par l'hilarité de ses deux compagnons, attendant avec eux les vagues qui continuaient à surgir autour de l'embarcation et saluant leur apparition par des cris de joie. Les matelots qui s'affairaient autour d'eux leur jetaient de brefs regards en secouant la tête avant de retourner à leurs tâches. Après tout, ce n'était pas leur problème. Les passagers doués de bon sens se trouvaient là où ils devaient être, en sécurité sous le pont. Quant aux imbéciles et aux fous qui s'obstinaient à affronter la tempête, ils pouvaient bien être trempés et même balayés par-dessus bord si telle était la volonté du dieu de la mer !

Les vagues se calmèrent comme ils approchaient de Crinan et Jamie se blottit plus douillettement dans l'abri formé par le manteau de son père, la joue appuyée contre le torse paternel. Benneit lui essuya le front et l'enfant émit un soupir.

Les nuages eux aussi perdaient de leur épaisseur, s'amenuisant et laissant voir du bleu sur leurs contours. Le soleil réussissait même à percer par moments, allumant des reflets couleur de châtaigne dans la tignasse sombre de Jamie. Benneit refréna l'envie d'embrasser son fils. En privé, il n'aurait pas hésité, mais il en allait autrement en public.

Au lieu de cela, il se tourna vers Joane.

— Vos vêtements doivent être trempés. Vous devriez demander à Angus de vous apporter votre malle. Vous pourrez vous changer avant que nous ne poursuivions notre voyage.

C'était un conseil d'ordre purement pratique, mais Dieu sait pourquoi, il s'en dégageait une gênante impression d'intimité. L'image de la robe grise trempée collant à la peau de la jeune femme s'imposa à lui tout à coup, tandis que d'un geste mutin, elle essuyait l'eau sur ses pommettes à présent toutes roses. Malgré lui, il s'imagina en train de l'aider à retirer sa robe, leurs mains se rencontrant sur la peau humide et tiède de son corps…

Benneit remua la jambe et détourna les yeux, gêné par la soudaine chaleur que cette évocation suscitait en lui. Joane empira les choses en pouffant de rire, du même rire en cascade que lorsque la vague s'était abattue sur le pont. Confus, Benneit écarta légèrement Jamie, comme pour préserver son fils de ces réactions incongrues.

— C'est surtout mon manteau, répondit-elle. Je ne me doutais pas que ce puisse être aussi merveilleux de naviguer ! Quand je retournerai en Angleterre, pourrai-je faire le trajet en bateau ?

— Si vous voulez.

Elle se releva non sans maladresse, et comme le navire tangua au même moment, agité par la houle, elle vacilla et dut rétablir son équilibre en agrippant le bras de Benneit.

— Oh ! je suis désolée ! s'excusa-t-elle en se laissant retomber sur le plancher. C'est parce que ma jambe est tout engourdie. J'ai l'impression d'avoir des fourmis dans le pied !

— Vous êtes restée trop longtemps assise dans la même position. Allongez un instant vos jambes, lui suggéra Benneit.

Elle obéit et l'étoffe mouillée de sa robe se plaqua contre elle sans qu'elle s'en aperçoive, dévoilant les contours de ses mollets. Un matelot qui passait, distrait par ce spectacle, faillit tomber et se rattrapa de justesse au bastingage avant de continuer son chemin.

Benneit détourna lui aussi les yeux. Décidément, ces horribles robes grises ne donnaient pas une image fidèle de leur propriétaire, au moins en ce qui concernait cette partie de son anatomie ! Les chevilles et les mollets de la jeune femme offraient à la vue le galbe parfait d'une statue antique, leurs lignes fines et déliées suggérant un séduisant mélange de vigueur et de fragilité. Impossible de ne pas se demander si le reste de son corps tenait les promesses ainsi entrevues !

— Essayez de marcher un peu, conseilla-t-il d'une voix rauque. Cela soulage parfois.

En tout cas, cela le soulagerait, lui !

Joane se leva en s'accrochant cette fois au bastingage et non à lui, Dieu merci. Elle émit un petit gémissement, mais parvint à s'engager sur la passerelle qui menait aux cabines.

Benneit ne se retourna pas pour la regarder s'éloigner mais constata du coin de l'œil que les matelots, moins discrets que lui, interrompaient leur tâche pour la suivre des yeux avec un intérêt évident.

Un coup d'œil sévère de sa part les rappela à l'ordre et ils se remirent au travail.

Chapitre 8

— Eh bien, on s'en est joliment bien tirés cette fois avec Jamie. N'est-ce pas ? demanda Angus de sa grosse voix bourrue.

Benneit se détourna de la fenêtre qui surplombait la baie. C'était là l'un des rares recoins agréables dans la monstrueuse structure de Lochmore Castle – cette vue sur la crique, le bleu indigo de la mer et la pente abrupte des falaises vers la vaste plage sablonneuse qui s'étendait en deçà, jusqu'à l'éboulement rocheux que dominait le Siège du Diable.

L'après-midi, on jouissait toujours d'un moment de calme, entre les vents du matin et la houle du crépuscule. À cette heure-là, les éléments observaient une pause. Même les vagues semblaient languissantes et Benneit pouvait laisser son regard se perdre au loin, vers cet horizon brouillé où finissait son domaine et où commençait le monde extérieur.

— Bien sûr, Angus. Je vous avais bien dit que ce serait plus facile lorsqu'il aurait un peu grandi.

— Il n'y a pas que ça et vous le savez très bien, grommela le géant, qui rabattit le couvercle de la malle et se mit en devoir de la vider.

Ignorant la remarque, Benneit observa les gestes méthodiques d'Angus. Ses mouvements ne manquaient pas d'agilité pour un homme de sa corpulence. Quelqu'un qui avait manié si longtemps la poudre à canon durant la guerre ne pouvait que se montrer adroit. Cela avait été pour lui une question de survie. Angus n'en parlait jamais, mais Benneit savait, par un autre soldat de Lochmore, que l'explosion qui avait laissé de si profondes cicatrices dans le corps du géant n'était pas sa faute. Différent en cela de tant d'autres hommes revenus de la guerre, Angus avait conservé un certain équilibre intérieur, mais le fait qu'il se contente désormais de rester à Lochmore au lieu de courir l'aventure comme jadis parlait de lui-même. Benneit n'essayait jamais de lui soutirer des confidences, mais parfois, il se demandait s'il n'aurait pas dû.

Angus et lui avaient toujours été étroitement liés en dépit de leur différence d'âge et de condition sociale. Lorsqu'il était enfant, il n'y avait guère de garçons de son âge aux alentours de Lochmore et jusqu'à ce qu'on l'envoie à l'école en Angleterre, Angus avait été son ami le plus proche. Ensuite, chaque fois qu'ils s'étaient retrouvés ensemble à Lochmore, ils avaient renoué le fil de leur amitié, malgré le temps passé et les barrières sociales.

— Vous ne devriez pas faire cela, Angus. C'est le travail d'Ewan.

— Bah, ça me fait du bien. Rien de tel que les choses simples pour vous éclaircir les idées.

Benneit hocha la tête et reporta son attention vers la fenêtre. En bas, tout un lot de choses-pas-si-simples l'attendait sous la forme de son régisseur Mac Creary, toujours prêt à déplorer que les affaires du domaine soient demeurées trop longtemps en souffrance.

— Vous devriez vous esquiver pour la Maison demain matin avant que Mac Tragique ne vous mette le grappin dessus, reprit la voix d'Angus derrière lui. Ça vous éclaircira les idées à vous aussi.

— Oui, peut-être.

— Ne vous en faites pas pour Jamie, *elle* gardera un œil sur lui.

— Je n'en doute pas.

— Vous préférez dîner ici ou dans la salle à manger ?

Benneit hésita, tandis qu'Angus refermait la malle.

— Vous serez tranquille dans la salle à manger, le rassura Angus. Mrs Merry m'a dit que Jamie avait demandé à

Mrs Langdale de prendre le thé avec lui dans la nursery. Et Lady Morag ne s'aventurera pas hors de sa chambre avant que vous ne soyez installé et qu'elle ne se soit faite à l'idée de voir un nouveau visage au château. Si elle y parvient. Elle devient de plus en plus amère et reste accrochée à sa tour comme une moule à son rocher.

— Je suis fatigué, Angus. Je mangerai dans le bureau. Demain, je m'occuperai des détails matériels. Mrs Merry s'est-elle montrée courtoise avec Mrs Langdale ?

Angus se redressa et sourit.

— Elle a essayé de ne pas l'être, mais elle s'est vite amollie sous le regard de ces grands yeux candides. Il y aura un bon feu dans le salon de Mrs Langdale, n'ayez crainte.

Benneit hocha la tête.

— Gardez un œil sur elle, voulez-vous ?

Le géant s'épanouit.

— Avec grand plaisir.

— Sur Mrs Merry, Angus, pas sur Mrs Langdale !

Le sourire d'Angus s'élargit encore et Benneit ravala un juron. Encore un problème en vue !

— Elle ne restera pas longtemps, Angus.

— Oui, je sais. À ce propos, vous feriez mieux de mettre rapidement votre plan à exécution. Il est grand temps d'avoir une maîtresse de maison ici. Jamie grandit.

Avec un grognement, Benneit retourna à sa contemplation. La vue avait déjà changé. Le vent d'après-midi agitait la surface de la mer et des nuages moutonnants se rassemblaient à l'horizon.

Il résista encore une heure avant de s'engager dans le couloir qui menait à la nursery. Après tout, il n'y avait rien de mal à vouloir s'assurer que Jamie était bien installé après ce long voyage. Ce qui n'allait pas, c'était son propre besoin de s'inventer un prétexte !

Le petit salon de la nursery était désert, les assiettes vides encore disposées sur la table. Benneit fronça les sourcils et se dirigea vers la chambre adjacente. Personne.

La voix de la nourrice s'éleva derrière lui.

— Dans la salle de classe, milord.

Benneit se retourna.

— À cette heure ?

Moody haussa les épaules sans répondre.

La première chose que remarqua Benneit en pénétrant dans la salle de classe, ce furent les cheveux de Joane. Ils n'étaient pas attachés comme d'habitude en un strict chignon sur la nuque mais formaient une simple queue-de-cheval retenue par un ruban bleu. Encore humides du bain, ils commençaient à sécher, ondulant en vagues souples où la lueur du feu accrochait des reflets dorés de blé mûr. Sans son affreuse robe grise, il ne l'aurait pas reconnue.

Couché près du foyer, les pattes largement écartées, Flops ressemblait plus que jamais à une carpette de fourrure à longs poils qu'on aurait mise à sécher près du feu. Il leva la tête quand Benneit entra et tapa sa queue sur le sol avant de se laisser retomber mollement, trop épuisé sans doute par le joyeux retour de Jamie pour réclamer les gratouillis derrière les oreilles dont il était friand d'ordinaire.

Benneit resta un instant dans l'ombre du seuil, observant Joane et Jamie. Ce dernier venait de placer quelque chose dans la main de la jeune femme, et tous deux se penchaient pour examiner l'objet.

— Vous voyez ? C'est spécial, disait Jamie.

Et Joane de hocher la tête.

— Je n'ai jamais rien vu de pareil. On dirait qu'elle a été frappée par la foudre. Tu crois que c'est ce qui s'est passé ?

Jamie reprit la pierre – un morceau de minéral coloré avec un éclair blanc à l'intérieur.

— C'est un cadeau des sirènes. Elles l'ont laissé pour moi.

— Tu as beaucoup de chance. Elles ne m'ont jamais rien offert.

— Vous aussi, vous habitez près de la mer ?

— Non. Mais il y a un étang. Avec des grenouilles.

Jamie pouffa.

— Les sirènes ne vivent pas dans les étangs !

— Non, j'imagine, soupira Joane. Et cela, qu'est-ce que c'est ?

Levant un disque de verre poli, elle l'examina à la lueur du feu.

— Papa dit qu'il provient du monocle de Jules Lézard. Grand-père Uxmore a aussi un monocle et ça lui fait un œil de scarabée.

— Je ne savais pas que Jules César portait un monocle, mais j'aime bien ce bleu. Tu crois qu'il en a de plusieurs couleurs ? Peut-être que lorsqu'il y a des nuages, il prend son monocle jaune pour éclairer un peu le monde.

— Alors il pourrait mettre le jaune par-dessus le bleu et le monde serait vert. Papa m'a montré cela. Je pourrais emporter ce vert dans le désert, parce que là-bas il n'y a pas d'herbe, c'est ce que dit papa.

— Non, mais il y a des oasis.

— Des o-a-sis ?

— Oui, des sources d'eau au milieu du désert. Imagine un peu – tu voyages depuis des jours sur la bosse de ton dromadaire, tu as terriblement chaud et soif, et soudain tu vois apparaître du vert à l'horizon. Tu t'approches et tu découvres des arbres et une source d'eau fraîche. Cela aussi, ce doit être magique.

Jamie leva les yeux d'un air extasié, comme si ce miracle allait descendre du plafond. Puis il se tourna à demi et aperçut son père debout sur le seuil.

— Papa ! Je montre mes trésors à Jo.

— Pas Jo, *Mrs Langdale*, Jamie. Nous devons observer les convenances à présent que nous sommes de retour à Lochmore.

Benneit s'avança, adressant un signe de tête à Joane, qui se releva précipitamment.

— C'est ma faute, Votre Grâce. J'avais oublié et c'est moi qui lui ai redemandé de m'appeler Jo.

— Hum. Il est temps de se coucher, Jamie. Cela a été une très-très longue semaine.

Joane acquiesça de la tête, comme si l'injonction s'adressait aussi à elle.

— Bonne nuit, Jamie. Merci de m'avoir montré tes trésors.

Jamie haussa les épaules d'un air boudeur. Mais parvenu près de la porte, il se retourna vers Joane.

— Demain, vous viendrez voir où je les ai trouvés, J… Mrs Langdale ?

— Bien sûr, Jamie, avec plaisir. Bonne nuit. Je vais rêver du désert, je crois.

Benneit arrêta la jeune femme au moment où elle s'apprêtait à retourner dans sa chambre.

— Un mot, s'il vous plaît, Mrs Langdale.

Adossée à sa porte, Joane redressa les épaules mais son visage demeura impassible.

— Je vous suis reconnaissant de nous avoir accompagnés à Lochmore et je reconnais que votre présence a rendu le voyage beaucoup plus supportable pour Jamie. Mais comme vous n'avez pas l'intention de rester ici plus de quelques jours, je pense qu'il vaut mieux garder vos distances avec mon fils. D'habitude, il ne s'attache pas facilement, mais pour une raison inconnue, il a décidé de se montrer plus ouvert avec vous qu'il ne l'est d'ordinaire.

Il avait commencé à débiter sans faillir ce discours aux termes prudemment pesés, mais son assurance vacilla devant le regard totalement inexpressif de son interlocutrice. Une fois de plus, il eut l'impression que derrière cette apparente froideur, elle le disséquait comme il avait vu un jour un entomologiste disséquer un insecte – avec une impitoyable efficacité.

— Me suis-je montré clair ? insista-t-il.

— Très clair, Votre Grâce. Je dirais même brutal. Dois-je me confiner dans ma chambre jusqu'à mon départ ? Peut-être même rabrouer Jamie chaque fois qu'il m'adressera la parole ? Si c'est là ce que vous attendez de moi, alors je vous suggère de procéder aux arrangements nécessaires pour me renvoyer en Angleterre demain dès l'aube.

Elle prit une longue inspiration, refoulant visiblement le flot de paroles qui lui montait aux lèvres. Puis elle reprit d'un ton moins acerbe :

— Je ne crois pas que je puisse faire du mal à Jamie en lui montrant mon intérêt, même si cela peut rendre notre séparation plus difficile. Votre fils est un enfant charmant qui a soif de compagnie et j'ai l'intention de rester moi-même aussi longtemps que je demeurerai ici. Si ce n'est pas là ce que vous espérez de moi, vous avez bien entendu le pouvoir et le droit de me renvoyer. Vous voudrez bien m'informer demain matin de votre décision à ce sujet. Bonne nuit, Votre Grâce.

Benneit resta un instant à contempler la porte qui venait de se refermer à son nez. Quelle que soit la réponse à laquelle il s'attendait, il n'avait certes pas anticipé une pareille insolence. Il y avait longtemps qu'il n'avait pas éprouvé une telle envie d'asséner un coup de pied dans une porte… *Sa* porte. Dieu, que cela l'aurait soulagé ! Mais cela aurait de nouveau attiré la donzelle dehors et du diable s'il avait su quoi lui dire après cet outrageant sermon !

Chapitre 9

Quand avait-elle piqué pour la dernière fois une telle colère ? Jo avait beau chercher, elle ne s'en souvenait pas. Ou plutôt si ! Quand sa mère lui avait intimé l'ordre de quitter leur maison pour vivre avec Lady Theale. Elle était alors sortie de ses gonds, reprochant à la pauvre femme tous les malheurs qui les avaient accablées – la mort de son père, la perte de leur foyer, de leur liberté et de leur fierté. Sa mère l'avait ensuite tenue dans ses bras tandis qu'elle éclatait en sanglots, la consolant du mieux qu'elle pouvait. Mais la nuit suivante, Jo l'avait entendue pleurer, pour sa plus grande honte, et elle s'était excusée le lendemain.

Depuis ce jour, elle n'avait plus jamais perdu son self-control, du moins ouvertement.

Jusqu'à hier soir…

Ses défenses habituelles tombaient trop souvent ces derniers temps. Peut-être était-ce la fatigue du voyage, la taille imposante et la sinistre silhouette du château, tel qu'il s'était découpé la veille devant eux, dressé sur son promontoire brumeux comme un triste géant de pierre. À moins que les sévères remontrances du duc n'aient ravivé en elle les déplaisants souvenirs de cette lamentable Saison, six ans plus tôt, lorsque ce dernier lui avait témoigné la même réprobation que le reste des Uxmore, au point qu'elle s'était sentie décidément irrécupérable.

Pendant le voyage vers le nord, cette sensation s'était estompée, du moins jusqu'à la veille au soir, quand le dos à sa porte, elle avait affronté le duc qui la toisait, les traits de son beau visage accentués par la lueur du flambeau fiché dans le mur. Trop grand, trop sûr de lui, trop désapprobateur… et beaucoup trop agressivement viril !

Le pire, c'était la façon dont il lui avait reproché le plaisir qu'elle prenait à la compagnie de Jamie, transformant cette unique joie – la seule lueur dans son désarroi – en quelque chose de répréhensible.

D'une certaine façon, elle comprenait l'inquiétude de Benneit Lochmore. Mais une autre partie d'elle, plus tendre et vulnérable, aurait voulu se rouler en boule et pleurer. Ou sortir ses griffes et le remettre à sa place, cet homme arrogant qui lui gâchait son voyage ! Et c'était à cette tentation-là qu'elle avait cédé…

Ce n'était pas la première fois qu'elle n'arrivait pas à tenir sa langue en présence de cet individu impossible. Mais là, elle était vraiment allée trop loin. Quelle folie l'avait prise de lui parler ainsi, l'abreuvant de reproches ? Après tout, il ne faisait que s'inquiéter pour Jamie. Quoi qu'elle pense du duc de Lochmore, elle ne doutait pas de l'amour profond qu'il éprouvait pour son fils, ni de l'adoration que lui vouait Jamie en retour.

Peut-être était-elle jalouse, en fin de compte. Du père et du fils. Quelle sotte elle faisait, décidément ! Et donneuse de leçons avec ça…

Elle s'arrêta en voyant Angus sortir d'une pièce à sa droite.

— Où est le duc, Angus ?

— Ici, dans le bureau, Mrs Langdale. Mr Mac Creary et lui vérifient les comptes du domaine. Rentrées d'argent, sorties, ça n'en finit pas…

— Oh ! mon Dieu… Croyez-vous que je peux me permettre de lui demander un moment d'entretien ?

— Bien sûr. Il sera sûrement ravi d'accueillir n'importe quel prétexte pour s'esquiver…

Jo en doutait, mais elle hocha la tête, et lorsque Angus eut ouvert la porte pour l'annoncer, elle s'avança en pointant le menton, bien que son cœur batte à se rompre.

— Puis-je vous prier de m'accorder quelques instants, Votre Grâce ?

Benneit Lochmore leva les yeux et se redressa, l'air glacial. Jo eut l'impression que ses jambes allaient se dérober sous elle. Sur un regard du duc, le régisseur à binocles quitta la pièce. Elle n'attendit même pas que la porte soit refermée pour se jeter à l'eau.

— Je voudrais m'excuser pour mes propos d'hier soir, Votre Grâce. Je n'avais pas le droit de vous parler ainsi et je sais que vous n'avez rien fait d'autre qu'exprimer votre inquiétude pour Jamie. Mais je ne crois pas que je puisse rester neutre avec lui, ainsi que vous le souhaitez. C'est pourquoi il vaudrait mieux que je parte tout de suite. Je ne retournerai pas à Uxmore, aussi n'avons-nous pas besoin d'en souffler mot à Lady Theale. Le temps qu'elle apprenne mon départ de Lochmore, vous serez certainement marié et elle n'aura plus de raisons de mijoter un autre plan.

Les mots se pressaient hors de sa bouche. Benneit Lochmore écoutait, faisant un visible effort pour se composer une attitude.

— Ne pas retourner à Uxmore ? s'étonna-t-il lorsqu'elle eut terminé. Que voulez-vous dire ?

— Simplement cela. J'ai économisé mon année de gages, ainsi que mon petit avoir personnel, et je pense posséder juste assez pour louer une chambre en ville et tenir jusqu'à ce que j'aie trouvé un autre emploi. J'essaierai d'obtenir un poste dans une école pour jeunes filles. Je possède les compétences voulues et ce ne devrait pas être trop difficile.

Il s'avança vers elle.

— Asseyez-vous.

Jo jeta un regard circulaire à la pièce et prit place sur la chaise la plus proche, qui se révéla dure et légèrement de guingois. Elle aurait au moins pu se choisir un siège plus confortable pour s'entendre signifier son renvoi…

Le duc tira une autre chaise et s'assit à son tour, les bras croisés sur la poitrine.

— J'ai une autre suggestion, commença-t-il. Ou plutôt

un choix. Hier soir, après notre… discussion, j'ai réfléchi à vos propos et je souhaiterais revoir les termes de notre arrangement. Je vais être très occupé dans les semaines à venir. En plus des affaires courantes du domaine, nous donnons pour le solstice d'été un bal après lequel sera finalisé notre accord avec les McCrieff. Mon mariage avec Lady Tessa McCrieff aura sans doute lieu peu de temps après. Avant que vous ne m'accusiez d'être aveuglé par ma vanité, je précise que ces transactions matrimoniales n'ont rien à voir avec ma personne mais avec le titre et la prospérité future des Lochmore. Elles ont pour but d'assurer une stabilité politique dans les relations entre nos clans.

— Je n'ai pas…

— Mais vous le pensez et me l'avez laissé entendre pendant notre voyage.

— C'est faux, je…

Il l'interrompit d'un geste.

— De toute façon, il ne s'agit pas de cela. Le fait est que vous avez raison sur un point. Jamie est trop isolé ici. J'espère qu'une fois marié, je lui donnerai des frères et des sœurs. Il pourra également fréquenter une école dans les environs. Mais tant que tout cela n'est pas réglé, il a besoin de compagnie, ainsi que Lady Theale ne cesse de le marteler. S'il est une chose que vous avez prouvée cette semaine, Mrs Langdale, c'est que vous savez vous y prendre avec les enfants. Aussi vous serais-je reconnaissant de bien vouloir rester jusqu'à mes fiançailles. Je vous dédommagerai, bien entendu. Je doute que Lady Theale se soit montrée aussi prodigue avec l'argent des Uxmore qu'elle l'a été avec votre temps. Mais si vous restez ici, il vous faudra accepter mes conditions.

— Il n'est pas question de…

— *Mes* conditions, Mrs Langdale. C'est à prendre ou à laisser.

Jo demeura silencieuse, soulagée mais perplexe. C'était pour elle le moment de faire preuve de courage en revendiquant son indépendance au lieu de retomber dans le confort d'une nouvelle servitude. Même si la proposition ne manquait pas d'attrait…

— Eh bien, Mrs Langdale ? Comment dois-je interpréter votre mutisme ? Cela signifie-t-il que vous acceptez ? Ou est-ce une façon de me dire non ?

Un nouveau silence s'ensuivit, pendant lequel on n'entendit plus que le sifflement du vent au-dehors, poussant devant lui des nuages dont les ombres se projetaient sur les dalles de pierre. Jo tremblait un peu, malgré le grand feu qui flambait dans l'âtre. Peut-être était-ce simplement la lâcheté à l'idée de voler de ses propres ailes, ainsi qu'elle y était à présent déterminée. Mais quel mal cela pouvait-il faire de rester un mois de plus ?

Elle éprouvait pour Jamie une indéniable affection, bien plus qu'elle n'en avait jamais ressenti pour aucun des enfants de Celia. Les deux Lochmore avaient besoin d'elle, chacun à sa façon, et même si son rôle devait être temporaire, l'idée de rejeter la proposition du duc ne lui semblait pas… Eh bien, cela ne lui paraissait pas juste !

— C'est d'accord, déclara-t-elle enfin.

Le duc secoua la tête, mais ce n'était pas un geste de dénégation.

Il promena un regard autour de lui, comme s'il reprenait conscience de la réalité.

— Décidément, ce château est impossible à chauffer. Je vais demander à Mrs Merry de vous trouver un manteau décent pour vos promenades. Il y a quelques règles à respecter. Ne vous approchez jamais du nord de la baie pour quelque raison que ce soit, la marée et les courants y sont extrêmement brutaux. Jamie sait qu'il ne doit jamais s'y hasarder sans Angus ou sans moi. Mais le côté sud, plus paisible et protégé, ne présente pas cet inconvénient. Le chemin le plus court pour vous y rendre, c'est le souterrain qui part du grand escalier et aboutit à la Porte de la Mer. Mais vous ne devez pénétrer dans aucun des autres souterrains ni dans les caves, qui sont sombres, humides et malsaines, et qu'on n'utilise plus du tout. Les cuisines et celliers se trouvent dans le château et les serviteurs logent au dernier étage. Jamie sait qu'il n'a pas à s'aventurer dans ce dédale. Est-ce bien clair ?

Jo hocha vigoureusement la tête.

— Parfait. Ici, nous prenons rarement nos repas de façon formelle, car je rentre souvent tard. Vous dînerez donc le plus souvent avec Jamie dans votre salon particulier. Parfois, rarement je l'espère, on pourra vous demander de manger avec ma tante, Lady Morag. Dieu merci, elle est très peu sociable et reste cantonnée dans la tour nord, entourée de son petit confort particulier. Je vous suggère de respecter son intimité. C'est une personne très… acariâtre. En dehors de cela, n'oubliez jamais que vous êtes une Uxmore et mon invitée céans. J'ai fait en sorte que ce soit clair pour Mrs Merry et les serviteurs. Je ne veux pas vous voir raser les murs comme une gouvernante ou une domestique. Compris ?

Le soulagement de Jo commençait à vaciller devant le ton impérieux de son interlocuteur. Elle approuva d'un signe de tête, mais avec moins de conviction.

— Très bien. À présent, allez retrouver Jamie et demandez-lui de vous faire visiter le château et les jardins. J'ai du travail qui m'attend.

Il se leva, jetant aux registres un regard si visiblement dégoûté que Jo faillit éclater de rire.

— Si vous détestez cette tâche à ce point, pourquoi ne laissez-vous pas votre régisseur l'accomplir à votre place ? Il n'est pas fiable ?

— Oh ! si. Mais il se fait vieux et sa vue faiblit, bien qu'il ne veuille pas l'admettre. Il faudra un jour que je lui trouve un remplaçant, pauvre diable. Mais en attendant, je fais de mon mieux pour revoir ses comptes. Mon voyage dans le Sud nous a beaucoup retardés.

— Je peux vous aider pour cela, si vous voulez. À Uxmore, c'est moi qui tiens le livre de comptes de la maisonnée.

— Et que faites-vous d'autre à Uxmore ? Entretenir leur jardin ? Aérer les draps ?

Bizarrement, Jo ne se sentit pas offensée. Peut-être parce que *lui* semblait l'être.

— Cela ne me dérangeait pas, vraiment. C'étaient mes moments de tranquillité. J'avais la bibliothèque pour moi seule.

Il hésita, visiblement tenté par cette offre. Jo pressa ses mains l'une contre l'autre, résistant à l'envie d'insister. Il finit par hausser de nouveau les épaules, de ce geste qui lui était si particulier.

— Plus tard, peut-être. Quand vous aurez prouvé que vous savez effectivement compter et que chez les Uxmore vous ne profitiez pas de cette tâche pour détourner l'argent au profit du boucher du coin, du boulanger et du fabricant de bougies.

Jo sourit.

— Si tel était le cas, vous ne le saurez jamais. J'étais la discrétion même.

— Mrs Langdale…

Jo attendit, pensant qu'il allait allonger la liste de ses interdictions. Mais après un moment d'hésitation, il reprit d'un ton un peu gêné :

— Je ne me suis pas montré très aimable, je le crains. Merci d'avoir accepté de rester. Jamie en sera très heureux. Si vous avez besoin de quoi que ce soit pour rendre votre séjour ici plus… agréable, n'hésitez pas à demander, je vous en prie.

Il grimaça, comme s'il avait conscience du ton guindé dont il avait prononcé ces mots.

Jo réprima un sourire.

— Merci, Votre Grâce. C'est très aimable à vous.

— Bon, bon. Où allez-vous à présent ?

— Jamie me propose une chasse au trésor dans la baie. Avec un peu de chance, je ferai la connaissance de ses sirènes.

Le duc sourit, juste au moment où un rayon de soleil perçait les nuages, illuminant la fenêtre. Jo baissa les yeux, troublée par la coïncidence.

— C'est un grand honneur qu'il vous fait là. Il ne me les a jamais présentées.

— Oh ! il n'est pas du tout sûr qu'elles se montreront. Il dit que j'aurai peut-être cette chance parce que je connais

Minerva. Mais en général, les sirènes n'aiment pas les adultes. Elles les trouvent trop ennuyeux.

Le duc émit un petit rire, tandis qu'il lui ouvrait la porte.

— Je suis tenté de leur donner raison. J'espère que vos relations avec la magicienne Minerva vous seront utiles. Je dirai à Angus de se tenir en retrait quand il vous accompagnera, pour ne pas gâter vos chances de rencontre avec les habitantes des profondeurs.

— Angus n'est pas obligé de nous escorter, observa Jo en faisant un pas dans le couloir. Pourquoi se donnerait-il cette peine ?

— Je ne veux pas que vous empruntiez le souterrain avec Jamie pour seul guide, au moins la première fois. C'est un peu compliqué et vous pourriez vous perdre.

Jo faillit éclater de rire, mais elle se retint et se contenta de hocher la tête.

— Si vous pensez que cela n'ennuiera pas Angus…

— Je ne crois pas que cela l'ennuiera le moins du monde, Mrs Langdale.

Le sourire dont la gratifia le duc lui parut nettement sardonique cette fois.

Sans lui laisser le temps de répondre, il disparut dans le bureau.

Chapitre 10

Les premières impressions se révélaient souvent trompeuses, songea Jo, s'arrêtant à mi-chemin de la plage pour contempler un instant le château.

Lorsqu'ils étaient arrivés la veille en fin d'après-midi, le paysage était déjà plongé dans la pénombre à cause de l'épaisse couverture nuageuse, qui déversait une pluie incessante. Un éclair avait un instant tiré de l'ombre la silhouette du château, avec ses tours et ses restes de remparts. À travers le voile gris de l'averse, l'édifice lui avait semblé un monstre lugubre lancé à l'assaut du ciel.

À présent, dans la lumière du soleil, il ne présentait plus du tout le même aspect. Perché au sommet d'un promontoire dont les falaises gris anthracite dévalaient vers la mer, il semblait encore imposant et d'un abord peu accueillant. Mais avec le soleil qui faisait briller le gris profond de ses pierres et de ses remparts, du moins n'avait-il plus tout à fait l'air d'un repaire d'ogre !

Depuis le sud où elle se tenait, elle ne pouvait apercevoir la tour où vivait la tante du duc. Était-elle aussi déplaisante que l'avait prétendu ce dernier ? Jo tenta de se rappeler ce que Bella avait pu lui dire à son sujet, mais la conversation de sa cousine se réduisait la plupart du temps à des récriminations concernant ses conditions de vie, aux travaux de rénovation qu'elle avait fait entreprendre au château et à son désir d'allonger la durée de leurs séjours à Londres. Sans parler de sa jalousie à peine voilée à l'encontre de Benneit, qu'elle accusait de passer plus de temps avec le bébé qu'avec elle !

Si Jo se sentait encore dubitative à propos du château, la plage ne lui inspirait par contre aucune réserve. Elle était magnifique sous le ciel bleu lavé de ses nuages, avec l'odeur de la mer et la douceur du sable sous ses pas. Sous cet éclairage, le monde semblait vraiment merveilleux !

La baie était en partie abritée par une portion de falaise qui s'avançait dans l'eau, et plus loin vers le sud par un éboulis couronné d'un énorme rocher. Au-delà du promontoire, les vagues ourlées d'écume se brisaient contre la falaise, mais à l'intérieur de la baie, elles étaient animées d'un mouvement plus doux et semblaient plus joueuses que menaçantes.

Jamie ne tarda pas à abandonner ses chaussures sur un rocher et se mit en devoir d'apprendre à Jo comment dénicher un trésor, fouillant le sable autour d'une touffe d'algues gluantes et brunâtres. Les meilleures trouvailles, affirma-t-il, se trouvaient souvent dans les amas de varech rejetés par la mer, surtout après une tempête.

Ils découvrirent une ravissante coquille toute nacrée à l'intérieur, ainsi qu'un bâton incurvé dont Jamie décida qu'il avait jadis appartenu à un druide.

Lorsque l'enfant se sentit affamé, ils rassemblèrent leurs trésors et reprirent la direction du château, Jamie courant devant avec ses bas mouillés. Angus ramassa les souliers délaissés, avec un soupir tempéré d'un sourire à l'adresse de Jo.

— Vous n'êtes pas obligée de le suivre, Mrs Langdale. Il aura disparu avant que vous n'atteigniez les marches. Sa nourrice va s'occuper de lui jusqu'au déjeuner, je vais y veiller. Prenez votre temps si vous voulez flâner un peu, et quand vous serez prête à rentrer, montez les degrés au bout du souterrain et vous vous retrouverez près du grand escalier. Gravissez ensuite deux étages et vous tomberez droit dans la nursery. Ça va aller, *lass*[1] ?

1. Terme affectueux pour désigner une jeune femme. L'équivalent masculin est « lad ».

Jo hocha la tête et sourit, heureuse d'avoir quelques moments à elle. Un instant, elle s'absorba dans la contemplation de l'éboulis rocheux. Un jour, peut-être monterait-elle là-haut avec un livre. Après tout, elle avait tout un mois devant elle. Ensuite… Eh bien, il était trop tôt pour y penser !

Elle suivit le rivage, là où les vagues léchaient le sable, s'arrêtant pour ramasser un coquillage qui plairait sûrement à Jamie. Jaune crème, parsemé de petits trous, il paraissait un peu terne à l'extérieur, mais à l'intérieur c'était une merveille, d'un rose nacré à défier la palette du meilleur artiste.

Jo en traça le contour du bout du doigt. Aussi doux que de la soie, il semblait presque vivant. Si elle avait été une princesse de l'un de ces pays de rêve d'où provenaient ces trésors, selon Jamie, elle aurait eu une robe juste de cette couleur. Et elle aurait été belle et riche et n'aurait dépendu de personne d'autre qu'elle-même…

Elle secoua la tête en reprenant sa flânerie. Bizarrement, ses rêveries habituelles lui semblaient plutôt ternes aujourd'hui. Au bout d'un moment, elle gravit les degrés de pierre, franchit la Porte de la Mer et s'engagea dans le souterrain qui menait au grand escalier. Il lui fallut quelques instants pour s'apercevoir qu'elle était perdue. Elle s'arrêta, levant les yeux pour examiner les alentours. Un peu de lumière pénétrait par les étroites ouvertures à chaque bout du tunnel et elle entendait au-dehors le bruit de la mer, aussi ne s'inquiéta-t-elle pas trop. Elle se sentait juste lasse et affamée. Avait-elle tourné à droite ou à gauche après la Porte de la Mer ?

Elle revint sur ses pas, mais l'ombre et le silence grandissaient autour d'elle. Il était impossible qu'elle soit arrivée par là car le tunnel au plafond voûté, mal éclairé, s'achevait sur un escalier en spirale qui plongeait vers les profondeurs. Jo hésita, perplexe. Avait-elle atteint l'une des entrées des caves ? Les paroles du duc lui revinrent à l'esprit – les caves étaient condamnées, lui avait-il affirmé. Aussi était-il inutile de se risquer dans l'escalier. À moins qu'en empruntant tout à l'heure la porte latérale, celle du côté de la falaise, ils se soient trouvés au-dessus de l'entrée principale ? Dans ce cas, elle se retrouverait peut-être dans quelque endroit familier si elle descendait ces degrés ?

Complètement désorientée, elle songea un instant à appeler à l'aide mais l'entêtement ou la fierté la retinrent. Maintenant, au moins, elle faisait attention. Elle allait emprunter cet escalier et s'il conduisait simplement aux caves, eh bien, elle reviendrait sur ses pas et essaierait autre chose.

Une douzaine de marches plus bas, elle s'arrêta, scrutant l'obscurité au-dessous d'elle, et elle eut soudain l'impression que l'ombre remuait et se rapprochait avec de légers bruits, pareils aux soupirs d'une bête endormie dans le noir.

Le cœur battant et la respiration soudain haletante, Jo remonta une marche.

— Ce n'est rien, se raisonna-t-elle à voix haute. Un simple jeu d'ombre et de lumière, et le bruit du vent…

Comme chassée par le son de sa voix, l'étrange sensation s'évanouit. Jo n'en remonta pas moins en hâte l'escalier, encore un peu tremblante mais se moquant d'elle-même. Après quelques tâtonnements, elle se retrouva enfin à l'intérieur du château, au pied du grand escalier, et poussa un soupir de soulagement.

— Une vraie gosse, se morigéna-t-elle à voix haute en atteignant le palier.

— Pardon ? fit la voix profonde du duc.

Le pouls de Jo manqua un battement. Levant la tête, elle aperçut Benneit Lochmore en train de descendre l'escalier.

— J'ai cru que je m'étais perdue.

Fronçant les sourcils, il s'arrêta deux marches au-dessus d'elle.

— Vous avez eu peur ?

— Un peu, admit-elle, mais juste un instant. Angus et Jamie sont partis devant, je n'ai pas fait attention et j'ai tourné au mauvais endroit.

Déjà contrarié, le visage du duc s'assombrit un peu plus.

— C'est précisément pourquoi je vous avais recommandé de prendre Angus avec vous. Jamie et lui n'auraient pas dû vous quitter.

— Il n'est rien arrivé, Votre Grâce. Je me suis trouvée désorientée un instant, c'est tout.

Elle n'allait certainement pas lui parler de l'escalier en spirale. Cela l'aurait sans doute incité à la claquemurer dans son appartement, pour sa propre sécurité.

— Je vais tout de même leur dire un mot.

— Oh non, s'il vous plaît ! Nous avons passé de si délicieux moments à chercher des trésors sur le rivage… Jamie mourait de faim, il a couru devant et Angus m'a conseillé de prendre mon temps. Je vous en prie, ne soyez pas fâché contre eux. Je n'ai pas besoin qu'on me chouchoute à ce point.

Le duc descendit les deux derniers degrés et Jo regretta qu'il ne soit pas resté sur sa marche. Il se trouvait trop près à présent, la dominant de sa haute taille et de ses larges épaules. Elle se sentait toute frêle à côté, sensation qui ne lui était pas familière. Six ans plus tôt, il la mettait constamment mal à l'aise, et il y avait encore des moments où sa proximité physique la troublait, peut-être parce que la tension qui émanait de lui se communiquait à elle. Il était nerveux, c'était palpable. Sans doute n'en était-elle pas la cause, mais elle avait la nette impression d'ajouter à ses soucis au lieu de les alléger. Elle aurait voulu que Jamie soit près d'elle pour que son père voie à quel point il était heureux après leur promenade sur la plage. Mais peut-être cela n'aurait-il fait qu'empirer les choses ?

Cherchant une diversion, elle avisa un portrait juste au-dessus de son épaule gauche, celui d'une jeune femme souriante aux cheveux sombres, dont le ravissant visage rayonnait de vivacité et de lumière. Un prénom était gravé sur le cadre : Marguerite. Jo avait aperçu ce tableau la veille au soir en montant à la nursery et il l'avait déjà frappée, malgré sa fatigue.

— Qui était Marguerite ?

Le duc haussa les sourcils, perplexe.

— Marguerite ?

— La dame du portrait.

L'expression sévère du duc s'adoucit et un sourire beaucoup

trop séduisant lui effleura les lèvres tandis qu'il se tournait vers le tableau.

— Oh ! Daisy ! C'est l'une de mes aïeules.

— Daisy n'est pas un nom très courant pour une dame de cette époque, non ?

— Son vrai prénom était Marguerite, comme marqué sur le cadre, mais je n'arrivais pas à le prononcer quand j'étais petit. Aussi ma mère m'a-t-elle appris ce que ce nom signifiait en français, et nous avons pris l'habitude de l'appeler à l'anglaise, *Daisy*.

— Est-ce pour cela qu'on a accroché à côté d'elle cette ravissante planche botanique représentant une marguerite ?

— C'est ma mère qui a peint cela.

— C'est vrai ? Mais c'est magnifique ! Je me souviens à présent – c'est elle qui peignait pour vous des cartes sur les murs, Jamie me l'a dit. Elle devait être très talentueuse.

Il haussa les épaules et son sourire s'évanouit. Jo resta perplexe. Qu'avait-elle bien pu dire pour qu'il se referme ainsi ?

— Elle ressemble à Jamie, observa-t-elle en désignant le portrait.

Le regard du duc rencontra de nouveau le sien, la fixant avec une étrange intensité.

— La plupart des gens trouvent qu'il tient de Bella.

Jo plissa le front. Pourquoi ne partageait-elle pas cet avis ? Peut-être ses souvenirs de Bella s'étaient-ils estompés, recouverts à présent par l'image du duc et ce qu'elle savait désormais du caractère de Jamie.

— Oui, sans doute, admit-elle. Peut-être est-ce parce que Bella et votre Daisy se ressemblaient, elles aussi ?

Ce fut au tour du duc de plisser le front.

— Mais oui ! Comment n'ai-je pas remarqué cela plus tôt ?

La question ne semblait pas lui être particulièrement adressée, aussi Jo s'abstint-elle de répondre, se contentant d'observer son profil tandis qu'il examinait la peinture.

— Peut-être n'est-ce pas si surprenant, car elles étaient apparentées, après tout, déclara-t-il enfin. Les ancêtres maternels de Bella provenaient de la même branche française et ils rétablissaient épisodiquement des contacts quand cela servait leurs desseins politiques. En fait, mon père a rencontré ma mère lors d'une visite chez les Uxmore quand il était jeune homme et séjournait à la cour. Je distingue la ressemblance à présent, bien qu'elles restent tout de même très différentes.

— Le teint, les yeux et la bouche sont semblables, mais l'expression n'est pas la même. Bien sûr, on ne peut pas savoir s'il en était ainsi réellement ou si c'était l'interprétation du peintre.

— En tout cas, c'était une femme remarquable, tant par sa beauté que par son esprit, observa le duc d'un air rêveur.

Gênée, Jo ne put s'empêcher d'établir une comparaison avec sa propre personne. Elle était si consciente de ses défauts !

— Mais on a tendance à retoucher le passé en fonction des besoins du présent, poursuivit-il. Qui sait ? Pour ce que nous en savons, c'était peut-être une vraie mégère !

Jo secoua la tête.

— Elle a l'air gentille, murmura-t-elle, se retenant d'ajouter : « Pas comme Bella. »

Elle se montrait injuste, elle le savait. Bella avait été capricieuse et gâtée, mais ce n'était pas une mauvaise personne et elle débordait de charme. À sa manière, celle-ci avait essayé de se montrer aimable envers elle et c'était sans doute sa propre faute si elles n'étaient jamais parvenues à être tout à fait à l'aise l'une envers l'autre.

— Ma mère m'a avoué qu'elle avait projeté de m'appeler Marguerite, reprit le duc.

Une lueur de gaieté dansa dans ses yeux verts et il parut soudain beaucoup plus jeune.

— Cela aurait été assez… inhabituel, pouffa Jo.

— Elle voulait une fille et elle aimait les noms de plantes. Malheureusement pour elle, il n'existait guère de prénoms végétaux pour les garçons, sans compter mon père, qui a invoqué ses droits de chef de clan et m'a baptisé Benneit, comme son grand-père.

— Quel dommage ! Vous auriez pu vous prénommer Campanule, par exemple. Ou si vous préférez quelque chose de moins féminin, son choix aurait pu se porter sur Cerfeuil ou Clou de Girofle.

— Très drôle. Elle m'a dit qu'elle avait suggéré Rowan ou Ash. Sans succès. Mais j'ai toujours pensé que si j'avais un jour une fille, je l'appellerais Marguerite.

Le sourire disparut de son visage et il s'éloigna du portrait. Jo changea promptement de sujet.

— Ne m'avez-vous pas dit que je pourrais me rendre utile avec les comptes ? Je serais heureuse d'essayer, dès que je me serai changée.

Le regard du duc se porta sur sa robe et elle regretta d'avoir attiré son attention dessus. Le bas de sa jupe était tout mouillé, maculé de sable et de traînées verdâtres aux endroits où l'étoffe avait frotté contre le varech ou les rochers moussus. Mais pourquoi n'avait-elle pas fait plus attention ? Elle possédait si peu de vêtements ! Il était vrai qu'elle n'aurait guère d'occasions de se montrer présentable. Ici, personne ne la verrait en dehors de Jamie et des serviteurs. Et du duc, bien sûr…

Étouffant un soupir, elle recula d'un pas.

— Peut-être un autre jour, répondit-il. Je vous enverrai chercher si on a besoin de vous. Maintenant, je vous conseille d'aller retrouver Jamie avant qu'il n'ait dévoré à lui seul tout votre repas. Il a toujours l'estomac dans les talons après ses expéditions sur la plage.

Sans ajouter un mot, il se dirigea vers ses propres appartements, laissant Jo perplexe et un brin confuse.

Arriverait-elle jamais à comprendre Benneit Lochmore et les rouages compliqués de son esprit ?

Chapitre 11

— Où sont-ils, Angus ?

Le géant passa la tête dans l'entrebâillement du dressing, un éventail de cravates amidonnées à la main.

— Qui donc ?

— Jamie ! Je suis passé devant la nursery et je ne l'ai pas vu.

— Je n'en sais trop rien, Votre Grâce. Pas loin, sans doute. Ils ont passé leur temps à baguenauder aux alentours. Ce matin, le gamin l'a emmenée au ruisseau tout de suite après votre départ pour la Maison. Ils ont fabriqué des bateaux avec des bâtons et des feuillages et les ont lancés du haut de la cascade, vers le nord de la baie. L'Amazone, comme ils l'appellent…

Benneit tira sur sa cravate et la jeta sur le lit. Il se sentait las et soucieux, et les images insouciantes évoquées par Angus n'eurent pas l'effet escompté sur son humeur.

— C'est déjà l'après-midi et il pleut. Ils sont revenus sains et saufs du Brésil, j'espère ?

— Oh ! oui, Votre Grâce. Ils sont allés repérer l'itinéraire de ces bateaux sur la carte, dans la salle du planisphère. Ensuite ils ont déjeuné, puis ils sont allés lire dans la salle de classe. Comme le soleil se montrait de nouveau, ils sont allés dans le jardin voir le nichoir que nous avons fini de construire hier, puis ils sont rentrés déguster les scones de Mrs Merry et après…

— Vous vous vengez de moi, Angus ? Ai-je sali trop de

cravates ? Expulsé des métayers ? Vendu à un Anglais le fils que vous n'avez pas encore ?

Le visage d'Angus, tout couturé de cicatrices, jaillit de nouveau du dressing.

— Votre Grâce me semble un tantinet nerveuse.

— C'est vous qui m'agacez ! D'habitude vous ne me donnez du « Votre Grâce » qu'en public… ou pour me faire enrager.

— Qui ne perdrait pas patience ? C'est la centième fois depuis trois jours que vous me demandez *où ils sont* ! Mrs Langdale est une femme adulte et responsable, elle ne laissera pas Jamie s'éloigner. Si vous ne lui faites pas confiance, dites-lui de rester à l'intérieur du château et qu'on n'en parle plus. Ou plutôt, passez un peu de temps avec eux pour constater par vous-même si elle est fiable… Votre Grâce.

Les yeux fermés, Benneit compta jusqu'à dix. Puis jusqu'à vingt. Avant d'abandonner et de quitter la pièce.

La première personne qu'il aperçut après être descendu au pas de charge fut précisément Joane Langdale, avec Flops dans son sillage.

— Mrs Langdale !

Elle se retourna et Flops se coucha servilement à ses pieds, sa langue rose seule visible à travers les longs poils de sa toison.

— Oui, Votre Grâce ?

Dans sa robe grise, avec ses mains sagement croisées devant elle, elle ressemblait plus que jamais à une nonne. Deux semaines plus tôt, il aurait pris cette apparente docilité pour argent comptant. Mais à présent, il n'était plus certain de la connaître vraiment. Trompeuse, sans aucun doute. Une dissimulatrice !

Peut-être avait-il commis une erreur en lui demandant de rester tout un mois. Elle prenait trop de place au château. Même s'il s'était absenté le plus clair du temps ces trois derniers jours, il était évident pour lui à chacun de ses retours qu'elle s'était immiscée un peu plus profondément dans le train-train des lieux.

— Oui ? répéta-t-elle comme il se tenait devant elle, la mine renfrognée.

— Où est Jamie ?

— Dans la nursery, Votre Grâce.

Elle haussa les sourcils, le fixant de ses yeux gris écarquillés. Mais au lieu de le déconcerter, cette fois, ce regard ne fit que l'exaspérer un peu plus. Il chercha un grief exprimable et s'accrocha au seul qu'il put trouver.

— On m'a dit que vous vous étiez aventurés du côté nord de la baie.

— Oui, Votre Grâce.

— Je croyais vous avoir dit que c'était le seul endroit où il vous était interdit de conduire Jamie. Oui ou non ?

— Oui, Votre Grâce. C'est bien ce que vous avez dit.

Benneit rassembla ce qu'il lui restait de self-control.

— Alors pourquoi, au nom du ciel, l'avez-vous emmené là-bas ?

— Je ne l'y ai pas emmené, Votre Grâce.

— Arrêtez de m'appeler…

Il s'interrompit, reprenant son souffle.

— Vous venez d'affirmer le contraire !

— Non, Votre Grâce. J'ai seulement pris acte du fait qu'on vous l'avait dit.

— Êtes-vous en train de me dire que vous ne l'avez pas conduit là-bas ?

— En cet instant précis, j'essaie juste d'en dire le moins possible, Votre Grâce, car je vois bien que vous n'êtes pas de bonne humeur.

Benneit se pressa une main sur le front. Il bouillait littéralement, de frustration et de colère. Il avait eu raison concernant cette femme. C'était une malédiction ambulante, voire une menace. Et entêtée, avec ça ! Sa seule présence vous rendait fou. Quelques siècles plus tôt, il l'aurait envoyée chez les McCrieff, qui n'auraient pas manqué d'accéder à toutes ses conditions pour le seul plaisir d'être promptement débarrassés d'elle, réglant ainsi la querelle séculaire de leurs deux clans, pour le plus grand bénéfice des générations suivantes.

— Venez avec moi, Mrs Langdale.

Il se dirigea vers l'escalier mais s'arrêta au pied des marches en constatant qu'elle ne le suivait pas.

— *S'il vous plaît*, Mrs Langdale. Cela vous ennuierait-il de m'accompagner dans la bibliothèque ?

— Mais pas du tout, Votre Grâce.

— *Benneit*, bon sang !

L'injonction avait jailli de lui avec tant de fureur que la jeune femme cilla. Une lueur d'amusement anima fugitivement son regard, adoucissant le pli sévère de sa bouche, et il la soupçonna de retenir un rire.

Une malédiction, elle ? Non, plutôt un lutin anglais spécialement envoyé dans le Nord pour lui faire perdre ce qu'il lui restait de sang-froid écossais.

— Vous êtes dangereuse, Mrs Langdale.

— Et vous, vous êtes jaloux, Votre Grâce.

— Jaloux, moi !

— C'est clair comme le jour.

Elle le précéda dans l'escalier et après un moment de stupéfaction, il lui emboîta le pas.

— Jaloux de quoi, au nom du ciel ?

— Jaloux parce que Jamie et moi passons notre temps dehors à nous amuser pendant que vous vous attelez du matin au soir à des tâches fastidieuses pour la seule raison que vous ne faites confiance à personne. Ou presque. Vous faites bien confiance à Angus, mais il y a des limites à la somme de responsabilités que ce pauvre homme peut endosser. Sans doute accordez-vous aussi une certaine confiance à Ewan et à Mrs Merry, mais je n'en suis même pas certaine.

Ils avaient atteint la bibliothèque. Joane s'arrêta au milieu de la pièce tandis qu'il restait debout près de la porte, cherchant une réponse sensée à cet assaut en règle. Il dut se rabattre sur une mesquinerie, regrettant ses paroles alors même qu'elles s'échappaient de sa bouche.

— Vous avez raison, je fais confiance à Angus. C'est

pourquoi je le crois quand il affirme que vous avez fait voguer des bateaux en brindilles dans le nord de la baie.

— Non, il n'a pas affirmé cela.

— Puisque je vous dis…, commença Benneit, en colère.

Il s'interrompit net. Comment diable faisait-elle pour rester si calme, si posée, quand il se comportait lui-même en enfant, comme s'il était revenu à l'âge de Jamie ?

Il n'était pas jaloux, bon sang ! Il était fatigué, préoccupé, sur les nerfs. Depuis leur retour à Lochmore, les choses ne faisaient qu'empirer alors que cela aurait dû être le contraire. Après tout, il se rapprochait chaque jour un peu plus de la solution à tous ses problèmes. Il aurait dû être content de lui. Dans un an ou deux, tous ses soucis concernant le sort de Jamie seraient résolus. Pourtant, il ne se sentait pas heureux, mais de plus en plus morose au contraire, avec l'impression que quelque chose glissait hors de son atteinte. L'avenir semblait se pétrifier devant lui, aussi dur et gris que de la pierre. Pareil au château lui-même…

Joane fit un pas vers lui, décroisant les mains avant de les écarter dans un geste d'apaisement.

— Nous avons lancé nos bateaux du haut de la petite cascade qui se jette dans la baie nord, mais nous n'avons à aucun moment descendu la falaise. Angus se trouvait avec nous, aussi suis-je certaine qu'il vous a rapporté les faits avec exactitude, même s'il a voulu vous taquiner un peu comme je viens de le faire. Lui aussi se fait du souci pour vous.

« Du souci pour vous… Lui aussi. »

Ces mots atteignirent Benneit, mais il les chassa par un effort de volonté.

Peut-être avait-elle voulu le taquiner en effet, mais ce n'était certainement pas parce qu'elle s'inquiétait pour lui, à moins qu'elle ne se soit mise à le considérer comme l'un des enfants confiés à sa charge. Quelqu'un à remettre dans le droit chemin ! Au nom du ciel, il n'avait pas besoin qu'on s'inquiète pour lui. De quel droit, d'abord ?

— Angus est quelqu'un qui se fait du souci pour tout. Je… Je vous fais mes excuses pour vous avoir accusée à tort.

— Excuses acceptées, Votre Grâce. Vous vouliez me dire autre chose ?

Benneit se creusa l'esprit, cherchant ce qu'il pourrait ajouter. Joane avait de nouveau croisé les mains, telle une élève docile, mais tout de même impatiente d'être congédiée. Cet évident désir de fuir sa présence n'avait rien de flatteur pour lui et il ne put résister à l'envie de le contrer.

— Asseyez-vous un instant. S'il vous plaît, ordonna-t-il en désignant un fauteuil près du feu.

La jeune femme obéit. Contre le brocart d'un chaud rouge sombre, sa robe grise semblait plus terne que jamais. Benneit l'enveloppa d'un regard critique. Quel dommage qu'elle ne porte pas de couleurs plus gaies, des teintes qui ne jureraient pas avec son teint clair et ses yeux gris ! Il aurait fallu aussi qu'elle renonce à ce chignon si strict. Elle lui avait semblé tellement plus jolie le soir de leur arrivée, quand un simple ruban retenait ses cheveux encore humides du bain ! Jamie avait raison – elle avait une très belle couleur de cheveux, pas celle du blé mais de l'avoine mûre, juste après la moisson.

Elle lui jeta un coup d'œil interrogateur.

— Oui, Votre Grâce ?

Benneit tressaillit, brusquement tiré de sa rêverie.

— Je déteste que vous m'appeliez ainsi. Comment diable arrivez-vous à prononcer un titre avec tant de mépris ?

Elle écarquilla les yeux.

— Du mépris ?

— Vous ne vous en rendez même pas compte, n'est-ce pas ? Encore une de vos discrètes façons de vous rebeller, je suppose. Comme ce regard gris si candide ?

Les joues de la jeune femme rosirent imperceptiblement. Même lorsqu'elle rougissait, elle semblait se contraindre. Qu'aurait-il fallu pour la dénouer un peu ? Pour la voir s'empourprer franchement ?

Joane décroisa les mains et lissa sa robe, un geste d'embarras inconscient qui détendit un peu Benneit. Aussi, pourquoi diable la prenait-il autant au sérieux ? Ce n'était pas très fair-play de la pousser dans ses retranchements, lui ôtant sans doute les seules armes qu'elle possédait pour se défendre dans ce monde hostile.

— Pardonnez-moi, Mrs Langdale, je n'ai aucun droit de vous réprimander et je vous suis très reconnaissant d'être ici avec Jamie. Comme vous avez pu le voir, je suis très occupé et risque de le rester pendant toutes les semaines à venir. Jamie n'a pas piqué une seule colère ces derniers jours, du moins à ma connaissance, et ce seul fait est à mettre à votre actif. Cela me montre aussi que son comportement difficile doit être dû en grande partie à son isolement. Un enfant de cet âge ne devrait pas rester seul, je veux dire sans une compagnie stable. Visiblement, je ne lui suffis plus.

Cette vérité le frappa tandis qu'il l'énonçait. Pendant deux ans – non, davantage – il s'était étroitement impliqué dans la vie de son fils, au point de former avec lui un petit monde à part. Mais depuis la mort de son père, quelque chose avait commencé à changer. C'était perturbant pour lui et sans doute aussi pour Jamie.

Pensif, il marcha jusqu'à la fenêtre. Le bureau était l'une des rares pièces de cet étage à posséder une vue dégagée sur la mer. Il pleuvait de nouveau et l'horizon brouillé semblait se fondre dans le ciel. Ils auraient aussi bien pu se trouver sous l'eau, ou dans un cocon de nuages. Un lieu bien clos, loin du reste du monde.

Tournant le dos au paysage, il revint vers le feu, conscient que Joane l'observait, une légère ride entre ses sourcils délicats. Une fois de plus, l'insistance de ce regard le surprit. D'accord, elle était veuve, mais elle était encore jeune et il n'était pas habitué à voir des jeunes femmes le dévisager ainsi, sauf si elles cherchaient à attirer son attention.

— Jamie est un garçon adorable, déclara-t-elle. Mais il est naturel qu'il ait besoin de compagnons. Il n'y a là rien de préoccupant, Votre Gr…

Elle rougit, visiblement réticente à prononcer son titre après la remarque qu'il lui avait assénée, et Benneit se sentit de nouveau un parfait imbécile. Pourquoi fallait-il qu'il perde sans cesse la mesure avec elle ?

— Je suis désolé. Je n'aurais pas dû vous dire cela tout à l'heure mais je préférerais que vous m'appeliez Lochmore tout court plutôt que « Votre Grâce ». Ou plutôt non, j'aimerais mieux Benneit, mais c'est sans doute trop informel pour vous avec votre sens très anglais des convenances. De toute façon, ces échanges de politesse ne sont pas d'une grande utilité ici. Comme vous pouvez voir, le château n'est pas très peuplé.

Elle sourit.

— Oui, j'ai remarqué. C'est plutôt agréable d'ailleurs.

— Agréable ?

— Oh ! oui ! À Uxmore, il y avait toujours deux ou trois douzaines de domestiques et je n'arrivais pas à me souvenir du nom de tous les valets de pied tant ils changeaient souvent. Ici, je trouve cette équipe réduite très reposante. Chacun se sent si… à l'aise avec les autres !

Benneit émit un rire amusé.

— Je suis étonné que vous y voyiez un avantage. Ou est-ce encore une boutade de Mrs Minerva ?

— Pas du tout, je suis très sérieuse. Cela me rappelle un peu le presbytère où j'ai grandi. C'était dans un minuscule hameau, mais chaque habitant faisait partie intégrante de notre petit monde.

Benneit s'assit, curieux.

— Comment vous êtes-vous retrouvée chez les Uxmore ?

— Mon père est mort quand j'avais onze ans et le presbytère a été repris par un autre pasteur. Ma mère et moi sommes allées vivre avec Lady Theale. Quand ma mère est morte à son tour, Lady Theale m'a envoyée chez Lord Uxmore pour que je m'occupe des enfants.

— Vous aviez quel âge à ce moment-là ?

— Seize ans.

Cette fois, elle évita son regard. Elle avait débité son discours du ton monocorde d'une écolière qui récite une leçon. Elle n'était peut-être pas une vraie domestique, mais ce n'en était pas moins une servitude qu'elle avait assumée là. Pas étonnant qu'elle ait adoré son Alfred – il avait dû lui apparaître comme un sauveur, le chevalier en armure étincelante dont rêvaient toutes les jeunes filles. Sans la malchance et l'accident survenu à son époux, elle aurait encore été une épouse heureuse et sans doute la mère d'enfants bien à elle. Le contraste entre ce qui aurait pu être et la réalité présente devait la tarauder d'autant plus que ce bonheur lui avait été arraché.

— Est-ce tout, Votre… Lochmore ?

Elle trébucha sur le nom, étirant la dernière syllabe avec un sensuel petit bruit de gorge. Troublé, Benneit remua dans son fauteuil.

— Et si nous oubliions un peu le formalisme tant que nous sommes au château ? suggéra-t-il. Il n'y a personne ici pour trouver à y redire. Appelez-moi Benneit et je suivrai l'exemple de Jamie en vous appelant Jo. Joane ne vous va pas du tout.

Peut-être n'aurait-il pas dû ajouter cela, même si c'était elle qui avait soulevé la question. Mais elle se contenta de sourire, de ce merveilleux sourire inattendu qui évoquait celui d'un lutin – malicieux, capricieux, pétillant de vie… Ses lèvres semblaient plus pleines quand elle souriait ainsi, plus chaudes et douces au toucher, pouvait-on supposer.

Elle reprit vite son sérieux, mais un petit reste de gaieté s'attarda un instant sur sa bouche, frémissant, tentateur.

— Ce serait plus simple. Mais je me garde le droit de revenir à « Votre Grâce » quand je le jugerai bon.

— Vous voulez dire quand vous aurez l'intention de me taquiner ?

— Tout à fait, Benneit.

Ce « Benneit » était nettement moins troublant que sa prononciation de Lochmore, mais il n'en sourit pas moins, soulagé par cette trêve. Au moins, elle acceptait le rameau d'olivier !

— Attention à vous ! Si vous faites cela, je pourrais bien riposter en vous donnant du « cousine Joane » !

Elle fronça son petit nez.

— Je détesterais cela. Il va donc falloir que je déverse mes railleries avec prudence.

— C’est tout ce que je demande. Ou même que vous y renonciez tout à fait !

Elle se leva, secouant les plis de sa robe sac, et Benneit quitta son fauteuil à son tour.

— Certes non, répondit-elle, car alors vous n’auriez plus d’excuses pour perdre patience avec moi et cela vous rendrait encore plus grognon.

Elle s’esquiva avant qu’il n’ait le temps de répliquer, ce qui valait sans doute mieux.

Benneit se tourna vers la fenêtre. Le ciel gris s’assombrissait à l’approche de la nuit et le feu s’éteignait. Il était trop tard à présent, mais demain, il tâcherait de rentrer assez tôt pour lire un conte à Jamie avant son coucher.

Chapitre 12

— Je croyais que nous allions au village, observa Jo, comme ils atteignaient l'embranchement habituel.

— Oh ! il existe un autre chemin…

Évitant son regard, Jamie engagea son poney sur la route qui bifurquait vers la gauche.

Pressant les flancs de sa propre monture, Jo jeta un regard en arrière vers le village de Lochmore, non sans se demander ce que mijotait Jamie. Il avait boudé toute la matinée, si bien qu'elle avait fini par consentir à l'accompagner au village. Mais à présent, il semblait qu'il ait autre chose en tête.

Jo aimait le village et celui-ci ne manquait pas de charme, ainsi baigné dans ce soleil radieux. Le ciel bleu turquoise, aussi lisse que de la soie, se reflétait dans les eaux de la baie où s'attardaient quelques bateaux de pêche. D'autres embarcations, plus éloignées, n'étaient plus que des points sur l'horizon, là où le bleu de la mer rejoignait celui du ciel.

De charmantes maisons aux murs couleur crème s'alignaient le long du port, d'où serpentait tout un éventail de petites routes. Au-delà du village, une forêt s'élevait vers les montagnes dressées dans le lointain.

Jo contempla un instant ce tableau si parfait, se demandant à quoi ressemblerait la vie dans un tel lieu. Une petite maison à soi. Peut-être un ami ou deux. Après tout, elle n'était qu'une veuve désargentée et aucune convention sociale ne l'empêcherait de se lier d'amitié avec des gens en dehors de sa propre classe. Peut-être avait-on besoin ici d'une maîtresse d'école ? Dans ce cas, le duc verrait-il quelque objection à ce qu'elle demeure sur son domaine ?

— Par ici, Jo.

La voix impatiente de Jamie la tira de son absurde rêverie, la rappelant au présent. La petite monture de l'enfant avait le pied sûr et rapide pour sa taille, aussi Jo dut-elle éperonner la sienne pour rester à son rythme. Jamie avait quelque chose en tête, c'était clair. Peut-être valait-il mieux le laisser faire pour l'instant…

— Très bien. Conduisez-moi, Lord Glenarris.

Le gamin lui sourit, les yeux pétillants de gaieté, et le malaise de Jo s'estompa. Au moins, l'un des Lochmore semblait s'amuser !

Ils gravirent une autre montée, puis Jamie tira soudain sur ses rênes et s'arrêta. Jo s'en réjouit, incapable de faire autre chose qu'écarquiller les yeux devant la vision qui s'offrait à elle.

Ce n'était ni un cottage écossais ni un austère château, mais une grande et belle maison aux lignes classiques, avec des pierres d'un beau jaune très clair, qui ne pouvaient provenir de la région. La demeure se dressait sur une falaise peu élevée et le terrain derrière elle descendait en pente douce, occupé par un grand jardin d'où jaillissait une végétation colorée, dont le désordre était manifestement voulu. Une touche si typiquement anglaise dans ce rude paysage écossais que Jo sentit son cœur se serrer de nostalgie, bien qu'elle n'ait pas de foyer à regretter en Angleterre.

Lorsqu'elle rejoignit Jamie, il avait déjà attaché son poney et frappait à la grande porte qui se dressait entre deux colonnes. L'étonnement de Jo s'accrut lorsque l'un des panneaux s'ouvrit, livrant passage à Angus. Le géant haussa les sourcils à leur vue, visiblement surpris.

— Mrs Langdale !

— Angus, qu'est-ce que…, commença Jo.

Avant qu'elle n'ait eu le temps de formuler une question cohérente, Jamie passa devant Angus pour se faufiler dans la maison.

— Attends ! cria ce dernier.

Mais Jamie s'élançait déjà dans le vestibule. Jo se hâta de lui emboîter le pas. Elle n'avait pas la moindre idée de ce qui se passait mais ne voulait pas qu'il arrive le moindre désagrément au petit.

Parvenu au bout du couloir, ce dernier ouvrit une porte et se précipita dans une pièce où Jo le suivit, prête à s'excuser. Mais elle s'arrêta net après avoir fait deux pas, les pensées en déroute.

Ce n'était pas à proprement parler une pièce mais une serre, avec un mur entier occupé par de hautes vitres. La verrière donnait sur une pelouse verte bordée par des buissons et peuplée par une foule de statues représentant d'étranges animaux. Jo promena un regard effaré sur cette faune de pierre, jusqu'au moment où son attention se fixa sur une créature d'un autre genre, bien vivante celle-ci, et qui la fusillait des yeux.

Benneit Lochmore en personne se tenait debout près de la cheminée, habillé avec plus d'élégance qu'au château. Jo le trouva si séduisant dans cette tenue que son pouls émit quelques battements erratiques avant de se stabiliser de nouveau.

Percevant un mouvement sur sa droite, elle tourna les yeux et découvrit une jeune femme assise sur un sofa. Vêtue d'une délicieuse robe rose ornée de rubans, qui soulignaient son opulente poitrine et sa chevelure châtain aux reflets roux, l'inconnue souriait d'un air interrogateur. Mais avant que l'un des protagonistes de cette scène ait eu le temps de piper mot, Jamie s'élança vers son père en tirant un objet de sa poche.

— Regardez, papa, j'ai trouvé ça ! C'est un cadeau pour Braw Tumshie.

Benneit se tourna vers son fils.

— C'est très bien, Jamie, mais je suis occupé pour le moment, comme tu peux voir. Angus !

Ce n'était pas vraiment un hurlement, mais un appel assez puissant pour tirer Jo de sa rêverie et attirer aussitôt Angus sur le seuil.

— Il m'a échappé, Votre Grâce, s'excusa le géant, avec un embarras comique chez un homme de son gabarit.

— J'ai essayé de l'arrêter, intervint Jo, la gorge nouée par l'embarras et peut-être aussi un autre sentiment, qu'elle n'aurait su nommer.

C'était une chose de savoir que Benneit rendait sans doute des visites à quelque maîtresse, mais se retrouver face à face avec l'élue en était une autre. Bien sûr, cela ne la regardait en rien, mais elle n'en avait pas moins la respiration coupée et le cœur au bord des lèvres.

— Laissez donc, c'est très bien, intervint l'inconnue.

Sa voix était douce, agréable, avec un très net accent des Highlands.

— Bonjour, Jamie. Comment vas-tu ?

— Je vais bien, Lady Tessa, répondit celui-ci d'un ton méfiant.

Il se détendit un peu en voyant la dame sourire.

Lady Tessa ! Déconcertée, Jo comprit soudain. Ce n'était pas la maîtresse de Benneit mais la femme qu'il devait épouser. Les oreilles bourdonnantes, elle entendit ce dernier la présenter à sa visiteuse, puis les paroles aimables de la jeune femme et sa propre réponse, tandis qu'un sourire poli se plaquait sur ses lèvres. Puis le monde reprit sa netteté habituelle et elle sentit une étrange douleur lui serrer la poitrine.

— Jamie, va retrouver Angus à présent, ordonna le duc.

Mais au même instant, un homme trapu, à la chevelure rousse striée de gris, pénétra dans la pièce à grands pas.

— Bonjour. Est-ce là le jeune Jamie ? Approche-toi un peu, petit gars !

Jamie sursauta au son de cette grosse voix et agrippa la main de Jo, qui serra en retour celle de l'enfant comme pour se rassurer elle-même.

— Papa, je vous présente Mrs Langdale, une cousine de Jamie venue d'Angleterre, intervint avec douceur Lady Tessa. Mrs Langdale, voici mon père, Lord Aberwyld McCrieff.

— Ah, une cousine ! Bienvenue, bienvenue. Alors, les Highlands vous plaisent ?

— Oui, je… Beaucoup, milord…

— Parfait, parfait ! Eh bien, il est temps de prendre congé, Tessa. L'attelage nous attend et nous ferions mieux d'y aller si nous voulons être rentrés pour le souper. On se reverra au bal, Lochmore. Ravi d'avoir fait votre connaissance, Mrs Langdale.

Jo marmonna une vague réponse. Elle n'arrivait pas vraiment à définir les émotions qui l'agitaient en cet instant, mais le plaisir n'en faisait pas partie.

— Je vous reconduis, dit Benneit. Attendez-moi ici avec Jamie, Mrs Langdale.

Durant l'absence de son père, Jamie ne cessa de s'agiter, furetant partout dans la pièce. Jo aurait bien aimé l'imiter tant elle se sentait nerveuse. Elle resta immobile, pourtant, mais son esprit gambergeait malgré elle. Lorsque Benneit revint, il ne lui jeta pas un regard mais s'accroupit devant son fils pour le regarder droit dans les yeux.

— Tu sais que tu ne dois venir ici qu'avec moi, Jamie, n'est-ce pas ?

Jamie tendit la main vers son père puis la laissa retomber, décontenancé par la sévérité de son regard.

— Hier, vous n'êtes pas venu me dire bonsoir, ni bonjour ce matin. Je voulais vous voir. Et aussi montrer à Jo les dragons. Vous êtes très fâché ?

— Non. Mais la prochaine fois, tu attendras que je t'amène ici, compris ? Je t'ai expliqué que j'allais être très occupé pendant un certain temps.

Jamie haussa les épaules, une moue têtue sur les lèvres. Jo n'ignorait pas que la meilleure chose à faire à présent aurait été de prendre l'enfant par la main, de s'excuser et de partir au plus vite. Mais la curiosité fut la plus forte. Elle s'approcha des vitres pour examiner les statues disséminées dans le jardin. Construites en pierre et bois flotté, elles offraient un spectacle étonnant.

— Est-ce que… Est-ce que cet animal là-bas est un lion ?

— Angus, emmenez Jamie au salon d'été, ordonna Benneit d'un ton brusque. Je vous rejoins bientôt.

L'embarras de Jo se transforma en accès de panique. Elle ne voulait pas se retrouver seule avec Benneit Lochmore. Pas avant d'avoir retrouvé son sang-froid et chassé cette étrange détresse qui lui poignait le cœur !

La colère qui s'empara de Benneit à peine la porte refermée n'était pas faite pour l'aider. Le calme apparent qu'il avait arboré jusque-là vola soudain en éclats.

— Je ne crois pas vous avoir autorisée à emmener Jamie hors du périmètre du château.

Jo ne disposait d'aucun argument pour sa défense. Mais la fureur de Benneit et son propre trouble l'incitèrent à faire face.

Elle se campa devant lui.

— Non, je ne pense pas non plus, Votre Grâce.

— Ne jouez pas les gouvernantes guindées avec moi, Mrs Langdale. Vous êtes en faute et vous le savez.

— Eh bien, renvoyez-moi. Jamie m'avait affirmé que nous allions au village. Je ne me doutais pas qu'il viendrait ici et ne connaissais même pas l'existence de cet endroit. Je vous prie de m'excuser si nous vous avons dérangé, mais si tout ce que vous avez à me dire, c'est que je suis en faute, eh bien faites-le et allez au diable, parce que vous êtes aussi coupable que moi. Cela vous aurait-il coûté beaucoup de venir souhaiter une bonne nuit à votre fils au moins une fois ces derniers jours au lieu de nous laisser seuls avec lui ?

— J'ai été très occupé…

— Bien sûr, fit-elle en reniflant de dédain.

Benneit grogna comme un ours – impossible d'appeler autrement le son irrité qui émana de sa gorge.

— Où voulez-vous en venir, bon sang ?

— Nulle part, Votre Grâce. Nous allons retourner au château à présent. Jamie doit mourir de faim.

— Angus va lui donner à manger. Asseyez-vous ! aboya-t-il.

Elle fut si surprise par la brusquerie du ton qu'elle obtempéra.

— Écoutez-moi à présent ! Depuis que je suis né, on a procédé à des coupes sombres dans la population du domaine. La moitié des gens de Lochmore ont dû s'exiler pour laisser place aux pâturages et aux séchoirs à varech.

Mon grand-père et mon père leur ont accordé un pécule pour qu'ils aillent s'installer dans les Carolines ou au Canada, et ils ont encouragé ceux qui restaient à construire des distilleries clandestines de whisky comme tout un chacun dans les Highlands. Nous avons gagné une fortune avec la laine et le bœuf durant la guerre. Grisé par ce succès, mon père a cru, quand Napoléon a débarqué de l'île d'Elbe, qu'une nouvelle période de conflits allait commencer, pour notre plus grand profit. Il a engagé tout notre avenir – y compris celui de Jamie – sur cette idée. Lorsque Waterloo a coupé court à ce qui aurait pu être une décade de guerres, tout le monde s'est réjoui sauf mon père. Il s'est aperçu qu'il avait perdu la moitié de tout ce qu'il avait gagné depuis des années. S'il n'avait pas eu son attaque, je n'aurais pas pu l'empêcher de renvoyer d'autres gens.

Il reprit sa respiration avant de poursuivre :

— J'ai passé ces deux dernières années à m'assurer que Jamie n'hériterait pas d'un domaine grevé de dettes, avec une population débordant d'un ressentiment bien mérité à notre égard. À présent, j'ai enfin une opportunité qui nous permettra non seulement de garder la tête hors de l'eau, mais de créer du travail pour tout le monde et surtout de l'espoir. Pour cela, j'ai besoin de l'appui des McCrieff et d'un minimum de tranquillité pour convaincre les investisseurs sceptiques que créer une grande distillerie dans ce coin reculé des Highlands n'est pas un pari insensé, mais un projet commercial sérieux qui peut générer un grand profit. Aussi vous voudrez bien m'excuser si je passe tout mon temps à assurer l'avenir de mon fils et s'il ne m'en reste pas pour supporter vos sarcasmes et les caprices de Jamie, Mrs Langdale.

Jo aurait aimé pouvoir rentrer sous terre. Comment s'étonner, après cela, qu'il ait eu l'air si las et préoccupé ? Elle songea à la domesticité réduite du château, à la réticence de Benneit lorsqu'il avait été question d'engager un comptable pour aider Mac Creary. Sa contrition l'aida à reprendre ses esprits.

— Je suis désolée. Je ne voulais pas ajouter à vos soucis. Je peux retourner en Angleterre, je vous l'ai déjà dit. Vous n'avez nul besoin de…

L'expression sévère du duc s'adoucit soudain et un sourire éclaira ses traits.

— Nous ne sommes pas à ce point aux abois, Mrs Langdale. La laine et le varech donnent encore des profits substantiels et nous avons en partie comblé les pertes de mon père, si bien que nous n'avons plus de dettes. Peu de clans pourraient en dire autant ! Ce n'est pas par amitié que les McCrieff envisagent de se lier aux Lochmore par un mariage, croyez-moi. Mais tant que je ne suis pas certain de voir aboutir ce projet de distillerie, je ne veux pas créer d'espoirs que je ne serais pas en mesure d'honorer. Je préfère que tout soit acté avant d'en parler aux gens – l'emplacement, les plans, le financement et, malheureusement, le consentement des McCrieff.

Il hésita avant de poursuivre :

— Je ne vous cache pas que la situation est délicate, bien plus que je ne l'avais pensé de prime abord. Les ingénieurs que j'ai fait venir au village ont confirmé mes craintes – il nous faudra plus d'eau que notre loch ne peut en fournir. Ce qui signifie que nous dépendons de la bonne volonté de Lord Aberwyld.

— Je vois.

Elle comprenait en effet. Le mariage envisagé n'était pas seulement une question de politique entre clans ni de préférences personnelles, mais la clé de l'avenir de Jamie.

— Je ne devrais pas vous en parler, reprit Benneit. Seuls Angus et l'un de mes représentants à Londres sont au courant de toute l'affaire. Même Mac Creary n'en sait rien. Je sais que je peux faire confiance à votre discrétion mais il faut que vous compreniez pourquoi en ce moment je ne suis pas aussi disponible pour Jamie que je le souhaiterais.

Jo commençait à reprendre ses esprits.

— Je ferai de mon mieux, Votre Grâce. Mais je peux

du moins vous aider avec Mac Creary. Vous ne voulez pas utiliser mes services ?

Sans y penser, elle lui tendit la main. Benneit la prit dans la sienne et la porta à ses lèvres, effleurant ses phalanges d'un baiser dont elle sentit la caresse tiède sur sa peau. Puis il demeura un instant immobile, suspendant son geste. Un étrange sourire flottait sur ses lèvres.

— Vous sentez toujours comme les roses, chuchota-t-il.

Cela aurait pu n'être qu'une inoffensive observation, mais le corps de Jo réagit comme si Benneit avait eu le pouvoir, comme par magie, de la déshabiller d'un souffle. Elle sentit se dresser les pointes sensibles de ses seins.

Un éclat de rire de Jamie monta du vestibule. Benneit lui lâcha la main et se dirigea vers la porte.

— Venez. Angus aura sûrement mis de côté quelques tartes pour vous redonner des forces à tous les deux avant que vous n'affrontiez le trajet de retour. Moi, j'aurai encore quelques documents à examiner quand je reviendrai au château, mais jc vous promets de lire un conte à Jamie ce soir. Réjouissez-vous de mon obéissance, Mrs Langdale. Me voilà aussi docile que Flops !

Jo le précéda pour franchir la porte mais garda la tête baissée, trop troublée pour réagir à la plaisanterie. Si seulement elle avait eu un peu l'usage du monde ! Quelqu'un comme Bella aurait su comment réagir à cette boutade, ripostant sur le même ton et flirtant même un peu avant de ne plus y songer. Quelle idée allait-il se faire d'elle ? La veuve austère qui ne sait pas sourire… Sans doute la trouvait-il terriblement empruntée, ainsi qu'elle l'était six ans plus tôt.

Elle essaya de trouver une repartie un peu légère, mais au lieu de cela, ce fut une question incongrue qui jaillit de ses lèvres :

— Qui est Braw Tumshie ?

Benneit lui jeta un coup d'œil surpris.

— Comment savez-vous…

Il s'interrompit pour se frapper le front.

— Ah oui, Jamie ! Venez avec moi, je vais vous présenter.

Il la prit par le coude et la guida dehors, lui faisant contourner la maison jusqu'à un mur bas percé d'un portail, d'où des marches de granite descendaient vers le ravissant jardin orné de statues d'animaux – un vrai zoo de pierre et de bois !

— Tumshie veut dire « navet » en Écosse. Le lion que vous voyez là-bas a été nommé ainsi à cause de la forme de sa tête.

L'animal se dressait dans un coin à l'ombre d'un bouquet d'arbres, derrière une tonnelle enlacée de vigne, la tête légèrement levée comme s'il reniflait une odeur. Son corps était composé d'un tronc noueux et de pierres plates semblables à des dalles, et un fin réseau de ramilles entrelacées formait sa crinière. Ses yeux semblaient en obsidienne, d'un noir profond où s'exprimait la tristesse. À ses pieds s'élevait un monticule disparate, où se mêlaient des cailloux, le bras cassé d'un jouet, quelques pièces de métal et autres fonds de poche. Des offrandes de Jamie, très certainement.

— Qui a modelé ces merveilles ?

Benneit promena un lent regard sur le jardin alentour et elle crut un instant qu'il n'allait pas répondre.

— C'est mon père qui a fait construire cette maison pour ma mère, expliqua-t-il enfin. Elle était anglaise et adorait les jardins, mais ses tentatives pour transplanter ses plantes dans le labyrinthe végétal du château s'étaient soldées par un échec. Elle a amené ici un ami féru d'horticulture, qui a désigné cet endroit comme le plus propice à des plantations, et elle a donc décidé que ce serait son jardin privé. Après ma naissance, elle est tombée malade et c'est alors que mon père lui a fait construire cette maison à l'image de sa demeure d'enfance. C'était une vraie folie, mais ce lieu est devenu sa retraite et il est à présent la mienne.

— C'est elle qui a sculpté tout cela ?

— Oui. Comme Jamie, nous ramassions du bois de flottage sur la grève et elle en faisait ces statues.

— Et elle peignait aussi des cartes ! Elle avait beaucoup de talent.

— Malheureusement, fut le bref commentaire de Benneit. Nous devrions rentrer à présent. Venez.

— Pourquoi « malheureusement » ? Vous devriez être fier d'elle.

— Son intérêt pour l'horticulture pouvait passer à la rigueur, mais une duchesse de Lochmore jouant avec des cailloux et des bouts de bois n'avait rien de glorieux, Mrs Langdale. Comme s'il ne lui suffisait pas d'être anglaise…

— C'est vous qui parlez en ce moment ou votre père ?

La colère jaillit de lui, si immédiate que Jo recula. Jamais elle ne lui avait vu cette expression. Elle l'avait connu hargneux, agacé, parfois cassant, mais jamais furieux. C'était une réponse en soi. Il se baissa pour ramasser une pierre et l'espace d'un instant, elle se demanda s'il allait la lui jeter à la face pour la punir de ses propos inconsidérés. Mais il se contenta de la poser en équilibre sur la croupe d'un cheval miniature, sans prononcer un mot.

Jo se permit d'insister.

— Jamie était si heureux de venir ici ! De toute évidence, il adore ces sculptures. Il les voit comme elles sont vraiment – de pures merveilles. Il rayonnait quand nous avons découvert le trésor parfait à apporter au lion Tumshie. Ne faites pas en sorte qu'il en ait honte en grandissant !

Benneit tourna vers elle un regard fulgurant.

— Savez-vous que j'ai songé à vous renvoyer à Londres dès que nous avons atteint Carlisle, Mrs Langdale ?

— Seulement à Carlisle ?

— Bon sang, Jo ! Vous ne pouvez pas vous mêler de vos affaires ?

— Très bien. Je ne dirai pas un seul mot de plus.

— Je croirai cela quand les poules auront des dents, marmonna-t-il, mais sa colère s'était visiblement dissipée.

Il reprit la pierre, la glissa dans sa poche et désigna d'un geste la maison.

— Rentrons maintenant.

Installé devant une table chargée de mets, dans une jolie pièce donnant sur la mer, Jamie sauta de son siège en les voyant entrer. Jo lui adressa un sourire rassurant, mais le garçonnet n'avait d'yeux que pour son père, dont il scruta le visage.

Benneit le souleva dans ses bras.

— As-tu déjà tout dévoré ou nous as-tu laissé un petit quelque chose, Jamie ?

Le visage de l'enfant se détendit, tandis qu'il enlaçait le cou de son père. Benneit s'assit avec lui sur le siège de la fenêtre et tira la pierre de sa poche.

— Regarde ceci à la lumière.

— Oh ! un œil de dragon !

Jo resta assise en silence, tandis que l'enfant, soulagé, se livrait à un bavardage exubérant. Benneit écoutait, les yeux fixés sur son fils et un demi-sourire aux lèvres, mais Jo discerna dans ses yeux une expression qui lui serra le cœur. Qu'est-ce qui le rendait toujours si triste ? Était-ce à cause de Jamie, de lui-même, de Bella ?

Jusqu'à quel point regrettait-il encore sa jolie, sa radieuse épouse ? Jo avait toujours supposé que la perte d'une personne aussi charmante et accomplie avait dû lui briser le cœur. Mais au fil des jours, elle avait de plus en plus de mal à associer le Benneit qu'elle avait sous les yeux avec le mari de Bella.

— Voulez-vous servir le thé, Mrs Langdale ?

Jo tressaillit, tandis qu'Angus posait le plateau sur la table. Le géant lui sourit et elle lut dans son regard bleu une complicité qui la fit sourire en retour.

— Avec plaisir, Angus.

En fin de compte, Benneit choisit de rentrer à cheval avec eux au château. Jamie chevauchait en tête, arrêtant de temps à autre son poney pour chercher de nouveaux trésors. Le soleil était à son zénith et la mer lisse semblait si attrayante que Jo aurait voulu galoper droit vers la plage et se plonger dans ces eaux bleues.

— Est-ce qu'il est possible de nager ici ?

Benneit éclata de rire.

— Si vous n'avez pas peur de vous geler le… euh… Si vous n'avez pas peur de geler. Ce n'est pas Brighton, ici !

Elle soupira.

— Je suis allée nager une fois avec Alfred à Torquay. Nous étions allés là-bas tout de suite après notre mariage et c'était merveilleux. Je ne connais rien de comparable. J'aimerais refaire cela au moins une fois dans ma vie.

Benneit ne répondit pas, se contentant de s'arrêter là où le sentier se rapprochait le plus de la falaise, le regard tourné vers l'immensité de la mer. Jo fit halte à son tour, se demandant si elle avait dit quelque chose de mal. Peut-être ses paroles avaient-elles rappelé à Benneit son propre mariage et le deuil qui avait suivi ? Cette crainte jeta une ombre sur le plaisir qu'elle éprouvait en cet instant.

— Lady Theale projette de vous trouver un nouveau mari, déclara-t-il enfin, les yeux toujours fixés sur l'horizon.

— Je vous demande pardon ?

— Lady Theale m'a dit…

— J'avais bien entendu, mais… Ce sont vraiment ses paroles ?

Il se radoucit de nouveau.

— Ne me fusillez pas du regard ! Je vous répète seulement ce qu'elle m'a confié.

— Comme c'est généreux de sa part !

— Elle devrait vous trouver un prince. Vous savez si bien prendre des airs de princesse offusquée !

— Je pense simplement qu'elle a mieux à faire que de se mêler de…, commença Jo, qui referma brusquement la bouche.

— C'est tout à fait ce que je pense. Et ce que j'ai déjà pensé quand elle vous a déposée à ma porte il y a trois semaines, railla-t-il, atténuant la pique d'un sourire.

— Vous pouvez toujours me renvoyer. Quand vous voudrez que je parte, il vous suffira de le dire.

— Vexée, hein ?

Une lueur scintillait dans ses yeux d'un vert sombre pareil à celui des collines derrière lui, adoucissant les traits de son visage austère. Une vague de bonheur déferla soudain en elle, la surprenant par son intensité. C'était une sensation à la fois étrange et familière qui la ramena en un instant des années et des années en arrière, à ces chauds après-midi d'été où elle jouait avec ses amies dans le verger derrière le presbytère.

— Voilà qui est mieux, commenta-t-il. Vous savez, je ne crois pas vous avoir vue sourire une seule fois durant toute cette fameuse Saison à Londres, il y a des années, ce qui est bien dommage. Il a un incroyable pouvoir, votre sourire. Aviez-vous peur de voler à Celia et Bella leurs soupirants si vous aviez souri ainsi ?

La remarque était galante de sa part, même si c'était un pieux mensonge. Associé au pétillement malicieux de ses yeux, ce compliment acheva de réchauffer le cœur de Jo.

— À vrai dire, je ne me rappelle pas grand-chose de ces mois-là. Seulement que j'aurais aimé être ailleurs. Rien de pire que la timidité quand on pénètre dans une salle de bal londonienne !

Il se pencha sur sa selle pour mieux la regarder, les lèvres encore adoucies par ce sourire si complice, si intime…

— Vous n'avez jamais été timide, Jo. Cela aurait mieux valu pour vous si vous l'aviez été, d'ailleurs. Vous connaissant à présent, je pense que vous bouillonniez plutôt de colère et de ressentiment sous votre apparence de froideur. J'ai lu dans un journal l'histoire d'un homme qui a vécu un an à Naples dans l'ombre du Vésuve, lequel n'était alors qu'une paisible et silencieuse montagne. Mais pendant tout ce temps, l'homme était conscient que tout Pompéi pouvait être anéanti dans une explosion de lave et de feu. Il disait que l'air tranquille vibrait d'une violence latente. C'est impressionnant, n'est-ce pas ?

— Plutôt horrible, répondit Jo.

Elle avait essayé de prendre un ton léger, mais sa voix

tremblait. Les mots de Benneit la blessaient d'autant plus qu'ils succédaient à un sentiment de joie.

Rapprochant son cheval du sien, il tendit le bras pour lui presser la main.

— Je ne voulais pas vous insulter, Jo, bien au contraire. Vous êtes une jeune femme remarquable. Dans des circonstances différentes, tous ces imbéciles vous auraient mangé dans la main.

Elle ricana.

— Oui, si j'avais été riche, jolie – tout ce que je ne suis pas. C'est absurde !

— Je croyais que vous étiez meilleur juge des gens et de leurs motivations. Si vous aviez usé alors d'une toute petite parcelle de cette passion et de cette détermination pour vous gagner leur bonne opinion au lieu de les tenir à distance, votre absence de richesse n'aurait plus revêtu d'importance, croyez-moi.

— Mais pas mon absence de manières !

— Il n'y a rien à reprocher à vos manières. Tout le monde porte un masque en société. Vous avez choisi le mauvais, voilà tout.

Il lui tenait toujours la main, une inconvenance à laquelle elle ne prit pas garde. Ce qui lui faisait battre le cœur de plus en plus vite, c'était le sourire de Benneit, la façon dont son regard luisait en se posant sur elle. Elle avait assez vécu désormais pour savoir ce que les hommes voyaient chez la plupart des femmes, attrayantes ou non – de possibles partenaires sexuelles. Elle n'avait aucune raison de penser que la déclaration de Benneit puisse signifier autre chose que cela. Alfred, qui s'était toujours montré très ouvert avec elle, avait répondu à ses questions aussi franchement que possible, lui ôtant quelques-unes de ses sottes illusions sur l'amour.

Le regard de Benneit s'attarda sur sa bouche et Jo sentit son cœur s'emballer, tandis qu'une roseur lui montait au visage. Elle avait chaud et pourtant elle frissonnait. La brise lui apportait l'odeur de Benneit, un mélange de savonnette, de linge propre et de musc. Elle sentait ses paupières s'alourdir et tout son corps s'alanguissait sur la selle. Instinctivement, elle resserra les jambes autour de sa monture, cherchant un support.

Quelque part en elle, elle savait que ces sensations étaient disproportionnées par rapport à l'intérêt que lui manifestait Benneit en cet instant. Un simple réflexe de mâle. Rien de plus, en tout cas, que ce qu'elle avait vu souvent se peindre sur le visage d'Alfred quand une jeune femme attrayante traversait la place du village. Mais la voix de la prudence s'affaiblissait dangereusement en elle. Elle tira sur sa main pour se libérer.

Baissant les yeux, Benneit la lâcha d'un geste un peu brusque et une légère rougeur envahit ses pommettes saillantes. Il jeta un coup d'œil vers Jamie qui revenait en gambadant vers son poney.

— Je crois que mon fils a trouvé un autre trésor. J'espère que ce n'est pas une mâchoire de mouton, comme la dernière fois que nous avons emprunté le sentier de la falaise !

Chapitre 13

Benneit allait et venait entre la fenêtre et le bureau, regrettant sa décision. Il n'aurait pas dû envoyer Angus chercher Jo. Peut-être se reposait-elle. C'était stupide de la déranger, même si c'était elle qui avait proposé son aide. Il n'aimait pas l'idée qu'elle pourrait le comparer aux Uxmore, qui abusaient de ses services sans le moindre scrupule.

Mais bon, elle s'était bel et bien proposée et Mac Creary pouvait profiter de son aide tant qu'il était lui-même occupé avec les plans des ingénieurs.

Il revit le sourire de Jo lorsqu'elle avait réitéré son offre. Un sourire confiant, si sincère et chaleureux qu'il ressemblait à une caresse. Elle ne l'avait pas cru lorsqu'il avait évoqué le pouvoir de son charme et elle avait eu tort. Il connaissait assez ses congénères masculins pour en être sûr – si elle avait fait usage de ce sourire, de ce rire en cascade, de cette compréhension sans préjugés qu'exprimait parfois son beau regard gris, elle aurait traîné tous les cœurs après elle et n'aurait pas manqué de prétendants, même dépourvue de dot et sans l'éclatante beauté de certaines débutantes.

Le dénommé Alfred n'avait pas manqué de nez en flairant chez elle ce qui avait échappé à d'autres. Son amour, de toute évidence, avait su emporter les défenses de la jeune femme. Il s'était doté d'une épouse tendre et généreuse, toujours prête à lui apporter son soutien. Si cet homme avait été moins casse-cou, Jo se serait encore trouvée où elle méritait d'être. Dans la maison de son mari, dans son lit…

Des coups discrets à la porte le tirèrent de sa rêverie.

— Entrez ! ordonna-t-il d'une voix un peu trop forte.

Nerveux, il croisa les mains derrière son dos, agacé par son propre trouble. Jo pénétra dans la pièce et s'arrêta à deux pas du seuil, aussi soignée que d'habitude malgré son affreuse robe grise.

Benneit s'éclaircit la gorge et tâcha de ne plus songer qu'aux affaires.

— Merci d'être venue. Un mot avant que nous ne commencions : j'ai négligé de faire des achats pour vous après notre accord de prolonger votre séjour ici. Aussi vous demanderai-je de bien vouloir donner à Mrs Merry une liste de tout ce dont vous avez besoin. Ce qu'elle ne pourra pas vous fournir ou acheter au village, Angus pourra se le procurer lors de son voyage hebdomadaire à Kilmarchie ou quand nous irons à Glasgow.

— Si j'ai besoin de quelque chose, je peux l'acheter moi-même au village, j'en suis sûre.

Le ton était un peu revêche, mais elle avait légèrement rougi et sa gêne allégea en partie Benneit de la sienne. Il sourit.

— Je vois. Toute offre sincère de ma part sera poliment repoussée, n'est-ce pas ? Mais si de mon côté je vous disais que je n'ai pas besoin de votre aide pour Jamie ou pour les comptes, vous considéreriez cela comme une preuve de mon caractère têtu d'Écossais. Deux poids, deux mesures – cela peut se révéler très irritant, Mrs Langdale.

La réaction de Jo ne le déçut pas. Les yeux de la jeune femme se plissèrent et le sourire mutin qu'il adorait lui illumina le visage.

— Vous me cherchez querelle pour m'obliger à accepter vos largesses, Votre Grâce ? Avec tous ces troupeaux que vous possédez, vous avez fini par croire que les gens se laissent aussi facilement mener que des moutons !

— Hum… Vous me faites davantage penser à une chèvre qu'à une brebis, Mrs Langdale. Je dirais même à une mule. Deux bêtes extrêmement entêtées.

Jo pouffa de rire.

— Mrs Merry et Beth m'ont déjà procuré tout ce dont je puis avoir besoin pendant mon séjour, y compris une solide paire de bottines et un bon manteau épais, aussi ne vous faites pas de souci. Maintenant, montrez-moi donc les registres. Nous verrons si je peux vous offrir quoi que ce soit d'aussi utile en retour.

Benneit s'écarta, tandis qu'elle allait s'asseoir à son bureau. Le lutin aux yeux gris n'attendait pas de faveurs de sa part, ce qui signifiait qu'elle aurait du mal à accepter les robes qu'il avait commandées pour elle à l'ancienne couturière de Bella à Glasgow. Il espérait qu'elles n'allaient pas tarder à être livrées, car il était las de la voir dans ces sacs.

Peut-être devrait-il suggérer à Mrs Merry de renverser *accidentellement* un peu de goudron ou de graisse sur ces horreurs ? Ainsi, Jo serait bien obligée d'accepter les nouvelles robes lorsqu'elles arriveraient. Quoique… Cette dernière serait bien capable de pousser l'entêtement jusqu'à rester en chemise, pour le seul plaisir de ne pas céder !

Malheureusement pour lui, cette pensée ramena le souvenir de ces instants troublants sur le bateau – quand les jupes mouillées de la jeune femme s'étaient plaquées sur ses jambes, révélant leur galbe élégant et parfait.

Benneit sentit ses sens se réveiller à cette réminiscence. Tout lui revenait à la mémoire. L'odeur de l'air marin, le balancement des vagues, et cet intempestif afflux de désir qui s'était inopinément emparé de lui, lui donnant envie de tendre les mains vers elle pour lui enserrer les chevilles, les mollets, les…

En fin de compte, ce n'était peut-être pas une bonne idée de vouloir changer sa garde-robe. Ces affreuses loques grises constituaient un bon antidote contre les idées déplacées. Enfin, elles auraient dû…

Penchée sur le registre, un coude appuyé au bureau et le front dans sa paume, Jo examinait les colonnes de chiffres. Ses cheveux étaient tirés en arrière, retenus par le chignon habituel qui découvrait sa nuque et quelques centimètres de la douce courbe de ses épaules.

Elle ne possédait pas la carnation parfaite de Bella ni sa blancheur nacrée. Benneit se rappelait les paroles de sa femme, regrettant que sa cousine soit si jaunâtre de teint et attribuant ce hâle à son enfance au grand air – « Toujours dehors comme une gamine du village, je vous demande un peu ! »

Il avait été trop amoureux de Bella durant cet été à Londres pour ressentir autre chose qu'un léger remords devant les remarques parfois cinglantes de celle-ci, les attribuant à la partialité d'une jeune fille si remarquablement belle qu'elle ne pouvait s'empêcher de juger tout le monde à son aune. Aujourd'hui, il en venait à se demander si Bella ne ressentait pas quelque jalousie à l'égard de sa cousine défavorisée par le sort. Ou, qui sait, un léger ressentiment à l'encontre de cette Jo qui refusait visiblement d'être en adoration devant elle comme l'était tout le monde à cette époque – y compris lui !

En tout cas, Jo ne méritait pas d'être qualifiée de « jaunâtre ». Sa peau était d'une nuance un peu plus foncée que l'ivoire, une teinte un peu chaude qui devait bien supporter le soleil.

— Il vous arrive d'attraper des taches de rousseur ?

Elle leva les yeux, stupéfaite. Benneit n'en crut pas ses propres oreilles. Avait-il vraiment posé cette question tout haut ?

— Je veux dire... Si vous passez beaucoup de temps dehors avec Jamie... peut-être Mrs Merry pourrait-elle vous procurer de... euh... de la crème. Bella redoutait toujours les taches de rousseur.

Jo se toucha la joue, visiblement déconcertée.

— Non. Enfin, quelques-unes, mais je n'utilise pas de crème. Je n'en ai jamais mis. C'est le cadet de mes soucis.

— Alors je n'ai rien dit. Hum... Ce registre vous semble-t-il lisible ? Pensez-vous que vous puissiez vérifier les comptes ?

— Certainement. Votre régisseur a une très belle écriture. La vôtre n'est pas mal non plus, Votre Grâce, ajouta-t-elle en hâte.

Benneit sourit.

— Vous n'êtes pas obligée d'épargner mon amour-propre,

Mrs Langdale. Je ne suis pas jaloux de la calligraphie de Mr Mac Creary. Je réserve mes réactions mesquines pour des sujets plus graves.

Jo se pencha de nouveau sur les chiffres, levant de temps à autre les yeux vers lui, et Benneit se sentit une fois encore envahi par des sentiments contradictoires. Elle semblait si à l'aise dans *son* fauteuil, bien qu'à demi perdue dans cet immense siège…

Il recula d'un pas.

— Puis-je vous laisser avec ces registres en ce cas ? J'ai à faire au village.

— Bien sûr, Votre Grâce.

— Très bien. Et merci. Euh… N'en faites tout de même pas trop !

Les lèvres de la jeune femme se retroussèrent en un lent sourire. Sans doute n'était-elle pas consciente de l'embarras où elle le plongeait – comment s'en serait-elle doutée ? Mais il se sentait tout de même aussi penaud qu'un enfant devant une maîtresse d'école.

— Eh bien, au revoir, répéta-t-il.

Et de battre en retraite avant de commettre – en esprit, en paroles ou en actes – quelque gaffe supplémentaire.

Dans la cour du château, tout en enfourchant Lochlear, il leva les yeux vers la fenêtre du bureau. Indubitablement, il ne se sentait pas fier de lui. Il fallait vraiment qu'il soit fou pour se laisser ainsi décontenancer par cette espèce de petit lutin aux yeux gris !

Chapitre 14

— Ous… vez… blié de me mon-trer Fou-a…

— Et toi, tu as oublié d'avaler avant de parler, Jamie, répliqua Jo sans lever les yeux de son livre.

Jamie pouffa et fit entendre un petit bruit de déglutition.

— Vous grondez mais vous avez les yeux qui rient, Jo. Ça ne peut pas marcher !

C'était là une remarque si pertinente pour un garçon de quatre ans que Jo ne put s'empêcher de rire.

— Tu as raison. C'est de Foula que tu parlais ?

— Oui. On va dans la salle de la carte ?

Jo aimait cette salle presque autant que Jamie. La carte du monde connu peinte sur l'un des murs entre des étagères à livres était encore plus élaborée que celle de Londres. Elle était peuplée d'animaux réels ou mythiques dont la position semblait un peu approximative, car on y voyait des singes au large du pays de Galles et un éléphant qui pointait sa trompe en direction de la France, tandis qu'un ours couché sur le dos semblait égratigner l'Irlande de ses pattes griffues. Jo aimait particulièrement le dragon près de Zanzibar, celui que Jamie avait mentionné à Glasgow, un énorme monstre couvert d'écailles qui dardait vers eux ses yeux aussi ronds que ceux d'une chouette. La mère de Benneit avait eu du talent, c'était indéniable.

Jamie se précipita vers le planisphère, montrant du doigt un dessin bleu et brun près de la côte ouest.

— Celui-là, c'est moi qui l'ai fait ! Devinez ce que c'est.

— Un bateau ?

Jamie applaudit, ravi.

— Vous avez gagné ! Je suis le capitaine et je vais naviguer…

Il traça du doigt une ligne à travers la carte et s'arrêta près d'un triangle sur le continent africain.

— C'est une pyramide.

— Comme dans *Le Garçon du désert*, approuva Jo.

La voix du duc s'éleva derrière eux.

— Encore ? Je n'aurais jamais dû acheter ce livre chez Hatchard !

Cette fois, Jo ne fut pas surprise par son arrivée soudaine, peut-être parce qu'elle avait senti son odeur sans même s'en rendre compte – ce subtil mélange de grand air, de vallons humides et de musc.

Ils avaient beau vivre dans un château, cette façon très informelle d'élever le futur duc de Lochmore n'aurait pas manqué de susciter la désapprobation de Lady Theale et des Uxmore, Jo n'en doutait pas. Ces derniers insistaient toujours sur les convenances, et même à Langdale, ils dînaient en grand apparat. Tandis qu'à Lochmore, le repas du soir se prenait le plus souvent à une table en bois dans la nursery et réunissait, en plus d'elle-même, un gamin de quatre ans sans chaussures, un chien qui ressemblait à une version canine de ces vaches à longs poils qu'on voyait paître dans les prairies des Highlands, et de plus en plus souvent le duc, qui rentrait tout mouillé et ébouriffé par le vent, la plupart du temps en habits de cheval ou en manches de chemise.

Une fois, il était même arrivé vêtu du kilt traditionnel, après une réunion au village. Il s'était excusé pour sa tenue mais au fond d'elle-même, Jo n'avait pu s'empêcher de le trouver superbe avec le plaid orange et bleu drapé autour de sa taille et rejeté sur son épaule.

— Mais vous adorez ce livre, papa ! protesta Jamie, les sourcils froncés.

— Bien sûr que je l'aime, monsieur l'explorateur. Mais je n'ai pas forcément envie que tu navigues loin de moi.

— Je rentrerai toujours à la maison, vous savez.

— Ah, cela me rassure. Alors où vas-tu naviguer à présent ?

— Jo allait justement me montrer Foula. Elle me l'avait promis à Londres.

Il sautilla le long de la côte ouest de l'Écosse.

— J'ai suivi les lettres comme on l'avait dit, F-O-U-L-A. Mais je n'ai pas trouvé !

Benneit prit son fils dans ses bras.

— Continue, intima-t-il.

Jo les observait de profil. Le duc portait sa tenue de cheval, mais sa cravate était à moitié défaite et ses cheveux décoiffés par le vent… Ou peut-être une main de femme, qui sait ? Elle s'était trompée à propos de la Maison, mais cela ne voulait pas dire qu'il ne voyait pas une maîtresse ailleurs, quelque part dans les parages.

Et alors ? Cela ne te regarde pas, se rappela-t-elle.

Ce n'était pas la première fois que ces pensées absurdes revenaient la narguer. Mais aussi importunes qu'elles soient, elles ne la troublaient pas autant que la façon dont son corps réagissait lorsque le maître des lieux pénétrait dans une pièce, cette conscience aiguë de sa présence mêlée à une joie spontanée – comme si un rayon de soleil avait brusquement illuminé la salle.

Elle avait beau se gronder pour sa folie, elle ne parvenait pas à détourner les yeux de lui. Jour après jour, il s'éloignait un peu plus de l'homme qu'elle avait connu jadis et dont elle avait gardé le souvenir – le mari de Bella. Ou peut-être était-ce elle qui n'était plus la même. Elle ne ressentait plus de gêne comme autrefois devant la prestance et l'indéniable beauté virile du duc, mais elle trouvait de plus en plus dur de détourner son regard de ce beau visage aux traits rudes, au nez un peu aquilin, aux pommettes saillantes et bien ciselées.

L'homme qu'elle avait côtoyé six ans plus tôt ne manquait pas de charme et souriait bien plus souvent, pourtant il était beaucoup moins attirant alors qu'aujourd'hui. Jo ne comprenait pas vraiment cette contradiction. Mais elle aussi était jeune en ce temps-là et arrogante à sa façon, toujours susceptible et sur la défensive, ainsi qu'il l'avait observé. Les changements survenus dans l'homme qui se tenait devant elle soulignaient tout ce qui avait changé aussi en elle.

— Là ! Là ! s'écria soudain Jamie, qui bondit dans les bras de son père pour atteindre le point situé très haut au-dessus de la côte écossaise, manquant de tomber, dans son enthousiasme.

Mais Benneit le tenait solidement, les lèvres incurvées par un sourire. Le sourire du duc, c'était comme le soleil écossais, songea Jo. Il brillait rarement, mais lorsqu'il se montrait, il vous coupait le souffle par son rayonnement et sa beauté.

Les yeux levés vers la carte, elle écouta le père et le fils bavarder tranquillement, jusqu'au moment où la nourrice apparut sur le seuil. Jamie commença par renâcler, mais lorsque son père lui eut promis qu'il pourrait dîner en bas ce soir-là, le petit battit des mains et consentit à suivre la vieille femme.

Jo voulut leur emboîter le pas, mais la voix de Benneit l'arrêta comme elle atteignait la porte.

— Mrs Langdale – Jo !

Elle se retourna. Il faisait déjà nuit dehors. Le feu n'était pas allumé dans la salle et le visage de Benneit, plongé dans l'ombre, se confondait avec les représentations fantasmagoriques de la carte, dont les contours s'estompaient dans l'obscurité. L'espace d'un instant, Jo eut l'impression qu'il sortait du planisphère pour s'avancer vers elle, habitant d'un monde à la fois terrifiant et riche de promesses. Puis il se rapprocha, les contours de son visage nimbés d'or par le reflet des appliques murales du couloir, et l'illusion disparut. Il lui sembla distant tout à coup, de nouveau très loin du Benneit Lochmore qui les rejoignait, Jamie et elle, pour d'informels dîners. Comme si sa présence recelait une menace.

— Votre Grâce ?

Sa voix tremblait un peu, mais pas assez pour qu'il le remarque, du moins l'espéra-t-elle.

— Je voulais vous remercier. Je suis allé au village avec Mac Creary et il m'a répété à quel point votre aide lui est précieuse. Je commence à me dire que nous abusons de votre générosité. Quand vous ne veillez pas sur Jamie, vous devez vous sentir libre d'employer votre temps à votre convenance et d'aller où vous avez envie.

Jo leva le menton, un peu piquée par le retour de ce ton formel, après les relations plus détendues qui semblaient s'être établies entre eux depuis leur visite à la Maison.

— Je suis parfaitement capable de faire mes propres choix, Votre Grâce.

Il exhala un soupir qui semblait dû à la fatigue plus qu'à l'impatience et Jo sentir ses défenses faiblir. Voilà qu'elle avait de nouveau pris la mouche !

— Personne n'abuse de ma générosité, Benneit. J'aime bien travailler avec Mr Mac Creary. Je trouve les chiffres reposants. C'est une tâche si peu exigeante !

L'expression sévère du duc fondit soudain, remplacée par le sourire dévastateur. Il s'approcha d'elle, et Jo, à la lumière qui filtrait par la porte ouverte, constata à quel point il semblait fatigué. Dans une autre vie, si elle avait été une femme différente, elle aurait peut-être eu l'audace d'effleurer sa joue maigre d'une longue caresse, pour le réconforter et l'apaiser. Mais elle n'était que Jo. Aussi se contenta-t-elle de croiser les mains et d'attendre.

— C'est une façon de voir plutôt inhabituelle, répondit-il. Pour ma part, je trouve les chiffres terriblement ennuyeux et exigeants, surtout quand les résultats se révèlent négatifs, comme cela a été le cas après la guerre. Je suis heureux que la situation financière se soit stabilisée.

— Mr Mac Creary affirme que les prix de la laine et du varech pourraient monter d'ici quelque temps, mais je trouve cela un peu trop optimiste.

— Comme leur explosion passée était surtout due à la guerre, je préfère miser sur d'autres projets pour rétablir la prospérité de Lochmore. Il n'en reste pas moins que je vous suis très reconnaissant de votre aide. Mac Creary se fatigue beaucoup plus vite qu'autrefois, je le crains.

— Il est encore très alerte, mais il aurait besoin d'un

assistant. Peut-être pourriez-vous engager un jeune clerc quand je partirai ? Cela représenterait une économie sur le long terme et vous libérerait un peu, puisque vous n'auriez plus à superviser les comptes. Alfred disait toujours qu'il aimait trop la vie pour la gâter avec des occupations qui l'ennuyaient ou le chagrinaient. Je trouvais que c'était une bonne approche de l'existence. Jusqu'à un certain point, bien sûr.

— Lequel ?

— Eh bien, quand nous nous sommes mariés, il était très endetté, à force de vouloir développer ses écuries sans se soucier du coût. J'ai fait de mon mieux avec les comptes et j'avais bon espoir que nous redresserions notre situation avec le temps. C'est sans doute ce qui serait arrivé s'il n'était mort si soudainement. Au moins a-t-il profité de ses chevaux tant qu'il était vivant.

— En vous laissant des dettes !

— En fait, les créanciers n'ont pas pu toucher à mon modeste douaire. Mais en dehors de cela, c'est vrai qu'il n'est rien resté quand les dettes ont été payées. Quant aux terres, c'est son cousin qui en a hérité.

— Je suis désolé pour vous, Jo.

Elle haussa les épaules.

— Je suis mieux lotie maintenant qu'avant mon mariage, aussi n'ai-je pas à me plaindre. Sans doute serez-vous soulagé d'apprendre qu'en dépit de vos soucis sur d'autres fronts et malgré la chute des prix de la laine et du varech, le domaine génère encore de jolis profits, d'après les comptes.

— Je suis ravi de l'entendre. Je préférerais ne pas finir comme votre Alfred.

— C'est-à-dire mort ? Je partage votre avis.

— Je voulais dire endetté ! Vraiment, Mrs Langdale, vous avez parfois un sens de l'humour assez déplacé.

— Haussez votre voix d'une octave, appelez-moi « ma chère Joane », et j'aurai l'impression d'entendre Lady Theale !

Benneit se raidit, mais l'expression sévère de sa bouche s'adoucit un peu.

— Faites-vous cela intentionnellement, Mrs Langdale ? Comme avec Jamie ?

— Faire quoi, Votre Grâce ?

— Essayer de le distraire de ses petits malheurs. Je peux parfaitement gérer les miens, vous savez. Je n'ai pas besoin qu'on me fasse miroiter des souris magiques.

— Mais je ne…

— Bien sûr que si ! Et je croyais que vous ne deviez plus m'appeler « Votre Grâce ». Nous étions d'accord là-dessus, non ?

— C'est vous qui avez commencé en me redonnant du « Mrs Langdale ». Je me suis contentée de vous imiter prudemment.

Benneit haussa un sourcil.

— J'ai fait cela, moi ?

— Oh ! oui ! J'ai remarqué qu'il en est ainsi chaque fois que je vous vexe. Ce qui est très fréquent.

Le sourire ravageur se reforma lentement sur les lèvres de Benneit et Jo sentit son pouls s'emballer à la vue de l'indéniable affection qu'elle lisait dans ses yeux. Ce regard aurait dû lui faire chaud au cœur, mais il déclencha en elle une sonnette d'alarme. Elle eut l'impression de se réveiller, telle une somnambule marchant trop près d'un précipice. Comment avait-elle pu aller aussi loin ? Elle ne voulait pas de son affection. Ce qu'elle voulait, c'était le toucher, presser ses paumes sur sa large poitrine et… Eh bien, oui, explorer son corps.

Il dut lire son émoi sur son visage car il secoua la tête et s'éclaircit la gorge, tandis que Jo reprenait tant bien que mal ses esprits.

— En parlant de prudence, Mrs Merry m'a informé que ma tante allait descendre de sa tour pour dîner avec nous ce soir, ce qui signifie que nous prendrons notre repas dans la grande salle. Si vous préférez prétexter une migraine pour éviter Morag la Terrible, vous avez ma permission. Malheureusement, je ne peux pas en faire autant. Ses incursions sont très rares mais il suffit qu'on essaie de l'en dissuader pour qu'elle s'obstine avec un entêtement de mule. Vous joindrez-vous à nous ?

— J'avoue que je suis curieuse à son sujet. Et aussi un peu désolée pour elle. Mrs Merry et Beth soupirent et lèvent les yeux au ciel dès qu'on prononce son nom. Elle n'est tout de même pas horrible à ce point ?

— Vous verrez par vous-même. N'hésitez pas à exercer sur elle le pouvoir déstabilisant de vos grands yeux gris. Avec ma bénédiction !

Chapitre 15

— Hamish n'autorisait jamais les enfants à table, commença Lady Morag, tandis qu'Ewan l'aidait à s'asseoir à la droite du maître de maison.

Benneit adressa à son fils un regard rassurant, mais Jamie semblait occupé par quelque chose sous la table. Son père crut entendre un reniflement suspect et soupira. Morag n'avait jamais aimé les chiens. Ni d'ailleurs quoi que ce soit en dehors du whisky, pour ce qu'il en savait.

Sans la présence de sa tante, il aurait plutôt apprécié de dîner dans la salle à manger avec Jamie et Jo. Mais à la façon dont Morag regardait celle-ci, il lui était aisé de deviner que la vieille dame rassemblait des munitions en vue d'une attaque.

— Mon père n'aurait peut-être pas approuvé la présence d'enfants à table mais il est mort, tante Morag. Désormais, c'est moi qui établis mes propres règles. Et en ce qui concerne les personnes autorisées ou non à table, je pourrais bien revoir quelques clauses.

— Voilà bien de l'impertinence !

— Tout à fait. C'est moi le duc de Lochmore à présent, tante Morag, veuillez ne pas l'oublier. Ewan, servez donc à Lady Morag sa boisson favorite afin qu'elle puisse porter un toast à ma santé.

Morag esquissa une moue outragée mais n'en tendit pas moins son verre avec empressement. Lorsqu'il fut rempli, elle se tourna de nouveau vers Jo, et Benneit se prépara au pire. Mais Jo se contenta de soutenir le regard de la vieille femme, ses grands yeux clairs calmement fixés sur elle. L'espace d'un instant, Morag se décontenança visiblement, avant de retrouver son assurance.

— Je n'aime pas votre robe, lança-t-elle de sa voix rocailleuse.

— Moi non plus, répondit Jo avec calme, ce qui fit pouffer Jamie.

À la grande surprise de Benneit, Morag elle-même parut se dérider.

— Faites-vous-en acheter une autre par Benneit, suggéra-t-elle en coulant à son neveu un regard sournois. Il doit s'y connaître en la matière. Sa *selkie* possédait assez de robes pour vêtir toutes les femmes de Glasgow.

— Elle croit que ma mère était une *silkie*, chuchota Jamie à Jo. Les *silkies* sont des femmes phoques qui épousent quelquefois des Écossais. Ce qui veut dire que je suis à moitié un phoque.

— *Selkie*, corrigea Benneit, heureux de la diversion. Une *silkie* est une poule de Chine recouverte de plumes pareilles à de la fourrure, avec une peau noire. J'en ai vu une un jour dans une foire à Cambridge. Certains prétendent qu'elles sont issues d'un lapin et d'une poule.

Jamie écarquilla les yeux.

— C'est vrai, papa ? Une poule peut naître d'un lapin ?

— Non, Jamie. Pas plus que ta mère n'était une *selkie*, même si cela doit te décevoir. Elle était simplement anglaise.

— Ce qui était déjà bien assez regrettable, marmonna Morag. Il serait temps que les Lochmore arrêtent de ramener des épouses de tous les coins de la Terre. Ça a commencé jadis avec cette Française. Vous feriez mieux d'épouser une Écossaise des Highlands cette fois, mon garçon, et non une autre Anglaise. Quant à cette fille que McCrieff fait parader devant vous… Fi ! Pouah…

Benneit et Jamie froncèrent tous deux les sourcils.

— Est-ce que tante Morag veut parler de Lady Tessa, papa ?

— Il y a des jours où je ne comprends rien à ce que dit ta grand-tante, Jamie.

Morag gloussa nerveusement avant de plonger le nez dans son assiette.

— Demain, je vais amener Jo dans la baie, papa, reprit Jamie après un moment de silence. Est-ce que vous pourrez venir aussi cette fois ?

Cette fois... Benneit eut un pincement au cœur en entendant ces deux mots, prononcés d'un ton sans conviction. C'était comme les muettes supplications de Flops, quand il grattait timidement la jambe de Jamie pendant le repas dans la nursery – une prière fervente mais résignée, Flops sachant bien qu'on lui refuserait les miettes qu'il quémandait.

Benneit passa mentalement en revue toutes les tâches qui l'attendaient. Mais il y avait tant d'imploration dans la voix de son fils qu'il décida de les remettre à plus tard.

— Oui, Jamie, je viendrai.

Fou de joie, Jamie bondit de sa chaise. Un aboiement s'éleva sous la table, alertant Morag sur la présence de Flops et lui fournissant une nouvelle ligne d'attaque. Mais à la surprise de Benneit, le reste du repas ne fut pas aussi éprouvant qu'il l'avait redouté. Jo riposta avec son humour tranquille aux attaques occasionnelles de Morag, qui ne put s'empêcher d'émettre une ou deux fois son petit rire discordant. Mais la malignité, chez elle, remontait vite à la surface et Benneit ne fut que trop heureux de pouvoir se retirer à la fin du repas, avant que Morag ne décide de sortir la grosse artillerie.

— Finis ton pudding, Jamie, et je te lirai une histoire quand tu seras couché.

— Est-ce que Jo peut écouter aussi ?

Jo secoua la tête.

— Demain, Jamie. Je préfère me retirer tôt ce soir. Nos aventures m'ont donné sommeil. Je ne suis pas un explorateur endurci comme toi.

Jamie fit la moue et Benneit s'apprêta à intervenir, mais son fils se contenta de retourner à son assiette de pudding.

Lady Morag se leva.

— Je suis épuisée moi aussi. Trop d'agitation. Et je n'aime pas quand ce chien renifle mes chaussures. Sale engeance, ces bêtes.

— C'est un signal pour nous, Flops, déclara Jo d'un ton calme. Il est temps de nous retirer. Viens, mon chien !

Obéissant, Flops s'extirpa de dessous la table et leva la tête, la langue pendante.

Jo salua à la ronde.

— Bonne nuit, Lady Morag. Votre Grâce. Lord Glenarris.

Lady Morag la gratifia d'un signe de la main et Jo quitta la salle, après avoir jeté un coup d'œil à Benneit.

— Trop intelligente, votre miss anglaise, commenta Morag, quand la porte se fut refermée derrière la jeune femme.

— Bonne nuit, ma tante, coupa Benneit sèchement.

Jamie se pencha en avant, les coudes sur la table.

— C'est bien d'être intelligent, tante Morag. Pourquoi le dites-vous comme si c'était mal ?

— C'est bien d'être intelligent, oui. Mais les gens *trop* intelligents peuvent se retourner contre toi et te mordre, mon garçon.

Jamie pouffa.

— Jo ne mord pas ! Je l'aime beaucoup. S'il vous plaît, soyez gentille avec elle pour qu'elle ne s'en aille pas, tante Morag.

Cette dernière haussa les épaules.

— Je ne serai pas méchante, ça devrait suffire. Mais de toute façon, elle ne restera pas. Il n'y aura pas de place pour deux femmes quand la McCrieff s'installera ici.

Benneit, qui se maîtrisait à grand-peine, regarda avec soulagement la porte se refermer sur la vieille dame.

— On monte, Jamie ?

Jamie sauta de sa chaise, radieux.

— Oh ! oui ! Allons-y, papa.

Comme ils quittaient la salle, Benneit prit la main de son fils, qui appuya la tête un bref instant contre son bras.

— Ne t'inquiète pas, papa. Je n'écouterai pas tante Morag.

Je crois qu'elle n'est pas à moitié aussi intelligente que Jo. Est-ce que tu vas te marier avec Lady Tessa ?

Le cœur de Benneit fit une embardée.

— Je ne sais pas encore, Jamie, mentit-il. Tu aimerais avoir des frères et des sœurs ?

L'enfant hésita.

— Je ne sais pas. Ou plutôt oui. Je serais leur grand frère, alors ?

— Oui, c'est ce que tu serais.

Jamie demeura silencieux tandis qu'ils gagnaient la nursery. Parvenu dans la pièce, il s'arrêta au beau milieu, pendant que son père allait chercher un livre sur l'étagère.

— Est-ce que je devrai quitter ma chambre ?

Benneit se retourna, surpris.

— Quoi ?

— Si vous avez un autre petit garçon, précisa Jamie.

— Non, bien sûr que non ! se récria Benneit. Il y a assez de place au château. Ta chambre t'appartient, Jamie. Allons, viens ici.

Il s'assit sur le bord du lit et Jamie se posa à côté de lui.

— Et si je ne les aime pas ? demanda ce dernier.

— Je crois que tu les aimeras, du moins la plupart du temps. Parfois, bien sûr, il y aura des problèmes. Autrefois, j'étais très jaloux de ta mère, parce qu'elle avait deux frères et deux sœurs. Sans doute t'aurait-elle dit qu'il y avait des jours où ils l'agaçaient, parce qu'ils pouvaient être pénibles, mais cela ne l'empêchait pas de les aimer toujours. Exactement comme elle t'aimait, toi.

— C'est vrai ?

— Bien entendu ! Tu étais trop jeune alors pour te rappeler, mais ne doute jamais de cela. De même que tu ne dois pas douter que je t'aime plus que tout.

— Plus que ton papa à toi ?

— Plus que lui. C'est ce qui arrive quand on a des enfants...

— Alors pourquoi je ne suffis pas ?

Benneit sentit sa gorge se serrer à cette simple question, où s'exprimaient tant de craintes et de besoin d'amour.

Il passa un bras autour des épaules de son fils.

— Je sais que c'est dur à comprendre, Jamie, mais je voudrais que tu aies tout ce que je n'ai pas eu. Des frères et des sœurs feront partie de toi pour toute ta vie. Fais-moi confiance – ils t'apporteront plus de choses qu'ils ne t'en prendront. Imagine un peu ! Tu pourras les emmener à la baie et leur montrer tes trésors. Tu pourras aussi leur lire des histoires et leur apprendre comment trouver tous les endroits sur la carte.

Jamie réfléchit.

— Comme vous faites avec moi, Jo et vous.

Benneit lui tapota le bras et prit le livre.

— Comme cela, oui. Tu te souviens où nous en étions arrivés dans notre lecture ?

Jamie hocha la tête.

— Jo a placé une feuille pour marquer l'endroit. Là, regardez.

Il pointa le doigt vers une tige sèche qui dépassait du volume.

— N'oubliez pas de la remettre quand vous aurez fini de lire. Comme ça, je pourrai lui dire où il faut continuer.

— Je n'oublierai pas, Jamie.

— Vous allez vraiment venir sur la plage avec nous demain ? Vous ne l'avez pas dit juste comme ça ?

Benneit le rassura d'un sourire.

— Non. Je te promets que je viendrai. Maintenant, tais-toi et écoute.

Chapitre 16

Benneit se tenait debout sur la grande pierre plate au pied de l'éboulis, observant son fils et Jo qui fouillaient dans un amas de varech brun foncé.

Pour le troisième jour de suite…

Sans savoir comment, après les avoir accompagnés le lendemain du pénible dîner avec Morag, il leur avait promis de se joindre de nouveau à eux le jour suivant. Et aujourd'hui, il n'avait même pas l'excuse d'avoir promis. Il se dirigeait vers les écuries quand il les avait aperçus au loin sur la plage… et il n'avait pas pu résister.

Cela le troublait. Il n'était pas habitué à se laisser mener par un minuscule lutin de poche et c'était pourtant ce qui était en train de se passer ! Malgré ses affaires urgentes et l'avenir de Lochmore qui pesait très lourd sur ses épaules, il se trouvait là pour la troisième matinée de la semaine, à explorer la baie. Et à y prendre plaisir !

Pour être juste, depuis que Jo l'avait soulagé d'une partie de son travail en secondant Mac Creary, le moins qu'il puisse faire était de consacrer à Jamie un peu de ce temps ainsi libéré.

Il ne savait trop que penser de l'insistance de Jamie à réclamer la présence de Jo, même quand son père se trouvait là. Il allait devoir rappeler diplomatiquement à son fils, et à Jo par la même occasion, que le séjour de la jeune femme à Lochmore n'était que provisoire. Dans deux semaines, elle serait partie, et Jamie et lui se retrouveraient seuls ensemble de nouveau. Du moins jusqu'au mariage.

Son regard se tourna vers la mer. Elle semblait calme aujourd'hui et le soleil brillait. Les projets de Benneit avançaient à grands pas. Les ingénieurs avaient approuvé l'emplacement ainsi que les plans, et la banque avait reçu les fonds des investisseurs. Ce qui semblait encore un pari risqué quelques semaines plus tôt paraissait désormais non seulement réalisable mais judicieux. Il avait toutes les raisons de se sentir reconnaissant et rien ne justifiait son sentiment de malaise, cette impression qu'un piège allait se refermer sur lui.

Détournant son regard de l'horizon, il observa la jeune femme debout près de son fils sur la plage. Le bas de sa robe semblait plus sombre que le reste de l'étoffe, mouillé par l'eau de mer, et le vent du nord lui avait ébouriffé les cheveux, ruinant son austère coiffure. Elle ne ressemblait plus à la Mrs Langdale qu'il connaissait mais à une très jeune fille, captivée par les recherches passionnées de Jamie en quête de découvertes exotiques.

Vue ainsi, elle semblait faire partie intégrante du paysage écossais, un mélange d'indomptable stoïcisme et de sauvagerie à l'état brut. Bref, un assemblage original… Tout comme elle l'était elle-même ! Six ans plus tôt, il ne l'avait pas comprise et il n'était pas certain de la comprendre mieux aujourd'hui.

Pour être franc, il n'avait guère cherché à approfondir sa connaissance des particularités de Jo lorsqu'il l'avait rencontrée, l'année où il était tombé amoureux de Bella et l'avait épousée. Mais même alors, il s'était bien rendu compte qu'elle était différente et détonnait parmi les Uxmore. Oui, tout en elle était étrange – son aspect, son comportement, et ces grands yeux gris implacablement observateurs, qui se baissaient parfois dans une attitude de feinte modestie. Près d'elle, il s'était toujours senti mal à l'aise, redoutant son jugement.

Différente, elle l'était restée, c'était incontestable. Mais maintenant, au moins, il savait qu'il avait eu raison de se sentir mal à l'aise en sa compagnie. Une personnalité complexe, insaisissable. Toutes ces pensées secrètes et ces sentiments enfouis sous cette façade austère… À se demander comment elle avait pu tenir sa langue chez les Uxmore et garder pour elle ses réflexions acides !

— Papa, regardez ! s'écria Jamie, brandissant un morceau de métal creux, recouvert de vase et de bernacles. C'est le bol à soupe d'un géant de la Côte des Mosquitos !

Benneit croisa le regard amusé de Jo et sourit à son tour.

— Tu ne me feras pas manger dedans, Jamie, merci bien !

Jamie pouffa de rire et posa l'objet de côté, plongeant un bras dans l'amas de varech. Jo se releva, secouant ses jupes trempées qui se collaient à ses jambes. Elle s'essuya les mains sur l'étoffe et soupira.

— Beth et Mrs Merry vont désespérer de moi. Hier, mon autre robe s'est déchirée dans les broussailles.

— Ôtez donc ces damnés vêtements ! suggéra Benneit.

Jamie s'esclaffa de plus belle.

— Vous avez dit un gros mot, papa !

— C'est exact, mais tu ne dois pas m'imiter. Tu auras le droit de dire « damné » quand tu auras vingt et un ans, pas avant !

Jamie hocha la tête, inspectant du regard la robe maculée de Jo.

— Tante Morag a raison. Papa devrait vous acheter une robe neuve.

— Excellente idée, commenta Benneit. Je vois qu'il se forme un consensus sur la question.

Il faillit révéler à Jo qu'il avait demandé à Mrs Merry de fournir ses mesures à Angus, le jour même où elle avait consenti à rester à Lochmore. Mais à la réflexion, il préféra se taire. Elle n'avait rien demandé, mais il était évident qu'elle ne possédait qu'un mince bagage à son arrivée et sa garde-robe ne pouvait suffire à ses besoins pendant tout un mois. Sans compter qu'il aurait aimé la voir enfin dans autre chose que ces informes sacs gris !

— Sottises ! répondit-elle. Cette robe fait parfaitement l'affaire.

— Essayez d'y mettre un peu plus de conviction, plaisanta Benneit. On ne vous croit pas, Mrs Langdale.

— Mais si ! Ma cousine Celia en a fait confectionner pour moi trois du même style l'hiver où je suis arrivée chez eux et elles se sont révélées très utiles pour voyager.

— Celia n'est pas du genre à prodiguer des cadeaux désintéressés. Elle a acheté votre reconnaissance, tout en vous affublant de cet uniforme disgracieux.

La remarque était peu amène mais Jo ne parut pas s'en offenser. Elle se contenta de soupirer, tout en décrochant un brin de varech de sa jupe.

— Vous parlez de tante Celia, papa ? s'enquit Jamie avec curiosité.

Jo décocha un coup d'œil sévère à Benneit.

— Non, Jamie, c'est d'une autre Celia qu'il est question, affirma-t-elle.

— Est-ce que c'est aussi ma cousine ?

Les mains sur les hanches, Benneit adressa à Jo un sourire.

— Ah, les pièges du mensonge !

La jeune femme s'était remise à fouiller le varech.

— Voulez-vous que je vous apporte une pelle, Jo ?

— Alors vous allez acheter une robe à Jo, papa ? insista Jamie, revenant au sujet qui le préoccupait.

— Bien sûr, Jamie. Et même plusieurs. Vous pouvez donc folâtrer tous les deux dans le varech tout votre content.

— Sottises, répéta-t-elle. Oh ! regardez ! s'exclama-t-elle, en extrayant du magma un long tube argenté.

Jamie poussa un cri.

— Un trésor !

Intrigué, Benneit sauta de son perchoir.

— Montrez-moi ! ordonna-t-il en tendant la main.

Jo plaça l'objet hors de sa portée.

— Pas question, c'est moi qui l'ai trouvé et il m'appartient. C'est à Jamie que j'ai décidé de le donner.

Jamie s'empara de la trouvaille avec un visible bonheur,

la retournant dans ses mains avant de la frotter pour la débarrasser de la vase et du varech.

— C'est une flûte, observa Benneit.

— Je l'avais vu, rétorqua Jamie.

— Oh ! et moi qui croyais que c'était une corne de licorne, s'écria Jo d'un ton déçu.

— Mais non, rectifia Jamie, ça ne se peut pas.

— Je l'espérais quand même. Tu crois que c'est du vrai argent ? Peut-être qu'elle a appartenu à l'orchestre de la reine des sirènes ?

Benneit tapota l'objet.

— Étain !

Jamie souffla sur la flûte, projetant des particules de vase qui s'écrasèrent sur la jupe de Jo.

— Oh ! pardon, Jo, s'excusa-t-il, tandis qu'elle essuyait tant bien que mal les taches de boue.

— C'est mieux ainsi, commenta Benneit en examinant les dégâts. Cela ressemble à présent à une carte de l'Italie. Et voici l'île d'Elbe. C'est de là que s'est échappé Napoléon, Jamie.

— Oh ! Et où est-il maintenant ?

Benneit fit pivoter la jeune femme, pointant une tache juste en dessous de son postérieur.

— Sur cette île, là. Sainte-Hélène.

Jo se dégagea, les joues cramoisies. Benneit songea un instant à s'excuser d'avoir poussé la plaisanterie un peu loin, mais il se ravisa, ravi de voir enfin la jeune femme perdre contenance.

— Nous devrions rentrer, maintenant, déclara-t-elle. La marée est en train de monter.

Hochant la tête, Benneit prit son fils sous les bras et le hissa sur les rochers. Sans réfléchir, il se retourna vers Jo et la saisit par la taille pour la soulever à son tour. Visiblement surprise, elle prit appui contre lui, effleurant les côtés de son cou pour poser les mains sur ses épaules. Ce contact propagea une onde de chaleur dans le corps de Benneit, qui resserra d'instinct son étreinte. L'espace d'un instant, il la tint entre la roche et le sable, grisé par la vue de sa bouche entrouverte sur des dents aussi blanches qu'une rangée de perles et le bout d'une langue rose dont il imagina aussitôt la douceur chaude et un peu épicée. Oh ! goûter à cette délicieuse saveur…

Jo pressa les mains sur ses épaules et il la souleva un peu plus haut pour la déposer sur le rocher. Elle se détourna sans un mot, se frayant un chemin vers la pente rocheuse qui rejoignait plus loin une autre étendue de sable. Benneit s'attarda en arrière jusqu'au moment où les vagues montantes léchèrent ses bottes, lui arrachant un juron. En quelques bonds, il eut tôt fait de rattraper Jamie et Jo, et ils continuèrent à marcher en silence. Lorsqu'ils ne furent plus qu'à quelques mètres des souterrains, Benneit prit son fils par la main et s'engagea sur le sentier de la falaise.

— Nous ne rentrons pas par la Porte de la Mer ? s'étonna Jo.

— Papa va passer par la chapelle, lui indiqua Jamie. N'est-ce pas, papa ?

— Je préfère regagner le château en traversant la cour intérieure, répondit Benneit, évitant le regard surpris de Jo. D'ailleurs, je dois faire une halte aux écuries. Voudras-tu prendre ton poney demain pour m'accompagner au village, Jamie ?

Jamie écarta les bras, si rayonnant que Jo ne put s'empêcher de rire.

— Et Jo, elle prendra quel cheval, papa ?

Benneit hésita.

— Tu iras tout seul avec ton papa, Jamie, intervint-elle. Moi, je resterai travailler ici avec Mr Mac Creary.

— Oh ! quel ennui ! s'exclama le garçonnet.

Oubliant vite cette petite déconvenue, il détala devant eux, dansant de joie tout au long de la grève. Benneit reprit la parole après quelques instants de silence.

— Si vous désirez une monture décente pour vos sorties le temps que vous êtes ici, il vous suffit de le dire à Angus. Du moment que vous prenez un groom avec vous, vous n'avez pas à vous limiter aux promenades avec Jamie. Vous êtes bonne cavalière, je suppose. Votre mari a dû y veiller.

— C'était même l'une des conditions de notre union. Il n'aurait jamais demandé ma main avant de m'avoir vue galoper.

Benneit éclata de rire, encouragé par la lueur de gaieté qui pétillait dans les yeux de Jo.

— Comment vous êtes-vous rencontrés ? s'enquit-il, heureux de la voir se dérider après cet étrange moment au pied des rochers. Il ne faisait pas partie du cercle des Uxmore, si je me souviens bien.

Elle rit à son tour, plissant les yeux de cet air malicieux qu'il commençait à connaître et qui l'enchantait chaque fois.

— Oh ! non ! La première fois que nous nous sommes vus, c'était dans le pire endroit possible – l'Almack[1]. Il se trouvait en ville pour l'ouverture du Tattersall, le marché aux chevaux, et son cousin l'avait littéralement traîné à l'Almack. Il est arrivé cinq minutes avant la fermeture des portes, dans l'espoir d'être refoulé, comme il me l'a avoué plus tard. Mais la chance n'était pas avec lui – ou plutôt, si, elle était au rendez-vous, a-t-il prétendu ensuite. On nous a présentés l'un à l'autre et nous avons dansé, mais j'étais terriblement distante, selon mon habitude. Après notre mariage, il m'a dit que je l'avais traité comme un ver de terre. Je n'avais pas l'intention de me montrer désagréable mais je me sentais si misérable que j'ai dû faire une impression sinistre à la plupart des gens que j'ai connus à Londres.

— Était-ce donc si terrible ? Beaucoup de jeunes filles sans dot auraient été ravies de pouvoir assister à la Saison de Londres.

Sans répondre, Jo accéléra l'allure, les épaules courbées contre le vent. Benneit hâta le pas pour ne pas se laisser distancer.

— Ne vous sauvez pas, Jo. Vous pouvez toujours m'or-

1. Célèbre club qui accueillait des membres des deux sexes.

donner de me mêler de mes affaires si vous préférez ne pas parler de certaines choses.

— Je ne me sauve pas. Il fait froid, voilà tout.

— Menteuse !

Sans répondre, elle se pencha pour ramasser un galet à la surface lisse et douce. Lorsqu'elle parla enfin, sa voix était à peine plus qu'un chuchotement.

— J'aurais sans doute été ravie si j'avais été jolie, accomplie ou… je ne sais quoi.

Il aurait voulu rire de l'absurdité de ces paroles, mais le souvenir qu'il avait gardé d'elle – silencieuse, raide et gauche – l'incita à se taire. Elle aussi avait changé avec les années, mais en mieux. Pas comme lui.

— Vous ne m'avez toujours pas raconté comment vous avez épousé votre Alfred, en fin de compte.

L'expression de Jo s'adoucit, comme réchauffée de l'intérieur, et Benneit sentit l'aiguillon de la jalousie le piquer au cœur. Il avait honte de ne pas éprouver lui-même, quand il pensait à Bella, la tendresse qui se peignait en cet instant sur le visage de Jo. Ce qu'il avait ressenti à la mort de sa femme restait encore si confus pour lui – un mélange d'amour, de rancune, de déception et de tristesse.

— La deuxième fois que je l'ai rencontré, c'était presque par hasard. Celia venait juste d'accoucher et Lady Theale m'avait demandé si je consentirais à m'occuper d'elle.

— Comme elle vous a « demandé » de vous occuper de Jamie, je suppose…

— Oh ! c'était plutôt une faveur qu'elle me faisait. À l'époque, j'aidais la cousine Philippa, qui est bien pire que Celia.

— Bref, vous n'aviez guère le choix !

— Ce n'était pas si terrible. Quoi qu'il en soit, c'était en janvier, et pendant le voyage, la voiture a glissé sur la glace et une roue s'est brisée. Nous avons dû marcher jusqu'à l'auberge la plus proche. Soudain, un cavalier a surgi sur la route et j'ai reconnu Alfred. Je ne m'attendais pas du tout à ce qu'il se rappelle ma personne et encore moins à ce qu'il en ait gardé un souvenir… plutôt affectueux.

— Mais il vous a reconnue, je présume.

— Oui, et il s'est montré très aimable. Il m'a fait monter sur son cheval, et dès que nous avons été hors de vue, il s'est hissé derrière moi, m'a emmenée chez lui et m'a présentée à sa mère. Elle avait le cœur fragile, mais c'était une femme charmante, un peu comme ma mère.

Elle sourit, amusée.

— Alfred et moi avons beaucoup ri par la suite de ces retrouvailles. Un vrai conte de fées ! J'étais là, pauvre jeune fille égarée dans la neige, et hop, le voilà qui déboule sur son cheval blanc – lequel était gris, en fait, mais c'était presque pareil – et qui m'enlève littéralement sur son destrier.

Elle secoua la tête avant d'ajouter :

— À vrai dire, je n'étais pas très à l'aise dans mon rôle de princesse sauvée par le chevalier. Au début, je me montrais particulièrement méfiante. J'ai même pensé que s'il faisait ainsi mon éloge devant sa mère, c'était parce qu'il voulait lui trouver une dame de compagnie. Quand il a demandé ma main, j'ai d'abord compris que c'était cet emploi qu'il me proposait ! Il nous a fallu un petit moment pour débrouiller le malentendu. Par la suite, il m'a beaucoup taquinée à ce sujet…

Elle sourit de nouveau, perdue dans ses souvenirs, et Benneit laissa son regard dériver vers la plage au-dessous d'eux. Jamie s'était arrêté pour examiner un objet que Flops avait déterré et ils firent halte pour l'attendre. Des éclats de soleil dansaient sur les vagues. Le ciel était dégagé. C'était une belle journée de fin de printemps, comme on en voyait peu souvent sur cette côte. Il n'y avait aucune raison de se sentir irrité et pourtant c'était exactement ce qu'éprouvait Benneit. Comme les Uxmore autrefois, il enviait presque à Jo ce bonheur passé. Cet amour.

— C'est curieux, Bella traçait un portrait tout différent de votre Alfred.

— Comment est-ce possible ? se récria Jo. Elle ne le

connaissait pas. Alfred et moi ne sommes jamais allés à Uxmore.

— Pourquoi ?

— On ne nous a jamais invités. De toute façon, je n'en avais pas la moindre envie. Je suppose que je n'aurais pas eu le choix un jour ou l'autre mais nous étions en deuil et… Bon, c'est sans importance. Et pour être honnête, je sais ce qu'ils racontaient sur nous. J'ai entendu tout ça quand je suis retournée vivre avec Celia.

— Mais vous ne les avez jamais détrompés. Pourquoi donc ?

— Ce n'aurait pas été diplomate de ma part. Celia se montrait toujours plus gentille avec moi quand elle pouvait me regarder de haut. Cela a été une telle épreuve pour moi de retourner à Uxmore…

Le cœur serré, Benneit tendit la main vers elle mais elle ne remarqua pas le geste et il laissa retomber son bras. Après tout, c'était mieux ainsi. Elle n'était plus une petite fille qu'on réconforte et console. Il lutta contre l'envie de la serrer contre lui, cette fluette jeune femme engoncée dans l'horrible robe de Celia. Il aurait voulu la protéger contre la charité condescendante des Uxmore.

C'était absurde, bien sûr. Jo n'avait pas besoin de son aide. Elle avait trouvé sa propre façon de tenir bon et de survivre. En fait, c'était même la femme la moins opprimée qu'il ait jamais rencontrée de sa vie.

Cette constatation le surprit. Bella avait été beaucoup moins indépendante que Jo en fin de compte. Toujours, elle avait guetté ses réactions, soucieuse de son approbation ou de son désaccord, comme si elle avait besoin de ce baromètre pour savoir où elle en était.

Jo, c'était autre chose. Elle était… Jo. Une jeune femme autosuffisante de toutes les façons possibles, excepté sur le plan matériel. Elle n'attendait rien de lui et il lui en était reconnaissant. Il préférait ne pas se compliquer davantage l'existence. Il avait déjà son lot de responsabilités et n'avait nul besoin d'y ajouter celle d'un lutin aux yeux gris.

Non, il n'y avait pas de place pour quelqu'un comme elle dans sa vie.

— Venez, il est temps de rentrer, déclara-t-il soudain. J'ai des affaires à régler avant mon départ pour Glasgow demain matin.

Sans attendre la réponse, il souleva Jamie dans ses bras et remonta avec lui le sentier de la falaise. Il en avait bien assez fait pour aujourd'hui !

Chapitre 17

Posté à l'ombre des arbres, au sommet de la colline qui surplombait la baie, Benneit observait le petit groupe en contrebas.

Il se sentait épuisé après sa longue chevauchée depuis Glasgow, où il était allé régler des affaires concernant la distillerie et le bal de Lochmore. Malgré sa fatigue, il n'avait pourtant pas résisté à l'envie de ressortir, quand Ewan l'avait informé que Jamie se trouvait sur la plage avec Jo et Angus.

Cela faisait longtemps qu'il n'avait pas été séparé de son fils toute une longue semaine et cet éloignement lui avait pesé. Au lieu de l'appréhension qui le saisissait d'habitude à l'idée de regagner Lochmore, il s'était senti impatient de rentrer à la maison, forçant tout le monde à s'adapter à son rythme frénétique, afin qu'il puisse tenir son emploi du temps.

Il aurait dû se sentir heureux. Ravi, même. Tout se passait le mieux du monde. McCrieff avait accepté de fournir de l'eau du loch Tyre, et dans quelques semaines, des ouvriers arriveraient pour construire la distillerie et agrandir le port du village. Si tout allait bien, dans quelques années Lochmore deviendrait peut-être l'une des plus grandes distilleries d'Écosse, pourvoyant aux besoins non seulement des métayers du domaine, mais aussi des McCrieff et peut-être même d'autres clans de la région.

Oui, il aurait dû être satisfait. Et pourtant…

Tandis qu'il observait le trio sur la plage, son soulagement et sa joie de retrouver la maison s'estompaient peu à peu, remplacés par une sensation désagréable, proche de l'irritation. Vus ainsi du haut de la falaise, les trois compagnons ressemblaient à une famille de pilleurs d'épaves, dominée par la haute silhouette d'Angus. Le géant se pencha pour ramasser les chaussures abandonnées par Jamie, avant de prendre le petit manteau que lui tendait Jo, pour en revêtir l'enfant. C'était un geste simple et intime, accompli par un homme à qui Benneit aurait confié sa vie les yeux fermés, mais Dieu sait pourquoi, cette sollicitude l'agaça.

Jamie s'élança sur le sentier qui remontait au château et Angus se retourna pour parler à Jo. Cette fois non plus elle ne portait pas de chapeau et le vent avait mis à mal sa coiffure stricte de maîtresse d'école. Tandis qu'Angus penchait vers elle sa tête rousse, elle leva la main pour repousser ses mèches blondes ébouriffées et Benneit vit qu'elle riait. Mais lorsque le géant eut emboîté le pas à Jamie, elle resta en arrière sur la plage, faisant demi-tour pour marcher le long de la grève.

Benneit hésita, puis descendit le sentier. Elle ne courait pas de réel danger, mais il préférait s'assurer qu'elle n'allait pas se retrouver prisonnière dans les roches quand la marée monterait.

Il la trouva assise sur son perchoir d'enfance, le gros rocher qui formait un siège naturel érodé par des années de pluie et de vent, au sommet d'un piton qui avait dû se détacher de la falaise des millénaires plus tôt. Par des journées semblables à celle-ci, quand le soleil brillait, il y faisait chaud et c'était un délicieux refuge. Jo se tenait blottie dans le creux de la pierre, les yeux clos et le visage offert au soleil, totalement insouciante des habituelles préoccupations féminines concernant la blancheur de la peau. Le vent avait réussi à défaire son chignon pour de bon.

Tandis qu'il approchait, Benneit vit Jo en ôter les dernières épingles, laissant ses cheveux retomber sur ses épaules. Dans un instant, ils allaient sans doute cascader plus bas, enveloppant la jeune femme d'un halo blond où elle disparaîtrait, tel un lutin dans les contes de fées.

Il allait s'esquiver, quand elle rouvrit les paupières et l'aperçut. Écarquillant ses grands yeux gris, elle porta la main à ses cheveux.

— Heureuse que vous soyez de retour, Votre Grâce. Si vous cherchez Jamie, Angus l'a reconduit au…

— Oui, je sais. Je les rejoindrai dans un moment. Vous aimez le Siège du Diable ?

— Le… quoi ?

— C'est ainsi qu'on appelle ce rocher.

— Oh ! Et pourquoi donc ?

— Essayez de deviner. Vous êtes douée pour inventer des histoires, non ?

Une lueur d'intérêt dans le regard, elle se lova un peu plus dans le creux de la roche.

— Vous veniez vous asseoir ici quand vous étiez enfant, c'est cela ?

— Oui. Mais au risque de vous décevoir, sachez que ce rocher portait ce nom bien avant ma naissance et que je n'y suis pour rien. D'ailleurs, j'étais en général un garçon plutôt bien élevé.

— Hum… Dès que j'entends « en général » et « plutôt », ma méfiance s'éveille. Cela me laisse supposer qu'il vous arrivait d'être un horrible garnement.

— J'avais mes moments. Moins souvent que Jamie, je dois dire. Mais peut-être ma mémoire me trahit-elle sur ce point.

— Si cela peut vous consoler, je trouve qu'il n'est pas sain pour un enfant de se comporter toujours de façon exemplaire. C'est souvent le signe que quelque chose ne va pas.

D'un geste preste, Benneit escalada le dernier mètre qui le séparait de Jo et s'assit à son tour sur le rocher, un peu en dessous d'elle. De nouveau, la jeune femme porta les mains à sa chevelure puis les laissa retomber, visiblement gênée. Benneit réprima un sourire, luttant contre l'envie de lui dire à quel point cette coiffure échevelée lui allait bien. Mais s'il la complimentait, elle ne manquerait pas de renouer son chignon en un clin d'œil !

— Pourquoi ? s'enquit-il, revenant à la dernière observation de Jo.

— Souvent, c'est quand les enfants ne se sentent pas en sécurité qu'ils se montrent trop exemplaires. Ils ne veulent pas courir le risque de déplaire et deviennent prudents, voire timorés. Parfois aussi ils font tout le contraire. Ils se montrent imbuvables parce que c'est seulement ainsi qu'ils obtiennent l'attention des adultes.

— Et vous, comment étiez-vous à cet âge ? interrogea Benneit, dissimulant son malaise.

Les paroles de Jo avaient frappé si juste !

— Moi ?

— Oui, vous. Je suppose que vous n'êtes pas née adulte, invoquée par un magicien féru de lutins en robe grise !

— Des lutins ?

— Eh, oui. Vous me faites toujours penser à un lutin.

— Vraiment ? Alors les Écossais ne doivent pas se faire la même image que nous des lutins. J'avais toujours pensé que c'étaient de petits êtres plutôt malicieux... et séduisants.

— L'image que je m'en fais est tout à fait anglaise. Mais vous éludez ma question.

Jo se tourna vers la mer, repoussant ses cheveux défaits derrière ses oreilles.

— J'étais heureuse, répondit-elle avec laconisme.

Comme il attendait la suite, elle exhala un soupir.

— Cela me semble si loin ! J'aimerais revenir en arrière. Si seulement mon père n'était pas mort et si nous avions pu rester à Upper Dunstable...

— Comment était-ce ?

— Oh ! ce n'était pas un très grand village, beaucoup plus petit que Lochmore, à peine deux douzaines de maisons. Mais nous formions tous comme une famille. Mon père était pasteur mais il remplissait aussi les fonctions de maître d'école et le presbytère était toujours plein d'enfants. Ma mère n'était pas en bonne santé dans ma toute petite enfance, sans doute était-ce pour cela qu'elle n'a jamais eu d'autres enfants. Aussi adorait-elle que notre maison soit toujours remplie d'amis. Quand on cherchait quelqu'un au village et qu'on ne pouvait le trouver, c'était au presbytère qu'on s'adressait. On était à peu près sûr d'y découvrir la personne en question installée au salon ou dans la cuisine. Maman et Mrs Dell, notre cuisinière, rivalisaient dans la confection de gâteaux et elles passaient des heures à essayer les nouvelles recettes fournies par Mrs Flitwick, la femme de l'épicier.

— Votre Mrs Dell devait être une personne très tolérante. Je n'oserais jamais empiéter sur le domaine de Mrs Merry !

Jo fit entendre ce rire joyeux qui avait si souvent frappé Benneit, tant il ne ressemblait pas à l'image qu'elle offrait d'elle la plupart du temps. Mais en cet instant, il lui seyait parfaitement, s'accordant avec ses cheveux défaits, son visage humide d'embruns et les gestes dont elle ponctuait son récit.

— Ni moi. Même si j'avais eu le talent de pâtissière de maman !

— Et ce n'est pas le cas ?

— Pas le moins du monde, je le crains. Oh ! j'ai essayé, mais c'était si désastreux que Mrs Dell et ma mère m'ont bannie de la cuisine en m'intimant d'aller plutôt aider mon père dans la salle de classe. J'oubliais toujours de vérifier le temps de cuisson, j'ajoutais trop de sel ou alors je confondais le romarin et le thym. C'était sans espoir. Ma mère disait que c'était parce que je rêvassais toujours et ne faisais pas assez attention.

— Bizarre ! Vous semblez pourtant un parangon de sobre efficacité.

— J'ai appris à ne plus laisser vagabonder mes pensées, voilà tout. Ce n'est pas si difficile d'être efficace. Il faut seulement un peu de détermination.

— Alors vous ne rêvez plus du tout ?

— Vous craignez que je ne me laisse aller à des rêveries intempestives, au risque de négliger Jamie ?

— Non. J'espère seulement pour vous que vous n'avez pas perdu la faculté de rêver. Ce serait dommage.

Elle rassembla ses cheveux en un semblant de chignon, qu'elle fixa avec les épingles éparpillées dans son giron.

Le résultat fut assez bancal et des frisons continuèrent à danser autour de son visage. Elle serra les lèvres, mais ses yeux brillaient, embués de larmes qui ne devaient rien au vent et aux embruns. Benneit hésita, partagé entre le désir de s'excuser pour avoir ainsi réveillé de vieux rêves et celui de la serrer contre lui pour la réconforter. Mais ni l'un ni l'autre n'étant approprié, il préféra s'abstenir.

Soudain, elle lui sourit.

— Merci de m'avoir rappelé ces souvenirs. Il m'arrive rarement de penser à la maison, à notre vie d'autrefois. Cela me semble désormais si… irréel. Et maintenant… Comment fait-on pour s'extirper du Siège du Diable ? J'ai l'impression qu'il est plus facile d'y monter que d'en descendre.

— Ne descendez pas, sautez !

Il fit la démonstration, atterrissant accroupi dans le sable, puis leva la tête vers elle pour l'encourager d'un sourire.

— Allez-y !

— Euh… Il doit exister une façon plus facile, non ? Tournez le dos et je vais me laisser glisser doucement.

— Pourquoi devrais-je tourner le dos ?

— Parce que je risque de me vautrer misérablement en bas et je préfère que ce soit sans témoin.

— Jamais de la vie ! Il serait indigne d'un gentleman de vous abandonner à ce sort. Passez sur le rocher voisin et tendez-moi la main.

— Pourquoi ?

— Faites-moi confiance.

Jo secoua la tête.

— La vie m'a appris qu'il est plus prudent de ne se fier à personne, Votre Grâce. S'il vous plaît, retournez-vous.

— Non. Donnez-moi la main.

— Hum… Je commence à comprendre ce que vous vouliez dire lorsque vous avez admis que vous pouviez être imbuvable…

— Bon, d'accord, faites comme bon vous semble ! grogna Benneit, vexé.

Il se retourna et attendit, guettant le moindre bruit de glissade.

— Benneit !

— Oui ?

— Je… Je crois que je vais avoir besoin d'aide en fin de compte. Vu d'en bas, cela ne semblait pas si haut. Mais là…

Benneit obtempéra. Elle se tenait immobile, une jambe tendue. De l'endroit où il se trouvait, il apercevait de nouveau la ligne élégante de sa cheville et de son mollet, dont les contours disparaissaient dans l'ombre de ses jupes. Son corps indocile réagit aussitôt à cette vue.

— Benneit ?

Il se força à lever les yeux, agacé d'être de nouveau en proie à cet absurde émoi. Il lui tendit les deux mains, et après un instant d'hésitation, elle se pencha en avant pour y placer les siennes.

— Maintenant, fermez les yeux et sautez.

— Sauter ?

— Faites-moi confiance, bon sang !

Elle inspira à fond et obéit. Elle était si légère qu'il n'eut aucun mal à la réceptionner puis à la déposer sur le sable, ainsi qu'il l'avait fait pour Jamie des douzaines de fois. Comme Jamie, elle éclata de rire en le regardant, son appréhension envolée dans le plaisir de l'instant.

— J'ai eu l'impression d'être un oiseau !

Il faillit plaisanter en lui avouant qu'il l'avait souvent comparée à un moineau gris au regard circonspect, mais en cet instant, elle ne ressemblait plus du tout à un moineau. Elle semblait si légère, comme si la modeste Jo s'était soudain transformée en Joie… À présent, il voyait très bien quelle petite fille heureuse elle avait dû être, souvent rêveuse mais toujours prête à aider son père, avec autour d'elle cette smala d'enfants attirés par son charme comme l'était Jamie.

Comme il l'était lui-même…

Elle le regardait, une mèche incitatrice voletant sur ses lèvres entrouvertes. Il pouvait presque sentir le doux effleurement de ces cheveux blonds sur sa bouche à lui, leur tiédeur satinée, leur grisant parfum de rose sauvage. D'avance, il savourait le contact de sa peau quand il repousserait la mèche derrière son oreille, puis celui de sa bouche lorsqu'elle rencontrerait la sienne.

Un baiser inévitable, aussi inéluctable que la marée…

Il l'attirait déjà vers lui, lorsqu'elle lui retira sa main pour repousser ses cheveux en arrière.

— Jamie sera si heureux de vous voir de retour ! Nous pensions que vous reviendriez seulement demain. Il s'est montré très sage, vous savez, fidèle à la promesse qu'il vous avait faite.

C'étaient là des considérations si terre à terre, si déconnectées de la folie momentanée qui s'était emparée un instant de lui, que Benneit se traita *in petto* d'imbécile. Lâchant l'autre main de Jo, il se mit à remonter la grève à côté d'elle.

— Vous lui avez beaucoup manqué, reprit-elle après un silence.

— Et réciproquement, fit Benneit d'une voix sourde, luttant contre l'envie de lui demander s'il lui avait manqué aussi.

Parce qu'*elle* lui avait manqué, c'était un fait.

Il s'arrêta au pied du sentier de la falaise. Jo ne tourna pas les yeux vers lui et il en fut presque soulagé.

— Vous n'avez qu'à remonter par la Porte de la Mer, lui dit-il. Moi, je dois m'arrêter un moment aux écuries. Dites à Jamie que je le rejoindrai pour le dîner et que Flops et lui sont priés de me laisser quelque chose à manger. Je meurs de faim !

Chapitre 18

Stupéfaite, Jo examina les étagères du petit dressing attenant à sa chambre.

— Beth !

— Oui, Mrs Langdale ?

Le ton de la soubrette vibrait d'une excitation contenue. Une réponse en soi, mais Jo n'en posa pas moins sa question.

— Où sont passés mes vêtements ?

— Mrs Merry a demandé à Ewan d'apporter à la veuve Mac Manus celle de vos robes qui n'était pas tachée de boue. Elle a dit que vous n'en auriez plus besoin à présent que vous avez de nouveaux habits.

La servante prononça les deux derniers mots avec un ravissement teinté d'envie. De nouveaux habits, pensez donc…

Pas seulement nouveaux, du reste, mais colorés, songea Joane en balayant le dressing du regard. Pas le moindre gris en vue, ni même de bleu lavande, malgré une étoffe lilas soigneusement pliée sous un satin crème. Et sur une étagère à part, une robe d'un délicieux orange pâle rehaussé de fils d'or qui brillait sous ses yeux, appelant le toucher.

Jo tendit la main vers cette merveille puis suspendit son geste.

— D'où vient tout cela ?

— Eh bien, de Glasgow, Mrs Langdale. Cela fait déjà un moment que Mrs Merry avait donné vos mesures à Angus, et milord et Ewan les ont ramenées de leur dernier voyage. Il y a même une toilette de bal – la robe orange. Les couleurs de Lochmore ! Pour le bal, vous comprenez…

— Le bal…, répéta Jo, ahurie.

Bien sûr, elle n'ignorait pas qu'on préparait une fête au château, mais jusqu'ici, elle s'était sentie complètement étrangère à l'événement, ne songeant pas une seconde qu'il pouvait la concerner.

— Eh bien, oui, c'est demain le solstice. Le bal de la Réconciliation.

— La bal… de la Réconciliation…

Pensant que Jo n'avait pas saisi la signification de l'événement, Beth se lança dans des explications détaillées :

— Oui. C'est le moment où les familles des alentours sont censées déposer les armes et régler leurs différends. Le vieux duc et McCrieff n'étaient pas toujours d'accord, c'est le moins qu'on puisse dire, et pendant des années le bal n'a pas eu lieu. Mais Lady Glenarris, la mère de milord, a insisté pour qu'il reprenne, après avoir transformé la grande salle en salle de bal. Elle adorait les belles fêtes et elle portait de si jolies robes… Cette année, on reprend la tradition. Des invités vont arriver demain de plusieurs miles à la ronde, c'est pourquoi nous avons recruté des aides de Kilmarchie et de Crinan. Tout le monde est sur les dents. Tenez, voici votre tenue de bal, ajouta-t-elle en déployant la robe orange avec respect.

Stupéfaite, Jo contempla le tombé fluide de l'étoffe, qui luisait doucement. Elle distinguait à présent le délicat réseau de paillettes scintillant sur le corsage et les broderies sur les courtes manches bouffantes.

— Voyez comme elle est légère ! chuchota Beth d'un ton émerveillé.

Succombant à la tentation, Jo tendit la main et effleura le tissu. Il était aussi doux et vaporeux qu'un nuage et elle retira ses doigts, gênée. Non, elle ne pouvait pas accepter cela. Angus lui avait bien parlé du bal, mais elle n'avait jamais compris qu'elle était censée y assister. Pour la bonne raison qu'elle n'avait rien de convenable à se mettre !

Ce n'était plus le cas à présent, mais il n'en restait pas moins qu'elle ne voulait pas de ce cadeau.

Elle baissa les yeux vers sa robe grise. Le tissu avait séché pendant qu'elle était assise sur le Siège du Diable, mais il restait froissé et l'ourlet était blanchi par le sel. Bref, c'était une robe affreuse et elle avait besoin d'un bon nettoyage mais elle pouvait encore servir. Et c'était *sa* robe à elle !

Tandis que toutes ces toilettes…

— À présent, je vais vous aider à vous dévêtir, Mrs Langdale. Quand vous aurez pris votre bain, vous devriez essayer la mousseline bleue. Elle s'accordera très bien avec la couleur de vos yeux. Je sais que vous préférez vous coiffer vous-même, mais si cela ne vous dérange pas, j'arrangerai aussi vos cheveux. Je le fais très bien, vous savez. C'était moi qui coiffais milady et sa chevelure était presque aussi longue que la vôtre, quoique moins épaisse.

Tandis que Beth se mettait en devoir d'exécuter son plan, Jo fit ce qu'elle avait appris à faire depuis des années quand le monde semblait tanguer autour d'elle. Elle se retira en elle-même et s'enfuit par la pensée, laissant son corps subir les vicissitudes de l'instant. D'habitude, elle acquérait ainsi une sorte de quiétude. Mais cette fois, assise devant le miroir de la coiffeuse pendant que des mains étrangères s'affairaient dans ses cheveux et qu'une image de femme à la fois familière et bizarrement étrangère se formait sous ses yeux, elle ne parvint pas à se dissocier d'elle-même.

— C'est beaucoup mieux, commenta Beth, satisfaite de son œuvre. Savez-vous que vous êtes très jolie, Mrs Langdale ?

La surprise qui vibrait dans sa voix ne fit rien pour apaiser Jo, déjà à cran.

— Merci, Beth.

La soubrette se dirigeait vers le dressing, la vieille robe grise drapée sur son bras, quand Jo l'arrêta, mue par une brusque impulsion.

— Beth ! Cette robe. Lorsqu'elle sera propre, vous me la redonnerez.

— Mais Mrs Langdale…

Jo se redressa avec colère.

— Elle m'appartient, Beth !

La soubrette baissa les yeux vers le vêtement plié sur son bras.

— Bien sûr, Mrs Langdale. Comme vous voudrez…

Jo hocha la tête, satisfaite. Beth, au moins, comprenait. Quant à Benneit Lochmore… Il avait certainement pensé bien faire, mais elle n'en était pas moins furieuse. Sans doute avait-il meilleur goût que sa cousine Celia ou plus d'argent ou de meilleures intentions, mais elle n'en était pas moins hors d'elle. Et cela faisait du bien d'être à ce point en colère, pour une fois !

Dans l'escalier, elle aperçut Angus qui sortait du bureau et le héla. Il s'arrêta net et la regarda descendre les dernières marches.

— Mrs Langdale… oh !

Ignorant la note admirative dans sa voix, elle le questionna d'un ton sec :

— Où est-il, Angus ?

Le géant haussa ses sourcils roux et son regard se porta furtivement vers le bureau, tandis qu'il se positionnait devant Jo comme pour lui bloquer le passage. Elle l'écarta d'un geste et ouvrit la porte. Elle trouva le duc et Mac Creary penchés sur des documents. Le premier leva les yeux, fronçant les sourcils, et la surprise se peignit sur son visage comme sur celui d'Angus un instant plus tôt.

— J'ai quelques mots à vous dire, *Votre Grâce.*

Mr Mac Creary se leva aussitôt et se dirigea vers la porte en marmonnant au passage un vague bonjour. Benneit s'adossa à son fauteuil, traçant machinalement de petits cercles avec sa plume tandis que Jo marchait droit vers lui. Il avait omis de se lever à son entrée et il parut en prendre conscience en même temps qu'elle, car il lâcha sa plume d'un geste brusque et se dressa d'un bond, heurtant le bureau, qui émit un grincement.

— Oui ?

— Je ne suis pas une esclave, Votre Grâce.

— Je… Non, bien sûr, J… Mrs Langdale.

— Vous semblez avoir oublié ce détail quand vous avez pris sur vous de disposer de ma garde-robe, et demandé à Angus de donner mes… mes…

Elle s'arrêta, la respiration coupée par la colère. Elle n'aurait pas dû y céder, mais c'était irrépressible. Elle écumait littéralement.

— Je n'ai rien fait de tel. J'ai simplement dit à Mrs Merry de disposer comme elle l'entendait de ces vêtements qui témoignaient du mauvais goût et sans doute aussi de la jalousie de Celia à votre égard. Et à moins que vous n'ayez fait secrètement le vœu de porter ces sacs hideux en guise de pénitence, vous devriez me remercier pour ce que j'ai fait.

— Espèce de… d'individu autoritaire et arrogant ! Vous mériteriez que je vous donne un bon coup sur la tête avec l'un des morceaux de bois flottant de Jamie !

— Allez donc en chercher un, je vous attends ici. Ou plutôt non, prenez un de ces registres. Dieu sait qu'ils sont assez lourds !

Jo aurait voulu hurler. L'espace d'un instant, elle s'imagina en train de se jeter sur lui toutes griffes dehors. Ou de s'effondrer par terre en un ridicule tas de mousseline bleue et de pleurer tout son soûl.

— Vous êtes ravissante dans cette robe, reprit-il. Pourquoi êtes-vous aussi contrariée ?

En fin de compte, ce furent la douceur du ton et l'expression sincèrement perplexe de sa voix qui la désarmèrent.

Elle tourna les talons, non sans lancer malgré elle :

— Je… Je ne m'attendais pas à cela de vous !

Sans qu'elle comprenne comment, il atteignit la porte avant elle. Il semblait lui-même en colère à présent et aussi, ce qui parut à Jo plus surprenant, blessé – un peu comme Jamie quand elle le grondait.

Ce n'était pas sa faute après tout, songea-t-elle. Il était trop aristocrate pour comprendre les émotions d'une personne comme elle.

Elle pinça l'étoffe de sa robe, si douce sous ses doigts que son cœur se serra de nouveau.

Oh ! ne sois pas si raide, si mesquine ! suppliait en elle une petite voix. *Prends ce qui vient, pour une fois, et ne pense à rien d'autre !*

— Elle est superbe, admit-elle. Bien plus jolie que tout ce que j'ai jamais possédé. Mais vous n'avez pas agi mieux que Celia, même si vous l'avez fait par compassion et non par malveillance. Vous m'avez traitée telle une moins que rien, Votre Grâce. Comme les autres.

Elle vit le visage de Benneit se durcir et regretta tout de suite ce qu'elle venait de révéler par ces mots. Ses blessures d'orgueil. Son amertume.

— Ce n'était pas mon intention, la rassura-t-il. Vous avez été une excellente compagne pour Jamie et j'ai trouvé convenable de vous témoigner ma gratitude. Je pensais que cela vous ferait plaisir.

Jo oublia en un instant son fol emportement.

— Merci, Votre Grâce. Ces vêtements sont très jolis. Tous. Remerciez aussi Angus pour moi, s'il vous plaît.

Elle se dirigea de nouveau vers le seuil et après une légère hésitation, le duc s'effaça pour la laisser sortir.

La porte à peine refermée derrière elle, Benneit dut résister à l'impulsion de la rouvrir de nouveau avant de la claquer de toutes ses forces.

L'exaspérante petite teigne ! Ingrate, impossible, coupeuse de cheveux en quatre…

Qu'est-ce qui n'allait pas avec elle, bon sang ? N'importe quelle femme normale se serait confondue en remerciements. Même Bella aurait marqué sa gratitude devant un tel geste, c'est dire !

L'apparition de Jo dans le bureau l'avait d'abord décontenancé. Il savait que c'était elle, évidemment, mais en même temps, il ne l'avait pas reconnue. C'était étonnant l'effet que pouvaient produire une robe décente et une autre coiffure !

Tandis qu'elle marchait droit sur lui, le menton pointé en avant, les joues rouges d'émotion – de colère, comprenait-il à présent –, une flamme étincelant dans ses yeux gris, il s'était imaginé un instant qu'elle était venue lui manifester sa reconnaissance en lui sautant au cou.

Mais bien sûr, ce n'avait été qu'une pensée furtive. Son esprit rationnel avait vite écarté l'idée qu'une femme aussi convenable que la veuve Langdale puisse se livrer à de telles démonstrations, même pour un cadeau somptueux. Mais l'image n'en était pas moins restée présente en lui tout le temps qu'elle l'accablait de ses reproches et cette juxtaposition n'avait fait qu'empirer les choses.

« Je ne m'attendais pas à cela de vous. »

Eh bien, il s'attendait, lui, à lui faire plaisir ! C'était pour cela qu'il avait sacrifié de son temps. Pour cela aussi qu'il avait enjoint à Angus, à Mrs Merry et à Beth de ne pas ménager leurs efforts pour la rendre heureuse et faire en sorte qu'elle soit un peu plus à l'aise pendant la durée de son séjour parmi eux. Eh bien, c'était la dernière fois qu'il se donnait du mal pour elle, de cela au moins il était sûr !

La meilleure leçon à lui donner à présent, ce serait d'ordonner à Mrs Merry de faire don des nouvelles robes à la veuve Mac Manus. Que Joane Langdale aille en chemise, et grand bien lui fasse ! Ses expéditions sur la plage avec Jamie ne seraient peut-être pas aussi confortables dans cette tenue.

Benneit se représenta la scène, non sans complaisance. Maintenant qu'il avait une idée plus précise de ce que cachaient les sacs gris, ce n'était certes pas désagréable d'imaginer Jo Langdale dans une mince mousseline mouillée par les vagues, que le vent du nord aurait plaquée sur ses jambes. Ôtant volontairement Jamie du tableau, il l'imagina seule sur la plage, très droite et le regard tourné vers le rocher où il se serait tenu lui-même, le fixant de ses yeux aussi gris et profonds que la mer.

Cette image fit courir dans son corps une onde de chaleur intempestive et il étouffa un juron.

— Au diable !

Fermant les yeux, il tâcha de gommer la scène de son esprit, mais rien à faire ! Il la voyait toujours là, sur la grève, immobile tandis que la marée montait autour d'elle, et bien entendu, il se penchait vers elle pour l'aider à escalader le rocher, ainsi qu'il l'avait déjà fait un certain jour. Sauf que cette fois, il ne la laissait pas s'éloigner. Ils se tenaient là tous les deux sur le piton rocheux. Et comme c'était une surface très exiguë, il n'avait pas d'autre choix que de la serrer contre lui, enveloppant d'une longue caresse les chaudes rotondités de son corps, tout en inclinant la tête afin de goûter à cette bouche délicieusement arquée dont le souvenir ne cessait de le torturer…

Irrité contre lui-même, il enfonça les mains dans ses cheveux et tira dessus dans un geste de frustration.

— Benneit ?

— Quoi ? grogna-t-il, tandis qu'Angus refermait la porte et pénétrait dans la pièce.

— Quelque chose ne va pas ? Vous vous êtes disputé avec Mrs Langdale ?

— Pourquoi ?

— Je viens de la croiser et elle m'a remercié pour les robes. J'ai répondu que ce n'était pas moi mais vous qu'il fallait remercier et elle a semblé prête à fondre en larmes, ce qui ne lui ressemble pas du tout. Elle a les nerfs à vif, c'est visible. On ne peut pas faire rentrer dans un baril plus de whisky qu'il ne peut contenir, sinon il commence à fuir…

— Qu'est-ce que c'est que ce galimatias ? Non, je ne me suis pas disputé avec elle, c'est elle qui m'a agoni de sottises au lieu de me remercier. D'après elle, je ne suis qu'un esclavagiste aussi mesquin et méprisant que les autres et elle, une douce esclave opprimée. Douce, *elle* ! Aussi douce que les pires des mastodontes de McCrieff, oui ! S'il existe une femme à l'aspect trompeur, c'est bien Joane Langdale ! Elle n'aura de cesse que tout Lochmore lui obéisse au doigt et à l'œil. Pas étonnant que les Uxmore aient voulu se débarrasser d'elle. Et dire que j'étais désolé pour elle, persuadé que ma belle-sœur Celia n'était qu'une vindicative petite mégère ! Quel imbécile j'étais ! Désormais, plus de compassion. C'est la dernière fois que je me donne du tintouin pour cette ingrate.

Angus écoutait, haussant de plus en plus les sourcils au fur et à mesure que Benneit débitait sa tirade.

— C'est à ce point ? répondit-il enfin. Je vous avais bien dit de ne pas vous débarrasser de ses vieux habits tout de suite. La plupart des gens tiennent à leurs affaires, c'est normal.

— Vous n'avez pas…, commença Benneit.

Il s'arrêta net, se souvenant tout à coup qu'Angus avait bel et bien émis cette suggestion.

— Je ne peux pas supporter les gens qui viennent après coup vous asséner leurs « je vous l'avais bien dit », reprit-il avec aigreur.

Angus hocha la tête.

— Il y a aussi ceux qui croient toujours tout savoir mieux que les autres.

— Vous cherchez la bagarre, Angus ?

— Je pense qu'un ou deux rounds en bas dans la cour ne vous feraient pas de mal. Je vous sens tendu comme un arc ces derniers temps.

Le géant considéra avec satisfaction ses énormes poings et sourit.

— Allons, je vous suggère de régler notre différend dehors. Vous frappez à côté quand vous êtes en colère et j'ai un arriéré à régler avec vous depuis notre dernier combat.

Benneit jeta un coup d'œil aux registres.

— Mac Creary va lever les bras au ciel si nous ne finissons pas cela avant la fin du mois.

— Mac Creary va lever les bras au ciel si vous passez vos nerfs sur lui, comme vous venez de le faire avec moi. Et puis vous devez bien un peu de distraction aux serviteurs. Ils ont récuré le château depuis la tour jusqu'au portail afin de tout préparer pour le bal.

Benneit dénoua sa cravate.

— Très bien. Quelques petits rounds vite fait derrière les écuries. Et ne laissez pas ces jeunes idiots parier au-dessus de leurs moyens !

— Je vais dire un mot aux *lads*. Et soyez tranquille, je vais tâcher d'épargner votre joli visage. Vous ne voulez pas vous montrer devant les McCrieff avec un œil au beurre noir, j'imagine.

— J'épargnerai aussi le vôtre, si j'arrive à le distinguer de votre postérieur.

— Juste pour cette réflexion, je vais vous asseoir sur le vôtre, petit gars.

— C'est ce qu'on va voir, mon vieux. Allez-y, je vous rejoins !

Chapitre 19

— Jo, venez voir, vite ! C'est papa qui gagne, je crois…

— Qui gagne quoi ?

Jo se dirigea vers la fenêtre de la nursery, où Jamie se tenait penché. Debout à côté de lui, les pattes appuyées sur l'encadrement et son haleine embuant la vitre, Flops semblait aussi pétulant que son jeune maître, contrairement à son habitude.

Jo suivit la direction de leur regard et tourna la tête vers les écuries. Tous les habitants du château et quelques-uns des extras semblaient s'être donné rendez-vous près du bâtiment, rassemblés autour de deux hommes vêtus en tout et pour tout de leurs bottes et d'une culotte de daim. Tous deux se déplaçaient à l'intérieur du cercle formé par les spectateurs. Il aurait pu s'agir d'une danse, élégante et légère, mais même à cette distance, Jo pouvait sentir la force qui émanait des pugilistes. Le soleil de fin d'après-midi dardait ses rayons orange et rouges sur leurs torses nus et des reflets jouaient sur leurs épaules humides de sueur.

Jo déglutit avec peine, troublée. Le seul homme qu'elle ait jamais vu sans chemise était Alfred. Il avait eu des bras solides, certes, mais il avait été mince, avec la poitrine aussi glabre qu'un adolescent. Benneit et Angus étaient bâtis tout autrement et bien que le plus grand des deux soit Angus, c'est sur Benneit que s'arrêta le regard de Jo.

Dieu, qu'il est beau ! songea-t-elle. Superbe, renchérirent son cœur et ses sens subjugués, tandis que son esprit, momentanément obscurci, tentait désespérément de se rappeler les défauts du personnage.

Long et souple mais large d'épaules, Benneit arborait un torse puissant qu'ombrait une toison sombre, éveillant en elle l'envie d'y promener les doigts pour en effleurer la surface soyeuse. Ses muscles bien modelés, hâlés par le baiser du soleil et luisants de transpiration, évoquaient ceux d'une statue antique mais sans la froideur du marbre.

Les paumes brûlantes, elle imagina la sensation que ce serait de laisser glisser ses mains sur cette peau humide, tâtant le renflement puissant des biceps, dont les veines saillaient sous l'effort.

De son poste surélevé, elle voyait perler la sueur dans le cou de Benneit et sa poitrine se soulever et retomber, chaque contour souligné par la tension de son corps. Lentement, il se déplaçait dans le cercle, faisant à moitié face à Angus, qui procédait de même. Jo aurait presque juré qu'elle sentait son odeur, même à travers les vitres – ce mélange de senteurs fraîches et de musc, de mâle et d'eau de mer. Sa respiration s'accéléra, tandis qu'une violente rougeur lui montait au visage. Elle frotta sa main sur la pierre froide de l'embrasure et tressaillit lorsque la voix de Jamie s'éleva près d'elle. Elle avait oublié sa présence !

— Ils cherchent une ouverture, expliqua le garçonnet. Papa est plus léger et plus rapide, mais Angus peut déraciner un chêne avec ses mains et casser un os entre ses doigts.

Jo sentit son estomac se nouer et la crainte dissipa un peu son trouble. *Elle avait peur pour Benneit.* Elle était encore en colère et blessée, mais même si elle avait eu envie tout à l'heure de lui lancer quelque chose à la tête, elle ne voulait vraiment pas qu'il lui arrive le moindre mal.

— Oh ! mon Dieu ! s'exclama-t-elle en voyant Angus brandir son énorme bras.

Mais Benneit évita l'attaque d'un mouvement preste et se jeta sur Angus, qui se plia en deux et trébucha sur le côté. L'espace d'un instant, on n'entendit plus que les grognements mêlés des deux lutteurs. Jamie applaudit des deux mains.

— Et paf dans l'estomac ! Vas-y, donne-lui un bon coup !

— Jamie ! Pourquoi se bagarrent-ils, au nom du ciel ?

Jamie renifla de dédain.

— Ce n'est pas une bagarre, c'est un *combat.* Un jour, papa m'apprendra, il l'a promis. Personne dans tous les Highlands ne peut le vaincre, pas même Angus. Mon papa est fort comme un rocher. Un jour, je serai aussi fort et aussi rapide. Ah, zut !

— Qu'y a-t-il encore ?

— C'est fini, répondit Jamie, désappointé.

Sans répondre, Jo pressa une main sur son cœur palpitant et regarda les deux hommes s'asséner des claques amicales dans le dos. Benneit souriait, mais ce n'était pas de son habituel sourire un peu sarcastique. Ce n'était plus le duc de Lochmore qu'elle avait sous les yeux en cet instant ni l'ancien soupirant de Bella, mais un homme rayonnant de vie. Elle ne vit même pas Jamie sortir en courant et resta là à observer les deux comparses jusqu'à ce qu'ils disparaissent de sa vue.

Restée seule, elle posa un instant sa main moite sur la vitre fraîche mais cela ne fit qu'accentuer la sensation de chaleur. Même sa jolie robe la gênait, trop serrée sur son corps brûlant. Elle s'imagina nue, tandis qu'une grande main chaude se posait sur son épaule. Et sa main à elle s'avançant vers lui, toute prête à toucher, à caresser…

Elle poussa un léger cri en sentant quelque chose gratter sa chaussure mais ce n'était que Flops. Il émit un faible aboiement en retour, la patte posée sur son pied. Elle ne l'avait jamais entendu aboyer et avait rarement aperçu ses yeux entre ses poils, mais comme il levait la tête vers elle, sa longue frange s'écarta, dévoilant son regard où elle lut compassion et tristesse, comme s'il devinait que quelque chose ne tournait pas rond chez elle.

Jo respira à fond plusieurs fois, puis elle se pencha pour flatter le doux pelage, jusqu'au moment où Flops eut son content de caresses et partit en trottinant à la recherche de son maître.

Chapitre 20

— Votre Grâce ! appela Jo d'un ton un peu trop sec.

Elle respira à fond, luttant pour retrouver son calme.

La main sur la poignée de la porte, Benneit s'arrêta devant le bureau et se tourna vers elle, visiblement méfiant. À en juger par ses cheveux humides et en désordre, il venait de prendre un bain après son pugilat. Malgré la fatigue qui marquait ses traits, ses mouvements avaient conservé un peu de la prestesse dont il avait fait preuve pendant le combat et ses yeux semblaient d'un vert plus soutenu. Du même vert que le jour où il l'avait soulevée dans ses bras sur la plage…

Le cœur battant, Jo revécut la scène – la ferme étreinte des mains de Benneit sur sa taille, en cet instant où ils avaient été si proches, juste avant qu'il ne la repose par terre. C'est alors qu'elle avait vu ce même vert profond dans son regard – un jade lumineux pailleté d'émeraude. Elle sentait encore la chaleur de son corps à quelques centimètres à peine du sien et ce frémissement d'anticipation en elle, comme si…

— Oui, Mrs Langdale ?

Elle baissa les yeux, cherchant ses mots.

— Eh bien, je… Je voulais vous présenter mes excuses pour tout à l'heure. Je me suis montrée ingrate et discourtoise, c'est un fait.

Il croisa les bras et grimaça un sourire.

— Moi aussi, je vous dois des excuses, Mrs Langdale.

Angus avait raison. J'aurais dû d'abord vous consulter. Pour ma défense, j'ai supposé que vous rejetteriez mon offre si je vous en parlais.

— Votre supposition était correcte.

— Alors je ne regrette pas vraiment de vous avoir forcé la main, je l'avoue. Si vous voulez encore me frapper, s'il vous plaît, prenez-vous-en à mon côté droit. Angus a déjà meurtri le gauche.

— J'ai vu. Jamie a suivi le combat depuis la fenêtre de la nursery.

Benneit cilla et une légère rougeur envahit ses joues maigres. Il se passa une main sur le visage, comme pour vérifier s'il était bien rasé. Il semblait si humain quand il rougissait ainsi qu'elle se détendit un peu. Un sourire faillit même lui échapper lorsqu'il grommela :

— Bien entendu, vous allez maintenant me traiter de père indigne, en m'invitant à ne plus lui mettre un tel spectacle sous les yeux…

— Mais non. Il était si fier ! Cela ne peut pas lui faire de mal.

Il s'écarta, lui désignant la porte d'un geste, et elle pénétra dans le bureau, heureuse de ce semblant de réconciliation. Trop troublée pour rester près de lui, elle se dirigea vers la fenêtre, le cœur cognant irrégulièrement dans sa poitrine. Les mots lui échappèrent avant qu'elle n'ait eu le temps d'y penser :

— Le bal a lieu demain. Allez-vous procéder à l'annonce officielle ? Si telle est votre intention, il serait bien que vous prépariez Jamie.

Benneit s'immobilisa sur le seuil, visiblement perplexe.

— L'annonce ?

— De vos fiançailles.

Sans répondre, il marcha vers son bureau.

— La seule annonce, ce sera que nous sommes en bonne voie pour la distillerie, déclara-t-il enfin. Quant au… reste, nous ne sommes encore parvenus à aucun accord formel, aussi n'ai-je rien à dire à Jamie pour l'instant. Le projet de distillerie fournira aux gens un sujet de conversation plus que suffisant.

Jo éprouva un soulagement si intense et si stupide qu'elle resta silencieuse un moment, le temps que son cœur s'apaise. Cela ne changeait rien, au nom du ciel ! Dans une semaine ou deux, elle retournerait en Angleterre et son souvenir s'effacerait de la mémoire des habitants de Lochmore, aussi aisément qu'une eau bue par le sable…

— Il est tout de même au courant, déclara-t-elle enfin. Il a entendu les remarques de votre tante et puis les commérages, ici et au village. C'est un enfant mais il est étonnamment précoce. Il m'a même dit qu'il savait que c'était à cause de lui.

Benneit fronça les sourcils.

— Vraiment ? Il vous a dit cela ?

— Oui. Il assure que vous voulez lui donner une famille.

— C'est tout ce qu'il a dit ?

Jo hésita.

— Je n'insiste jamais, vous savez. Il bavarde quand nous sommes sur la plage. Moi, je me contente d'écouter ce qui lui vient à l'esprit, sans poser de questions.

— Je ne vous accuse pas d'être indiscrète, loin de moi cette pensée. J'aimerais seulement savoir… Il n'aborde pas souvent ces sujets-là avec moi. Il l'a fait après ce désastreux dîner avec la tante Morag, mais depuis il a détourné la conversation chaque fois que j'ai essayé de ramener la question sur le tapis.

Jo perçut la tension dans sa voix. Le ton n'exprimait pas le ressentiment cette fois, mais une indéniable souffrance. Elle secoua la tête.

— Vous savez, j'ai parfois l'impression qu'il me considère un peu comme Flops ou comme ses sirènes. Il peut me parler librement parce qu'il prend notre relation plus à la légère. Vous, vous représentez l'élément central dans son univers et ce n'est jamais facile d'aborder des sujets épineux avec quelqu'un qui occupe cette position-là. D'après lui, vous souhaitez lui donner un frère et une sœur afin qu'il puisse jouer avec eux et leur montrer tout ce qu'il connaît. Il espère qu'ils aimeront les cartes du monde et l'exploration mais ils devront se trouver un autre chien parce que Flops est à lui.

Benneit sourit mais sans la regarder.

— Merci de m'avoir confié cela. Où est Jamie à présent ?

— En haut, avec sa nourrice. Ils préparent Flops pour le bal de demain. Jamie n'a pas encore compris que Flops et lui n'y assisteraient pas.

— Pauvre Flops ! Voilà qui ne laisse rien présager de bon pour la suite des événements. Jamie risque de nous gratifier d'une de ses crises quand il aura saisi qu'il ne sera pas au centre des festivités. Demain sera un jour de défi à plus d'un titre, Mrs Langdale. Êtes-vous prête à affronter le pire ?

— Je le suis, Votre Grâce. Mr Mac Creary est-il dans les parages ? Nous avons bien avancé dans notre travail et j'espère que nous aurons bientôt terminé l'examen des comptes.

— Il est allé au village régler une affaire me concernant et je ne vais pas tarder à partir aussi. Le bureau est à vous…

Il tira le fauteuil pour elle. Jo hésita un instant puis s'assit et attira le registre vers elle. Elle pensait que Benneit allait sortir tout de suite, mais sentant qu'il s'attardait, elle leva les yeux vers lui, le cœur de nouveau trépidant sans la moindre raison.

Benneit sourit, mais ce n'était plus le sourire détendu qu'il avait eu un instant plus tôt.

— Vous faites meilleur effet que Mac Creary à mon bureau, vous savez !

— C'est la robe, Votre Grâce. Vous devriez peut-être renouveler aussi la garde-robe de Mr Mac Creary.

Il éclata de rire et secoua la tête, ses cheveux encore humides effleurant le col de sa veste. Ils avaient poussé depuis leur entrevue à Londres. Le temps passait, chaque instant devenait précieux. Si elle avait eu du courage, là, tout de suite, elle se serait levée et… aurait fait quelque chose.

Au lieu de cela, elle se pencha sur le registre, fixant les chiffres sans les voir. Il lui sembla qu'une éternité s'écoulait avant que la porte ne se referme enfin derrière lui. Alors seulement elle se mit au travail.

Chapitre 21

Tout était prêt pour le bal.

La grande salle étincelait, toutes les appliques avaient été garnies de bougies. Le couloir, d'habitude nu et austère, avait été pourvu de tapis d'un bleu profond, et la Galerie des Ménestrels qui surplombait la salle était prête à accueillir l'orchestre recruté à Kilmarchie. Mrs Merry semblait au mieux de sa forme, dirigeant avec autorité la horde de serviteurs embauchés pour l'occasion.

Bref, le duc aurait eu toutes les raisons d'être satisfait de sa maisonnée, s'il n'y avait eu un petit problème.

Ou plutôt un petit garçon… et un assez gros problème.

— Nom de nom, ou diable peut-il bien être ? explosa Benneit.

Les éclats de sa voix firent battre en retraite les deux valets de pied temporaires, qui se réfugièrent à l'autre bout du couloir.

— Jo ? Angus ? Vous l'avez trouvé ?

Angus s'essuya le front avec un mouchoir de la taille d'une toile de tente, tandis que Jo secouait la tête.

— Moody nous a appris que ses meilleures chaussures et son manteau écossais avaient disparu. Il semblerait qu'il mijote un plan pour assister au bal malgré votre interdiction, supposa Jo.

Elle tenta de ne pas rougir quand le regard étincelant de Benneit se tourna vers elle.

Angus en profita pour intervenir :

— J'ai fouillé les tours et tous les serviteurs que nous avons pu réunir explorent les environs. Morag la Terrible m'a jeté une aiguière à la tête en m'interdisant désormais l'accès à la tour, sauf si je lui apporte une bouteille. En dehors de cela, je n'ai rien trouvé.

Benneit, furieux, se passa la main dans les cheveux.

— Satané gamin ! Comme si nous n'avions rien de mieux à faire aujourd'hui que de ratisser tout Lochmore pour le dénicher !

— Peut-être que…, commença Jo.

Elle s'interrompit. Suggérer au duc qu'il aurait mieux fait d'autoriser son fils à assister à l'ouverture du bal, après tout, n'était sans doute pas la meilleure remarque à hasarder en cet instant.

Elle chercha à la place quelque suggestion d'ordre pratique.

— Peut-être devrions-nous aller voir dans les caves…

Benneit la foudroya du regard.

— Combien de fois faudra-t-il que je le répète ? *Personne* ne pénètre jamais dans les caves et certainement pas Jamie ! Je lui passe peut-être beaucoup de choses mais il n'est pas stupide. Il a dû sortir de l'enceinte du château. Et vous, pourquoi portez-vous encore cette horrible robe grise, bon sang ?

— Je vais fouiller les taillis, répondit Jo, ignorant la question.

Elle tourna les talons, résistant à l'envie d'asséner à Benneit ce qu'elle pensait de lui et de ses manières.

Angus lui emboîta le pas.

— Moi, je vais aller voir du côté de l'éboulis. N'en veuillez pas à Lochmore, *lass.* Il est ainsi parce qu'il se fait un sang d'encre, crut-il bon d'ajouter.

— Je sais, Angus.

— Il ne le pensait pas vraiment… Au sujet de la robe, je veux dire.

Jo émit un rire un peu amer.

— Oh ! si, il le pensait. Mais il était déjà d'une humeur massacrante avant de remarquer ma robe et même avant la crise de Jamie et sa disparition.

— Que voulez-vous ? Il voit l'avenir se rapprocher à grands pas et sait qu'il ne pourra pas y échapper.

Angus soupira avant d'ajouter :

— Ça a toujours été un entêté. Un cœur d'or, mais une tête de mule.

— Oui, on ne saurait mieux dépeindre Jamie.

— Je voulais parler de Benneit, corrigea Angus avec un sourire. Eh bien, bonne chance, Mrs Langdale.

Après s'être assurée que Jamie ne se trouvait pas dans le bosquet, Jo s'engagea dans le sentier qui menait vers le nord de la baie, sans réel espoir d'y trouver le petit garçon. Aussi n'en crut-elle pas ses yeux quand elle aperçut la tache orange du petit manteau écossais, négligemment jeté sur la pierre près de la Porte de la Mer. Non, Jamie n'était sûrement pas descendu tout seul jusqu'à la baie, c'était impossible !

Elle ramassa le manteau puis le laissa choir, le regard attiré au loin par un petit objet noir qui brillait au sommet des rochers, sa surface vernie reflétant la lumière du soleil.

Ce soulier-là, elle l'avait vu pas plus tard que ce matin quand Jamie, encore persuadé qu'il pourrait convaincre son père de le laisser assister au bal, avait fièrement exhibé devant elle ses chaussures de cérémonie.

Les vagues léchaient déjà le pied des roches. Jo se précipita sans prendre le temps de réfléchir. Elle ne pouvait pas voir derrière les rochers, mais elle devinait qu'il était là, en train de bouder, oubliant la montée rapide de la mer. L'avant-veille encore, ils étaient passés ici avec Angus, empruntant le sentier de la falaise, et deux heures plus tard à peine, aucun de ces rochers n'était plus visible, engloutis sous le déferlement des vagues.

— Jamie ! appela-t-elle encore et encore.

Mais le bruit du vent et de la mer couvrait ses cris, rendant ses appels dérisoires. Tandis qu'elle scrutait les roches, une lame s'écrasa contre elles, projetant un gigantesque panache blanc. La chaussure se déplaça de plusieurs centimètres sur le côté.

Retroussant ses lourdes jupes, Jo s'élança en courant.

Benneit s'arrêta en haut du sentier de la falaise pour ramasser le manteau à carreaux, qu'il plia sur son bras avec un juron.

Mais l'interjection suivante mourut sur ses lèvres quand son regard perçut un mouvement au-dessous de lui. Ce qui avait ainsi attiré son attention, c'était le flottement d'un châle, dont les pans volaient telles deux ailes déployées. Puis la folle action de celle qui courait ainsi…

Sidéré, il la regarda s'avancer droit dans les vagues et son cœur manqua un battement.

— Jo ! hurla-t-il.

Mais à l'instant même où le cri jaillit de sa gorge, il sut que c'était inutile. Elle ne pouvait rien entendre d'autre que le bruit assourdissant des vagues. L'eau atteignait déjà ses cuisses, malmenant l'étoffe grise de sa robe et repoussant la marcheuse en arrière tandis qu'elle tentait de progresser vers la frange d'écume blanche qui bordait la corniche.

Benneit se mit à courir. Enjambant les rochers, il gravit quelques mètres puis évita la dernière partie du sentier en se laissant tomber d'un bond sur le sable en contrebas. Il trébucha sur le sol mais rétablit son équilibre et continua vers la mer, ne s'arrêtant que pour ôter son manteau et ses bottes, son expérience lui ayant appris qu'il valait mieux ne pas être encombré pour affronter les vagues. Il ne prit même pas la peine de crier. Une personne assez folle ou désespérée pour braver ainsi les flots ne reviendrait pas en arrière sur un simple appel.

Il serra les dents tandis que l'eau froide se refermait autour de lui. Devant lui, il voyait la jeune femme lutter en détournant son visage des lames qui se ruaient contre elle pendant qu'elle poursuivait obstinément son avance en direction des rochers gris sombre qui émergeaient encore de la mer. Si dans sa folie elle s'imaginait y trouver refuge, elle n'allait pas tarder à découvrir son erreur. À moins qu'elle n'ait l'intention de mettre fin à ses jours… Dans ce cas, elle était sur le point d'atteindre son but.

Cessant de penser, Benneit se fraya un chemin dans l'eau glacée, s'arrachant aux longs tentacules de varech qui s'enlaçaient à ses jambes. Jo atteignait presque le rocher quand il vit arriver la septième déferlante. C'était toujours la plus haute, même si ce n'était pas toujours la plus dangereuse, mais sa force était telle que la jeune femme allait se retrouver projetée contre les roches, pour peu qu'elle la prenne de front.

Benneit s'élança vers elle, agrippant ce qu'il pouvait. Sa main se referma sur le tissu mouillé de la robe et il entendit Jo crier tandis qu'il la tirait vers le fond. Elle se débattait, mais il resserra son étreinte pour la maintenir sous l'eau pendant que la cataracte déferlait au-dessus d'eux, les écrasant presque sur les galets du fond. Dès qu'il sentit s'alléger le poids de l'eau, il remonta à la surface, luttant pour atteindre la grève sans lâcher la jeune femme. Jo donnait des coups de pied, gesticulant pour se libérer, mais il continua d'avancer sans se soucier de ses contorsions.

La marée montait vite. Bientôt, ses pieds n'auraient plus prise sur le fond rocheux. Les vagues se succédaient, la grande déferlante allait frapper de nouveau. Cette fois, il attira Jo contre lui, l'enveloppant de ses bras tandis qu'il plongeait. Les poings de la jeune femme agrippèrent sa chemise et elle se roula en boule, la tête courbée vers sa poitrine, tandis qu'ils se laissaient couler. Dieu merci, elle avait vite compris la raison de ces manœuvres et il ne put s'empêcher d'admirer sa présence d'esprit au sein du péril. En fait, toute velléité de lutte semblait l'avoir abandonnée. Elle resta docilement sous l'eau jusqu'au moment où il remonta, l'entraînant avec lui. Ils ne se trouvaient plus qu'à quelques pas de la corniche qui délimitait la zone de sécurité.

— Nous y sommes presque, cria-t-il pour se faire entendre par-dessus le rugissement de la mer.

Elle secoua la tête sans le regarder mais ne résista pas, accordant ses mouvements aux siens. La force du ressac les surprit tous deux et Jo vacilla avant de tourner vers lui un regard implorant. Il la tira par le bras d'un geste impatient. Dans quelques instants, même la corniche ne leur offrirait plus de salut. Ils ne disposaient que de quelques minutes au mieux.

Jo se retourna, fouillant sous l'eau, et Benneit comprit soudain ce qui n'allait pas. Écartant les pieds pour assurer son équilibre, il repoussa la main de la jeune femme, agrippa sa jupe et tira sur l'étoffe gorgée d'eau. En vain ! Le tissu était bel et bien pris entre deux roches.

— Satanée robe ! jura-t-il en attirant Jo contre lui, au moment où une nouvelle vague déferlait vers eux.

Il sentit la captive gigoter. Prise d'une panique croissante, elle tentait désespérément de dégager sa jupe. Au lieu de seconder ses efforts, Benneit empoigna le corsage et le déchira en deux avant d'écarter les deux pans d'étoffe. Puis il abaissa les manches, extirpant la malheureuse du vêtement qui la retenait prisonnière. La robe trempée flotta un instant sur l'eau telle une loque grise avant d'être engloutie.

— Vite, fit-il en traînant Jo vers la corniche.

L'eau ne leur montait plus qu'à la taille. Benneit n'avait pas lâché la jeune femme, dont tout le corps frissonnait sous la chemise mouillée. En titubant, ils gagnèrent l'étendue de sable par-delà les rochers. Jo trébucha et il se laissa tomber à genoux auprès d'elle, leur respiration audible par-dessus le grondement des vagues.

Oubliant toute autre émotion dans sa colère, Benneit saisit l'imprudente par les épaules pour la tourner vers lui.

— Vous êtes folle ? Comment avez-vous osé… Comment avez-vous pu faire cela ?

— Jamie… Oh ! mon Dieu, Benneit… Jamie !

La voix de Jo s'érailla, à peine reconnaissable.

— J'ai vu l'un de ses souliers sur les rochers là-bas. J'ai essayé de rejoindre Jamie. Oh ! pourquoi m'en avez-vous empêchée ?

Elle l'agrippa convulsivement par sa chemise et il lut un tel désespoir dans ses yeux que sa fureur s'apaisa sur-le-champ.

— Jamie ? Jamie est au château. Angus et moi l'avons retrouvé caché derrière les écuries. J'étais venu vous chercher quand je vous ai vue risquer la mort, petite idiote !

— Il est… sain et sauf ? Vous êtes sûr ?

— Bien sûr ! Je vous avais dit qu'il n'irait pas loin. Au

contraire de vous, il a assez de bon sens pour ne pas rester dans la baie quand la marée monte.

— Mais sa chaussure ?

— Il m'a avoué qu'il les avait jetées à la mer. Sa façon à lui de protester. Vous auriez dû le comprendre !

Elle fixait sur lui un regard déchiré, où luttaient l'incrédulité et l'espoir. Ses deux mains reposaient toujours sur son torse comme pour le repousser, mais elle n'en faisait rien, oublieuse de tout dans son désarroi, à commencer par le fait qu'elle ne portait plus qu'une mince chemise à présent transparente et qui lui collait au corps, ne laissant plus rien à l'imagination.

Du moins cela réglait-il une question. Sous les horreurs vestimentaires imposées par Celia se cachait une vraie œuvre d'art. Les seins de Jo étaient la perfection même, comme ciselés par un sculpteur de génie. Le froid avait durci ses mamelons qui pointaient à travers l'étoffe sous la forme de deux adorables boutons de rose et Benneit pouvait presque les sentir dans le creux de ses paumes, s'il osait refermer les mains sur eux. Son cœur s'emballa à cette image. Sous sa peau mouillée et glacée par l'eau de mer, il sentit sourdre un incendie tout prêt à éclater…

Il se força à détourner les yeux, mais ils ne firent que se baisser un instant, happés par un spectacle plus suggestif encore, depuis la douce courbe des hanches jusqu'au triangle un peu plus sombre entre les cuisses. Une vague de chaleur l'envahit à cette vue. En dépit de tout ce qu'il venait de subir, son corps brûlait littéralement, réceptif à la tentation qui s'offrait à son regard.

Bon sang ! C'était bien ce qui s'appelait un désir intempestif…

— Sain et sauf, Dieu merci…, chuchota-t-elle en se rasseyant sur les talons.

Elle se couvrit le visage, le corps secoué d'un violent frisson. Sa chevelure n'était plus qu'un amas trempé et un morceau de varech s'enlaçait à son bras tel un bracelet exotique. Sans la chemise et la chair de poule qui lui hérissait la peau, elle aurait ressemblé à un personnage sorti tout droit de l'un des contes de Jamie – une sirène rejetée sur la grève, une *selkie* venue capturer un compagnon humain sur la terre ferme…

Le vent les fouettait tous deux et la culotte trempée de Benneit lui collait à la peau, ce qui se révélait particulièrement inconfortable sur une érection de ce calibre. Ce désagrément aurait dû se révéler un efficace antidote au désir, mais il n'en était rien. Une tempête de neige n'aurait rien pu contre le chaos de sensations qui flambait en lui ! Dans des circonstances normales, il arrivait à repousser les fréquentes étincelles de désir que cette femme impossible allumait en lui de plus en plus souvent, mais en cet instant, ni son corps ni son esprit ne coopéraient plus. Ce péril imminent ranima sa colère.

— Vous ne remercieriez pas le ciel si vous vous doutiez à quel point j'ai envie de vous gifler, là, tout de suite ! Avez-vous complètement perdu l'esprit ? Si vous pensiez que Jamie se trouvait dans les rochers, il fallait venir me chercher, bon sang !

Elle laissa retomber ses mains, une expression farouche sur le visage.

— Aller vous chercher ? Vous attendiez vraiment de moi que je le laisse se faire avaler par la mer pendant que je retournais au château ? Il n'y avait pas le temps, voyons !

— Ce que j'attendais de vous, c'est que vous vous comportiez avec un peu plus de bon sens qu'un gamin de quatre ans !

Serrant les dents, elle lutta pour se relever. Benneit perçut dans son regard le moment exact où elle se rendit compte qu'elle était quasiment nue. Ses yeux s'écarquillèrent et un flot de sang monta de sa poitrine à son cou.

— Ma robe ! croassa-t-elle.

C'était si absurde qu'il éclata de rire. Elle avait failli mourir. Ils avaient *tous les deux* failli y rester. Et la perte de cette horreur qu'elle avait avoué détester était encore capable de lui arracher des larmes !

— Si vous voulez mon avis, c'est le seul point positif dans toute cette histoire. Votre loque a regagné les profondeurs de l'enfer d'où elle était sortie. Si vous aviez porté l'une de vos nouvelles robes, nous n'aurions pas couru un tel danger. Que cela vous serve de leçon ! Vous vous montrerez peut-être moins têtue à l'avenir.

— Oh ! vous... Vous... vous êtes odieux, Benneit Lochmore !

En titubant, elle se dirigea vers le sentier. Benneit ramassa sa veste et lui emboîta le pas, observant la façon dont la chemise mouillée collait à un postérieur aussi divinement galbé que les seins. Cette femme était faite pour être vêtue d'écume, telle une Vénus sortie de la mer. Sans doute une telle réflexion était-elle déplacée après ce qu'ils venaient de vivre. Ou était-ce inévitable ? En tout cas, il ne pouvait s'en empêcher.

— Et vous, vous êtes une ingrate. Vous vous rendez compte que je vous ai sauvé la vie ?

Elle s'arrêta, croisant les bras sur sa poitrine, mais ne se retourna pas.

— Oui, murmura-t-elle. Et... Merci. Je suis désolée.

Benneit ne répondit pas, l'esprit décidément ailleurs, tandis qu'ils reprenaient leur ascension. Les chevilles délicates de Jo étaient parsemées de grains de sable et il s'absorba dans leur contemplation, s'interdisant de lever les yeux plus haut tandis que leur propriétaire gravissait le sentier abrupt devant lui.

Ils allaient atteindre le sommet de la falaise quand la marcheuse s'arrêta net. Benneit, qui ne s'y attendait pas, faillit la heurter. Il profita de l'occasion pour lui saisir les bras. En dépit de la brise, elle avait la peau déjà moins froide et la tentation de vérifier si elle avait chaud partout fut si forte qu'il s'obligea à reculer.

— Je ne peux pas rentrer au château dans... dans cette tenue, observa-t-elle d'une voix encore éraillée.

Dans cette tenue... Bon sang ! Elle n'avait visiblement pas la moindre idée du spectacle renversant qu'elle offrait « dans cette tenue ».

Comment une femme qui avait été mariée pouvait-elle se montrer encore aussi candide ?

Détachant les yeux de la chemise mouillée qui épousait le galbe de ses seins, il tendit la main pour retirer le ruban de varech qui s'accrochait à son bras.

— Nous pourrions vous confectionner un costume de varech mais je refuse de redescendre dans la baie pour aller en chercher. Ne vous en faites pas, ma veste suffira à vous couvrir et vous pourrez rentrer par la porte de la tour. Si par malchance vous tombez sur quelqu'un, vous n'aurez qu'à dire la vérité.

— Que je suis une idiote ?

Bon, Jo était de retour ! Il sourit, pas vraiment sûr de s'en réjouir.

— Que vous avez été stupide mais très courageuse. Je ne suis pas ingrat, moi, mais si vous recommencez une chose pareille, je serai dans l'obligation de vous confiner dans votre chambre pendant une semaine au pain et à l'eau, sans autre lecture qu'un livre de sermons.

Elle fut prise d'un subit accès de fou rire, qui se transforma en hoquets puis en sanglots, et elle se cacha les yeux dans ses paumes.

— J'ai… J'ai eu si peur, chuchota-t-elle. Je n'ai pas réfléchi.

— Je sais. Chut, maintenant. Vous êtes en sécurité.

Il ne réfléchit pas non plus tandis qu'il l'attirait vers lui, nouant ses bras autour d'elle. Elle se laissa aller contre son torse, le corps tremblant de toute la tension qui se relâchait en elle. Mais Benneit songeait déjà à ces autres frissons qu'il brûlait de faire naître en elle.

C'était de la folie, il n'avait jamais voulu cela et pourtant c'était là, indéniable. En cet instant, transi comme il l'était, mouillé, dans un état pitoyable, épuisé par l'effort qu'il avait fourni pour échapper aux vagues, il se sentait intensément vivant, son attention tout entière absorbée par ce corps de sylphide pressé contre lui.

Il la désirait.

Non, il *mourait d'envie* de la posséder.

Qu'y avait-il de mal à cela, après tout ? Elle était veuve, elle avait l'expérience de la vie. Pourquoi ne jouiraient-ils pas tous deux du peu de liberté que pouvaient se permettre des gens dans leur position ?

— Jo…, chuchota-t-il.

Elle frissonna de nouveau, lui fournissant ainsi le prétexte parfait pour la serrer plus étroitement en laissant ses mains s'égarer plus bas sur son corps. Trop bas. Les paumes de Benneit se refermèrent sur les reins de la tentatrice et soudain, il la souleva pour la plaquer contre lui, pressant sur le ventre chaud de la jeune femme l'étoffe mouillée de sa culotte, qui ne dissimulait guère son érection patente. Cela aurait dû calmer son ardeur mais le contraste des températures lui parut si érotique qu'il laissa échapper un gémissement.

— Jo…

Elle posa les mains sur son torse comme si elle s'apprêtait à le repousser mais ne bougea pas. D'un geste lent, comme si elle était en transe, elle renversa la tête en arrière. Derrière elle, la mer continuait à rugir, mais le gris de ses yeux était calme et profond, assombri par ses pupilles dilatées. Benneit s'obligea à la lâcher, mais elle enfonça les doigts dans l'étoffe mouillée de sa chemise et il sentit ses ongles lui érafler la peau. C'était douloureux mais excitant en diable et il sentit son sexe durcir plus encore dans une brusque explosion de désir. Les lèvres de Jo s'écartèrent et elle remua doucement son bassin contre lui. Il la saisit par la taille pour arrêter ce mouvement affolant… Et ce fut l'inverse qui se produisit. Sans savoir comment, il la pressa contre lui davantage, observant le battement de ses cils tandis qu'elle baissait les yeux, les pommettes empourprées d'une douce couleur d'aurore.

Envoûté, il posa la main sur sa joue pour en sentir la chaleur.

— Vous venez juste de m'infliger l'une des pires peurs de ma vie, murmura-t-il avec ferveur, et voilà que je n'ai plus qu'un désir, vous embrasser follement, à en perdre le souffle. Alors rentrez au château, Jo, tout de suite. S'il vous plaît !

Il n'aurait pas dû ajouter cette prière. Le ton en était aussi désespérément passionné qu'il l'était lui-même en cet instant.

Lâchant la chemise, elle laissa glisser ses mains vers les

durs méplats de son ventre et il gémit de nouveau, tous ses muscles frémissant sous la caresse.

— Vous voulez… m'embrasser ? s'enquit-elle d'un ton choqué, comme si ce simple fait lui semblait plus grave que tout ce qui avait précédé.

Il fit entendre un léger rire.

— Je veux bien plus que ça encore, mais en cet instant, je me sens capable de nager un mile entier dans ces vagues pour un seul baiser de vous. C'est pour cela que je vous prie de partir, Jo. Tout de suite !

Benneit désirait l'embrasser. Et bien plus encore…

Le sens de ces mots lui échappait dans l'état de confusion où elle se trouvait, mais le sexe rigide pressé contre elle était indéniable, lui. Interrogeant Benneit du regard, elle constata qu'il ne mentait pas. La colère et le danger opéraient d'étranges effets sur les hommes, elle ne l'ignorait pas. Si elle avait eu le moindre grain de bon sens, elle aurait écouté l'avertissement de Benneit et se serait hâtée de s'enfuir.

Mais elle ne se sentait pas raisonnable. Son corps brûlait et frissonnait en même temps, comme si elle s'était trop approchée du feu après un bain. Ses seins douloureux cherchaient l'apaisement d'une caresse.

Ils avaient failli mourir… *Benneit* avait failli mourir, à cause d'elle. Mais ils étaient vivants et il voulait l'embrasser, quelle qu'en soit la raison. C'était tout ce qui comptait.

Elle leva les mains pour lui enlacer la nuque, les doigts enfoncés dans sa chevelure mouillée, cherchant un appui contre son corps ferme et musclé parce que le sien ne la soutenait plus, tremblant d'anticipation et de crainte.

Doucement, elle posa les lèvres sur les siennes en un frôlement léger, mais la sensation qu'elle éprouva n'avait rien de doux, elle enflamma son corps déjà tremblant de fièvre. Ils restèrent sans bouger pendant ce qui lui parut une éternité, bouche contre bouche, à écouter leur respiration haletante. Jo sentait la tension en lui partout où son corps était en contact avec le sien. Bientôt, il allait s'éloigner d'elle et tout serait dit. Le moment serait passé sans avoir jamais commencé.

« Un baiser de vous… »

Enfouissant les doigts dans ses cheveux, elle s'accrocha à lui de toutes ses forces et l'embrassa avec toute la passion qui palpitait en elle. Elle explora sa langue avec la sienne, goûtant le contraste de textures, de saveurs, la fermeté des lèvres de Benneit, à la fois si douces et exigeantes sous les siennes. Elle n'était plus que fièvre et ardeur, depuis la pointe de ses seins palpitants jusqu'à cette source secrète, dont la chaleur fusait entre ses cuisses. Jamais elle n'avait embrassé ainsi, mais elle était incapable de s'arrêter.

Benneit frémit et un gémissement monta de sa gorge. Abandonnant sa passivité momentanée, il resserra autour d'elle l'étreinte de ses bras comme s'il voulait l'absorber tout entière, mû par une force de passion aussi irrésistible que les vagues qui avaient failli leur ôter la vie.

— Je vous avais prévenue, Jo…

Elle secoua la tête, se serrant contre lui de toutes ses forces comme si elle craignait qu'il ne la fuie. Mais il n'essaya même pas. Au lieu de cela, il approfondit le baiser, écartant de nouveau ses lèvres, les léchant et les savourant avant d'enlacer sa langue à la sienne en une danse voluptueuse. Elle eut l'impression que tout son corps suivait la cadence, chaque caresse de la bouche de Benneit chassant un peu plus loin la terne petite Joane Langdale pour ne plus laisser en elle que ce désir flamboyant qui la consumait toute.

— Benneit…

Soudain, elle sentit la main de ce dernier se poser directement sur sa peau, remontant sa chemise mouillée sur ses hanches. Un sexe dur se pressa contre la chair nue de son ventre. Jo essaya de reculer, choquée par la violence de son propre désir. Mais il la retint en lui enlaçant la nuque de son autre main, tandis qu'il rompait le baiser pour laisser descendre ses lèvres tout le long de sa gorge, jusqu'à la pointe palpitante de ses seins.

Elle se contorsionna, ne sachant plus elle-même si c'était pour refuser ou accroître les enivrantes sensations qui déferlaient en elle. Il resserra son étreinte, taquinant du bout de la langue ses mamelons durcis jusqu'au moment où elle ne résista plus, emportée par la frénésie de plaisir qui montait en elle. Entre le grondement de la mer en contrebas et les cris des mouettes au-dessus de sa tête, Jo entendait ses propres gémissements de désir, aussi étrangers à son oreille que le tourbillon qui l'emportait avec la violence d'un raz-de-marée.

Elle aurait voulu bouger, mais tout ce qu'elle put faire fut de s'accrocher à lui dans le délicieux vertige qui l'emportait.

— Benneit…

Ce n'était guère qu'un soupir à peine audible, mais elle le regretta aussitôt car Benneit s'arrêta, écartant son visage du sien pour l'interroger du regard. Si elle avait pu, elle aurait détourné la tête, car bien entendu, il pouvait tout lire dans ses yeux. Elle sentit son souffle effleurer ses lèvres meurtries et devina la tension qui l'habitait lui-même à la raideur de ses muscles, à l'étreinte fébrile de ses mains, l'une enfouie dans ses cheveux, l'autre refermée sur ses fesses, la plaquant contre lui avec force.

Alfred ne l'avait jamais touchée là. Il avait même hésité, la première fois, avant de lui caresser les seins, et elle avait honte du plaisir qu'elle éprouvait sous le toucher de Benneit. En même temps, cela lui semblait si bien, si naturel qu'il soit là, pressé contre elle, éveillant en elle des forces étrangères dont elle ne soupçonnait même pas la puissance et qui battaient sans relâche sur son corps avec la même puissance que les vagues tout à l'heure.

Le long frisson qui l'agitait se transforma en gémissement, entre désir éperdu et réticence de la pudeur. Benneit reprit son souffle avant d'incliner de nouveau le visage vers elle. Mais au moment où ses lèvres allaient capturer les siennes, il se figea brusquement.

— Lochmore !

La voix d'Angus résonna par-dessus le tumulte de la mer.

— Où êtes-vous, *lad* ?

Jo se dégagea, effrayée.

— Angus, *mac an diabhal*[1] ! jura Benneit en gaélique.

Ramassant sa veste, il la drapa sur les épaules de Jo.

— Les invités arrivent, je suppose, murmura-t-il sans la regarder. Je vais renvoyer Angus au château et vous pourrez rentrer par l'escalier de la tour.

Sans bouger, Jo le regarda disparaître dans le sentier. Frissonnante, elle resserra les pans de sa veste sur sa poitrine. La laine était imprégnée de son odeur, un mélange d'air salin et de musc. Le froid qui montait du sol la glaçait jusqu'au cœur et elle enfouit le visage dans l'étoffe pour arrêter l'afflux des larmes.

— Non… Oh ! non…

Ce n'était qu'un murmure, mais il semblait contenir tout son désir et tout son désespoir. Elle n'était pas assez stupide pour voir du sentiment dans cet accès de passion. Le danger excitait les hommes et provoquait chez eux d'étranges réactions, même chez les plus placides d'ordinaire. Alfred aussi avait réagi bizarrement le jour où elle avait été jetée à bas de son cheval – c'était la seule fois où ils avaient fait l'amour ailleurs que dans la chambre conjugale et avant l'heure du coucher. Mais ensuite, ils avaient repris le rituel commencé par Alfred la nuit de leurs noces – au lit, dans le noir. Le baiser de Benneit ne signifiait rien. Un moment de folie, rien de plus. Elle n'était pas assez sotte pour y voir autre chose.

Elle pressa son visage dans la chaude étoffe de sa veste pour y respirer son odeur, bien consciente qu'il n'existait pour elle aucune chance d'avenir avec lui.

Mais Dieu que cela faisait mal…

1. « Fils du diable ! » en gaélique.

Chapitre 22

Il fallait que ce soit fait. Et vite. Mieux valait retirer tout de suite l'épine que laisser la plaie s'infecter…

Dans quelques heures à peine, il allait devoir affronter ses invités ainsi que son avenir. Mais avant cela, c'était aux conséquences de l'abjecte stupidité de son attitude sur le chemin de la falaise qu'il devait faire face. Il se rappelait trop bien le sentiment de malaise éprouvé par Jo, jadis, dans les salles de bal londoniennes. Il serait cruel pour elle que leur première rencontre après la scène qu'ils venaient de vivre ait lieu dans la grande salle du château, au milieu de tous les invités. Sans doute serait-ce plus facile pour lui, mais ce serait une échappatoire de lâche…

Rassemblant son courage, il frappa à la porte de Jo.

— Entrez.

Assise dans l'embrasure de la fenêtre, un livre à la main, elle se tenait à contre-jour dans la vive lumière de l'après-midi et il ne put distinguer l'expression de son visage. Ce qui lui facilita les choses, en fin de compte.

— Mrs Langdale…

— Oui, Votre Grâce ?

Le ton de Jo était aussi neutre que le premier jour de leur rencontre, mais il savait à présent combien cette apparente placidité lui était peu naturelle. Il s'éclaircit la gorge et se jeta à l'eau.

— Ce qui s'est passé ce matin était entièrement ma faute. Je n'aurais jamais dû profiter ainsi de votre vulnérabilité. En fait, je ne vous ai même pas remerciée comme il convenait pour votre acte de bravoure, aussi inapproprié qu'il ait été en la circonstance. J'ai déjà puni Jamie pour sa disparition, mais demain je lui expliquerai comment sa désobéissance a failli s'achever en tragédie.

Le calme qu'affectait la jeune femme s'évanouit sur-le-champ. Elle se leva d'un bond, laissant choir son livre sur le sol.

— Non, vous ne pouvez pas lui raconter cela !

— Bien sûr que si ! Il mérite un châtiment pour vous avoir mise en danger, même si ce n'était pas intentionnel de sa part. Il doit apprendre que ses actes ne sont pas sans conséquences.

— Non ! s'insurgea-t-elle. Vous ne pouvez pas tirer prétexte de ma stupidité pour le discipliner. Il est beaucoup trop jeune pour imaginer que ses actes puissent mettre en danger la vie d'autrui. Comment aurait-il pu penser que je commettrais une telle sottise à cause d'un manteau et d'une paire de souliers abandonnés dans les rochers ? Il n'est pas fautif.

— Non ? Alors comment qualifieriez-vous son attitude, quand il nous fait un caprice et met tout le château sens dessus dessous le seul jour de l'année où nous préparons une réception à laquelle doit assister une bonne moitié des Highlands ?

— Je dirais qu'il a peur. Il sait parfaitement de quoi il retourne. Il a conscience que son monde est en train de changer et cela le terrorise. C'est à peine plus qu'un bébé, au nom du ciel ! S'il vous plaît, Benneit… Je vous en prie, je vous en supplie !

Elle l'implorait du regard, les mains nouées devant elle, les lèvres entrouvertes et les joues empourprées, et il eut soudain envie de…

Se reprenant dans un sursaut, il détourna les yeux et fixa le paysage derrière elle.

— Oh ! très bien, je ne lui dirai rien. Sans doute allez-vous penser que la punition que je lui ai infligée tout à l'heure est déjà assez inhumaine. Comment ce pauvre enfant survivra-t-il jusqu'à demain, privé des tartes à la confiture qu'il aime tant ?

Il observa une courte pause avant de conclure :

— La prochaine fois, essayez d'y réfléchir à deux fois avant de vous jeter à la mer du haut de la falaise, voulez-vous ? Je vous reverrai en bas pour le dîner.

Il sortit en hâte avant que la frustration ne le pousse à dire ou à faire quelque chose d'encore plus stupide qu'il regretterait ensuite. Il se sentait à cran, les nerfs tendus à se rompre, et le désir de reprendre l'étreinte interrompue sur la falaise grandissait en lui avec une rapidité inquiétante.

Dans l'escalier, il s'arrêta au beau milieu des marches, s'apercevant tout à coup qu'il ne s'était même pas excusé pour sa scandaleuse attitude sur la falaise. Pas question de revenir sur ses pas pour réparer l'oubli ! décida-t-il, les dents serrées. Sa vie était déjà bien assez compliquée. Il n'avait pas besoin qu'un lutin femelle haut comme trois pommes vienne tarauder sa conscience, monopolisant son désir et prenant le contrôle de presque tout dans son existence !

Pourquoi lui avait-il suggéré de rester un mois entier à Lochmore, au nom du ciel ? Encore une semaine d'épreuve… Bon sang ! Il serait bon à ramasser à la petite cuillère bien avant la fin du supplice. Maintenant qu'il savait à quoi elle ressemblait sous son armure grise, maintenant qu'il avait goûté à ses lèvres, à la douceur de sa peau… Ses mains, tout son corps se souvenait, même en cet instant. Il avait l'impression de la sentir encore là, à demi nue contre lui…

Daingead [1] *!* jura-t-il en se dirigeant vers sa chambre.

Dans quelques heures, il allait devoir accueillir la femme qu'il s'apprêtait à épouser et voilà qu'il brûlait littéralement de désir pour une autre !

1. « Enfer et damnation ! » en gaélique.

Même au plus fort de son engouement pour Bella, il ne s'était pas senti aussi déchiré entre des pulsions contraires, aussi complètement à la merci d'un sentiment qu'il ne comprenait même pas…

Chapitre 23

— Quoi ? se récria Beth.

Elle se reprit aussitôt et rougit, confuse d'avoir laissé échapper une exclamation aussi peu protocolaire.

— Mais, Mrs Langdale, vous *devez* assister à ce bal ! Et votre belle robe ?

— J'ai la migraine, rétorqua Jo. L'eau froide, je suppose.

Il lui avait bien fallu raconter à Beth ce qui s'était passé, au moins en partie, pour expliquer l'état dans lequel elle était remontée, dévêtue, trempée et les cheveux en bataille. Beth avait marmonné une remarque à propos des emportements de Jamie mais n'avait rien ajouté d'autre, se contentant de faire préparer un bain chaud. Puis elle s'était mise en devoir de démêler la chevelure poisseuse de Jo.

Les poings sur les hanches, elle fixa sur la jeune femme un regard flamboyant.

— Je n'ai pas passé une heure à arranger vos cheveux pour que vous restiez assise dans votre chambre à bouder parce que le laird[1] vous a passé le savon que vous méritiez, *lass*. On a enduré assez de caprices aujourd'hui à Lochmore !

Les yeux de Jo s'emplirent de larmes, mais elle se reprit.

— Je ne boude pas. Je suis simplement fatiguée.

Beth ne discuta pas davantage. Se rappelant sans doute sa position, elle esquissa une révérence avant de quitter

1. Équivalent de « lord » en Écosse.

la chambre, dont la porte claqua de manière tonitruante derrière elle.

Jo se laissa retomber sur son siège devant le miroir. Comment aurait-elle pu expliquer à Beth ?

Elle ne sut pas combien de temps elle était restée là sans bouger, quand la porte se rouvrit soudain à la volée. Benneit s'engouffra dans la pièce sans même avoir frappé.

Jo se leva, carrant les épaules. Elle s'attendait à une réaction, certes, mais pas à l'apparition en chair et en os d'un duc visiblement hors de lui. Surtout après les événements de la matinée !

Que l'homme lui paraisse par-dessus le marché d'une beauté à couper le souffle n'était certes pas fait pour l'aider. Elle l'avait déjà vu en kilt lorsqu'il vaquait dans le domaine, mais aujourd'hui, c'était la tenue de cérémonie complète qu'il arborait en l'honneur de ses invités. Le tartan orange drapé sur la veste bleu sombre et rejeté sur l'épaule soulignait la puissance de son torse, et les couleurs chaudes de l'étoffe faisaient ressortir le vert de ses yeux et le noir profond de sa chevelure. Jo l'avait déjà trouvé superbe en tenue de soirée, mais le duc de Lochmore en kilt, c'était tout autre chose !

Il s'arrêta au milieu de la chambre, brusquement calmé, inspectant Jo du regard depuis la tête jusqu'aux pantoufles de chevreau pointant sous les volants brodés de sa robe.

— Votre Grâce ? interrogea-t-elle, comme il demeurait silencieux.

Il se rapprocha d'un pas avant de s'arrêter, les sourcils froncés.

— Qu'est-ce que c'est que cette histoire ? Vous ne voulez pas descendre ?

— J'ai pensé que ma présence n'était pas nécessaire.

— Pas nécessaire ? Qu'est-ce que cela signifie, au nom du ciel ? Dans moins d'une heure, la moitié des habitants des Highlands vont se rassembler en bas.

— Justement. Une personne de plus ou de moins, cela n'y changera rien. On ne s'en apercevra même pas.

Elle n'ajouta pas : « Surtout si c'est *ma* personne. »

— Je préfère rester ici. Je me sens parfaitement bien dans cette chambre.

Benneit se redressa, luttant visiblement pour contenir sa colère.

— Bon sang, il ne s'agit pas de vos préférences, Jo… Euh… Mrs Langdale. Il s'agit du fait que vous êtes la cousine de Bella et qu'il semblerait pour le moins étrange que vous vous cachiez dans la nursery pendant que je reçois nos voisins, surtout quand ils s'attendent tous à vous voir. Mrs Merry sera mortellement offensée, après tout ce que Beth et elle ont fait pour rendre votre garde-robe présentable. Si vous tenez à avoir cela demain matin sur la conscience, alors allez-y, cachez-vous ici. Ou plutôt non, vous n'avez pas le choix. Vous allez descendre tout de suite et sourire aux invités, que cela vous plaise ou non !

Il semblait sur le point de taper du pied comme Jamie. Elle aurait aimé qu'il le fasse, en fin de compte, car la colère de Benneit la soulageait plutôt, en l'éclairant sur ses propres désirs. Le trouble qui régnait en elle depuis ce qui s'était passé sur la plage s'estompait, révélant une vérité toute simple. Ce qu'elle désirait vraiment, ce n'était pas rester cloîtrée dans sa chambre, mais descendre dans la salle illuminée, vêtue de sa belle robe. Bientôt, elle allait perdre à jamais tout ce qu'elle aimait, mais du moins emporterait-elle cela avec elle – un précieux bouquet de souvenirs, pareil aux trésors que Jamie glanait sur la plage. Mais pour cela, elle devait faire preuve de courage.

— Très bien, acquiesça-t-elle enfin.

— Vous venez ?

Elle jeta un coup d'œil vers le miroir.

— Vous avez raison. Mrs Merry et Beth seraient très offensées si je ne descendais pas. Je suppose que cela gâcherait tout le plaisir de Beth. Je n'avais pas compris qu'elle devait elle aussi assister au bal ! lança-t-elle d'un ton moqueur.

Un sourire incurva la bouche de Benneit – ce sourire ravageur auquel elle avait toujours trouvé si difficile de résister.

— Tous les serviteurs du château participent à la fête à

leur manière, répondit-il. Et Beth tient particulièrement à ce qu'on vous voie dans cette tenue, dont la conception doit beaucoup à ses conseils. Elle a même ordonné à Ewan de tenir un compte exact des cavaliers qui danseront avec *sa* robe.

— Vous, j'espère !

Le sourire dévastateur s'accentua, achevant de réchauffer le cœur de Jo.

— Je ne suis que le portemanteau, reprit-elle. L'attraction, ce sera la robe de Beth. Quiconque dansera avec moi deviendra la possession de Beth !

— Grand Dieu, non ! J'espère que Mrs Merry a l'œil sur elle et ne lui permet pas de laisser gamberger ainsi son imagination. Je ne voudrais pas qu'elle se fasse des illusions.

Jo secoua la tête.

— Beth est bien trop intelligente. Elle connaît la limite entre le rêve et la réalité.

Pas comme moi, ajouta-t-elle à part elle.

— Pour vous dire la vérité, reprit-elle, c'est sur Angus qu'elle a des vues.

Benneit arqua un sourcil.

— Ah bon ? Eh bien, ce n'est pas gagné. Il est persuadé que le mariage n'est pas pour lui, à cause de ses cicatrices.

— Oh ! elle est patiente. Et déterminée. Elle finira par l'avoir à l'usure, vous verrez.

— Je l'espère.

Il hésita avant de lui tendre le bras.

— Venez. Il est temps.

Elle le suivit, prête à croire qu'il désirait vraiment sa présence au bal, qu'elle était ravissante dans sa robe d'emprunt et qu'elle ne serait pas la petite souris invisible et dédaignée comme dans ces horribles soirées mondaines de jadis. Qu'elle n'était pas seulement la gouvernante impécunieuse qu'on invite par pitié, mais la Jo que Jamie voyait en elle – une créature merveilleuse, sage et digne d'être aimée. Même si tout cela n'était que rêves et mensonges…

Baissant la tête, elle examina le bout de ses pantoufles. C'était le seul élément de sa toilette qui lui appartenait vraiment et elles étaient un peu éraflées. Même sous sa jolie robe, elle ne pourrait pas les cacher.

En haut de l'escalier, Benneit s'arrêta si brusquement qu'elle trébucha. Il la rattrapa par la taille.

— Eh là, doucement ! Même une chute dans l'escalier ne serait pas un prétexte valable pour vous dérober. Regardez-moi, plutôt. Vous ne pleurez pas, tout de même ?

Jo secoua la tête, mais les larmes lui brûlaient bel et bien les paupières. Elle ne s'attendait pas à la sympathie de Benneit. Elle était si peu habituée à la gentillesse qu'elle ne parvenait pas à la traiter avec le même détachement que la colère, la critique ou l'indifférence d'autrui.

Sans un mot, il la reconduisit dans son boudoir et elle sentit son cœur se serrer. Voilà, elle n'irait pas au bal en fin de compte, elle avait gagné la bataille… Sauf qu'elle ne désirait pas vraiment cette victoire. Elle ne comprenait pas ce qui se passait en elle, mais elle avait conscience du désir farouche et brûlant qui l'habitait. Assister à ce bal. Avec *lui*.

— Regardez-moi ! répéta-t-il d'une voix plus douce.

Elle ferma les yeux, secouant de nouveau la tête, mais il leva son visage vers lui et elle sentit une étoffe fraîche se poser sur ses yeux et ses joues, essuyant ses larmes.

— C'est donc si terrible ? Je sais que vous n'aimiez pas les bals quand Bella a fait ses débuts dans le monde, mais c'est différent à présent. Vous n'êtes plus Miss Watkins, la petite cousine qu'on traite avec condescendance. Vous êtes Mrs Langdale, mon invitée. Je ne permettrai pas qu'on vous offense, vous savez.

— Ce n'est pas ça, murmura Jo, portant les doigts à ses paupières pour arrêter ses larmes.

Elle devenait faible. Jadis, elle ne se serait jamais laissée aller ainsi. C'était la faute de Benneit…

— Alors qu'est-ce que c'est ? insista-t-il d'une voix si compatissante que le cœur de Jo se serra un peu plus.

— Oh ! c'est très bête.

— Dites-moi quand même.

Elle chercha désespérément quelque chose à répondre et ce qui lui vint, bizarrement, n'était pas si éloigné de la vérité.

— Je n'ai jamais eu de jolis habits, même quand je me suis mariée. La mère d'Alfred est morte une semaine après nos noces, aussi avons-nous pris le deuil. Et avant la fin de la première année, c'est lui qui a fait cette chute de cheval. Aussi ai-je pensé… Eh bien, j'aurais voulu qu'il puisse me voir dans cette robe…

Un silence suivit ces paroles, si long que Jo s'obligea à relever les yeux. Benneit se trouvait si près d'elle qu'elle distinguait nettement le vert et le gris dans ses yeux, si semblables au paysage des Highlands – les couleurs des falaises et de la mer.

— Je suis désolé pour lui, déclara-t-il enfin. Mais il a eu de la chance de vous avoir, même pour si peu de temps. Je l'envie.

Il lui prit la main et l'effleura de ses lèvres, sa tête brune inclinée vers elle. Les mots qu'il venait de prononcer tintaient encore en elle. Elle serra son autre poing, résistant à l'envie folle de lui caresser les cheveux. Les paroles de Benneit l'avaient touchée plus qu'elle n'aurait su le dire. Elles avaient quelque chose de si intime, de si personnel. Comme Alfred, bien que d'une façon différente, cet homme la voyait vraiment. Bien sûr, c'était encore à des lieues et des lieues de ce qu'elle aurait désiré de lui, mais cela lui allait tout de même droit au cœur.

— Merci, Benneit.

Un instant, il lui pressa la main avant de se redresser, puis il la lâcha et se recula pour lui offrir de nouveau le bras.

— De rien, Jo. Venez maintenant. Je ne vous permettrai pas de vous cacher, encore moins à présent. Quand je me serai acquitté de mes devoirs d'hôte en invitant tous les dragons femelles et leur progéniture, nous partagerons une danse en l'honneur de votre Alfred. Dites-moi que vous savez valser.

— Oui, Votre Grâce, je sais.

— Parfait. En ce cas, vous n'y échapperez pas. Votre destin est scellé !

Chapitre 24

Il avait eu tort de s'inquiéter pour son lutin.

Encore stupéfait de la métamorphose qui s'était opérée en elle, Benneit observait Jo, debout entre Donald Mac Gregor et Duncan McCrieff. Elle s'esclaffait, les joues rosies par la danse, sa bouche ravissante incurvée en un délicieux sourire. Les deux hommes se penchaient vers elle, visiblement sous le charme. Elle ne ressemblait plus en rien à la raide et rébarbative jeune fille d'il y a six ans – le bouton de rose encore vert s'était épanoui, attirant les papillons enivrés. Benneit essaya de se réjouir pour elle.

— Elle porte les couleurs de Lochmore, observa derrière lui une voix aigre.

Benneit se retourna, alerté par l'odeur de whisky, et fit face à sa tante. Il aurait dû la saluer plus tôt, mais il s'était laissé distraire.

— Pourquoi pas ? Elle fait partie de la famille de Bella.

— Oui. Mais ce n'est pas plus une Lochmore que ne l'était cette sucrée de Bella.

Benneit haussa les épaules devant l'absurdité du qualificatif.

— Bon d'accord, elle n'avait rien de sucré, votre duchesse, admit Morag. Le cœur dur comme la pierre ! Mais gâtée, ça oui. Les McCrieff n'apprécieront pas de voir une autre de vos Anglaises porter la couleur orange, vous savez.

— Depuis quand vous intéressez-vous à la politique des clans ?

— Depuis la mort de Hamish. Il n'a jamais eu le cran de

me déloger de ma tour, mais une nouvelle duchesse pourrait bien oser, elle. Oh ! pas une McCrieff… Ces femmes-là respectent la tradition familiale. Elle n'essaierait pas de chasser la vieille femme inconvenante que je suis, ainsi que l'aurait fait votre Bella si elle avait survécu à Hamish. Aussi, si vous devez vous remarier, autant que ce soit avec une McCrieff. Votre veuve anglaise va devoir déguerpir. Lady Aberwyld n'appréciera pas qu'une autre jeune femme vive sous ce toit, une fois que sa fille sera duchesse. Surtout si elle vous voit la regarder ainsi…

Benneit résista à l'envie de tourner le dos à Morag et à ses amères réflexions. Elle avait toujours été ainsi – gouvernée par ses peurs.

— Mrs Langdale n'a jamais eu l'intention de rester plus d'un mois à Lochmore, rétorqua-t-il sèchement. Elle a ses propres projets. Quand je serai marié…

Il ne put achever, la gorge soudain nouée. Ce mariage était pourtant inévitable, la chose était en route. La présence de tous ces invités l'attestait. Trop de choses étaient en jeu – l'alliance des clans, la fin des conflits, un nouvel avenir pour Jamie. On n'échappait pas au destin.

— Oui, quand vous serez marié, répéta Morag méchamment. Le mot vous reste en travers de la gorge, hein ?

La musique se remit à jouer et il s'éloigna de sa tante. L'enfer n'était pas toujours de feu et de soufre. Il pouvait ressembler aussi à une salle de bal bruissante de rires, où la musique vous emportait vers un avenir solitaire et sans joie.

Allons, il méritait bien un peu de distraction avant le saut final, songea-t-il en s'approchant de Jo.

Il ne se trouvait plus qu'à quelques pas d'elle quand Donald et Duncan signalèrent sa présence d'un mouvement de tête dans sa direction. Jo se retourna prestement, faisant tournoyer sa jupe, dont l'étoffe aérienne s'enroula à ses jambes tandis que scintillaient les paillettes d'or sur son corsage. La forme de sa poitrine n'avait plus de secrets pour Benneit depuis l'interlude sur la falaise, mais ici, à la chaude lueur des chandeliers, la perfection de ses seins dans l'échancrure du décolleté lui parut encore plus évidente. Il les imagina, si doux et si chauds, au creux de ses paumes, puis se reprit brusquement, craignant de trahir son désir par une indiscrète érection, qu'il sentait déjà poindre sous son kilt. Ce n'était pas le moment, au nom du ciel !

— Vous m'avez promis une valse, Mrs Langdale, lui rappela-t-il.

Mac Gregor ricana.

— Ah non, ce n'est pas fair-play, Lochmore. Vous marchez sur mes plates-bandes. J'étais en train de lui présenter la même requête.

— Allons, tu as déjà obtenu une danse, Mac Gregor, intervint Duncan McCrieff d'un ton jovial. Cette robe orange jure avec la couleur de ton tartan. En outre, je suis le meilleur danseur de nous trois.

— Néanmoins, je réclame la préséance en tant qu'hôte, rétorqua Benneit.

Il offrit son bras à Jo. Elle esquissa un sourire un peu forcé mais ne se déroba pas. Était-elle intéressée par l'un de ces deux godelureaux, par hasard ? C'était son droit le plus strict. Qui sait ? Peut-être serait-elle plus heureuse ici avec un nouveau mari plutôt que de devoir gagner durement sa vie en devenant maîtresse d'école. C'était sûrement un choix plus raisonnable et il n'avait pas le droit d'y objecter, encore moins de se sentir aussi absurdement jaloux.

— Alors, vous vous amusez ? s'enquit-il en tâchant de s'exprimer d'un ton calme.

Elle devina sa nervosité car il sentit ses doigts se crisper sur son bras.

— Beaucoup, Votre Grâce.

— À en juger par la couleur de vos joues, je suppose qu'ils vous ont couverte de compliments.

— Tout le monde s'est montré très aimable avec moi.

— Essayez-vous de me faire croire que ces deux individus se montraient simplement *gentils* ? Leur attitude m'a semblé beaucoup moins désintéressée que vous ne le dites.

Elle essaya de retirer sa main de son bras, mais il la

maintint fermement. Il se comportait comme un imbécile, il en était conscient, mais c'était plus fort que lui. Il n'aimait pas que ces hommes tournent autour d'elle et il s'en voulait pour cela. Mieux valait qu'il se taise…

— Vous semblez en colère, Votre Grâce. Quelque chose ne va pas ?

Benneit se détesta encore plus.

— Au diable, Jo ! C'est vous qui devriez être en colère. Contre moi. Vous en avez parfaitement le droit cette fois. Je me comporte comme un malotru.

— C'est exact, mais… Cette robe est ravissante et j'ai dansé avec quantité d'hommes charmants, alors je vous pardonne !

Elle sourit et il eut envie soudain de s'arrêter là, avec elle. De tout arrêter. De renvoyer tout le monde. Ou de revenir au jour précédent, quand il n'avait pas encore eu la folie de franchir la ligne rouge, sur le sentier de la falaise. Il n'avait pas voulu cela, Dieu le sait !

— Je suis sûr que Beth va être ravie du succès de *sa* robe, observa-t-il.

Et d'ajouter avec un sourire :

— Mac Gregor en tout cas semblait séduit. Ou était-ce son kilt ?

Il ne s'attendait pas à ce qu'elle saisisse l'allusion grivoise mais Jo éclata de rire – ce joli rire en cascade qui lui seyait si bien. Il eut soudain la tentation de l'entraîner à l'extérieur, d'étaler son tartan sur l'herbe et de la coucher dessus, dénudant son corps superbe à la lueur de la lune et des étoiles pour en goûter et savourer chaque parcelle.

— Jo.

Il ne sut pas ce qu'elle avait perçu dans sa voix, mais son rire s'évanouit. L'espace d'un instant, tout disparut sauf le gris profond de ses yeux et la douce courbe de ses lèvres, entre surprise et sourire.

Benneit sentit son cœur se serrer, en proie à un poignant regret. De ce qu'il aurait tant aimé. De ce qui ne serait jamais…

Il la prit par le bras.

— Ils jouent une valse. Venez danser avec moi.

— Ne devriez-vous pas plutôt…

— *Non*, interrompit-il brusquement, avant de la conduire au milieu des danseurs.

Il ne voulait pas penser en termes de « devoir ». Ce qu'il voulait, c'était cela. Elle. Maintenant. Ce serait fini bien assez tôt.

Jo sentit se poser sur elle les regards des invités, tandis qu'il la guidait vers le milieu de la salle. Baissant les yeux, elle fixa son attention sur la musique. Elle ne connaissait pas cet air. Il lui parut léger et aérien, comme si le compositeur avait cherché à exprimer un rêve depuis longtemps perdu, et ce qu'il avait su capter trouvait un écho en elle, dans son propre cœur.

Benneit… Son sourire, son toucher… Était-ce pour elle, tout cela ? Cet instant ressemblait tellement à un songe !

Six ans plus tôt, c'était souvent qu'elle l'avait vu danser, grand et séduisant, parfaitement assorti à Bella. Cela lui semblait irréel qu'il danse à présent avec elle, une main sur la sienne, elle en sentait la chaleur à travers son gant, l'autre effleurant sa taille tandis qu'il la faisait tournoyer.

— Pourquoi regardez-vous vos pieds ? Vous comptez vos pas ? C'est inutile, vous dansez très bien.

Une note de gaieté vibrait dans sa voix, et aussi un autre sentiment qu'elle ne parvenait pas à déchiffrer. Se sentait-il gêné ? À cause d'elle ?

— Je suis désolée. J'écoutais la musique. Il y a quelque chose de si… nostalgique dans ces valses. Parfois, je me dis qu'il faudrait les danser les yeux fermés.

— Si tout le monde faisait cela, vous imaginez le chaos dans la salle de bal !

— Que voilà une réflexion très terre à terre ! Je parlais d'un rêve…

— Ah, c'est différent… Et quelles images se dérouleraient derrière vos jolies paupières closes ?

Elle secoua la tête, confuse d'en avoir dit autant, mais il insista.

— Vous pourriez le faire, là, tout de suite – fermer les yeux et vous évader.

Sa voix était chaude et prenante, mais elle y perçut aussi une sorte d'âpreté qui lui rappela leur brève et farouche étreinte sur le sentier de la falaise – ce retour à la vie après la peur, la colère et la lutte pour ne pas périr.

Elle ne lui avoua pas que cette fois elle n'avait pas envie de fermer les yeux, parce que aucun rêve ne pouvait égaler ce qu'elle était en train de vivre. C'était un songe devenu réalité, mais un songe teinté d'appréhension, parce qu'il faudrait bien retrouver ensuite la plate réalité.

Pourtant, elle ne voulait pas gâcher cet instant par un sentiment d'amertume. Aussi garda-t-elle son sourire, se forçant à lever les yeux.

Ce fut une erreur. Elle avait déjà chaud, mais l'expression qu'elle lut dans le regard de Benneit fit courir une onde brûlante dans tout son corps. Jusqu'à cet instant, elle avait été convaincue que le baiser sur la falaise n'avait été que le fruit de la colère et de la frustration. Mais dans ce cadre policé, elle ne pouvait se tromper sur la flamme sombre qui brûlait dans ses yeux – le désir à l'état pur, sauvage, incontrôlé. Puis il baissa les paupières et sourit à son tour, mais d'un sourire contraint.

— Vous pouvez rêver qu'Alfred vous voit telle que vous êtes en cet instant, suggéra-t-il en resserrant son étreinte.

Jo fit un faux pas, effleurant la jambe de Benneit tandis qu'elle trébuchait contre lui, et une nouvelle onde de chaleur lui incendia le corps, si brûlante que sa poitrine lui parut soudain trop à l'étroit dans son corsage.

— Je suis désolé. Je n'aurais pas dû dire cela, s'excusa-t-il. Je ne voulais pas vous blesser.

Il semblait fâché contre lui-même. Jo s'obligea à sourire.

— Vous ne m'avez blessée en rien. Je ne veux pas rêver de lui. Je me sens bien comme je suis en cet instant.

L'étreinte de Benneit se fit soudain plus tendre, elle sentit son pouce lui caresser doucement la paume, mais s'il pensait ainsi l'apaiser, ce fut le contraire qui se produisit. Même cette infime caresse attisa la brûlure en elle. Un frémissement remonta le long de son bras. Comment pouvait-il ignorer l'effet qu'il produisait sur elle ? Le trouble dévastateur que déclenchait en elle chacune de ses paroles, le moindre de ses effleurements ? Jusqu'ici, elle avait toujours su cacher au monde ses pensées et ses émotions. Mais cette tempête en elle, comment pouvait-elle ne pas être visible ?

— J'en suis ravi, chuchota-t-il.

Mais la note qui vibrait dans sa voix n'avait rien de ravi, il semblait aussi bouleversé qu'elle et elle leva les yeux de nouveau, au risque de voir se refléter dans le regard de Benneit ce qu'elle éprouvait elle-même. Elle voulait capturer cet instant, cette image – sa main tenant la sienne, son corps si près du sien qu'elle sentait sa chaleur. Mais surtout, elle voulait graver dans sa mémoire les traits rudes de son visage, et cette lueur verte dans ses yeux pareille à un éclair dans un ciel d'orage. Le désir y brûlait toujours, farouche. Involontaire mais présent, et elle ne put s'empêcher de ressentir un sentiment primitif de triomphe.

— Jo…

Sa voix était si basse qu'elle devina le mot plus qu'elle ne l'entendit. Elle sentait à peine ses pieds glisser sur le sol au rythme de la valse, ne se rendait même plus compte qu'elle dansait dans les bras de Benneit, aussi molle qu'une poupée de chiffon. Tout ce qu'elle pouvait faire, c'était sentir sa proximité et s'y fondre, comme si elle faisait déjà partie de lui.

Puis la musique ralentit et le monde se remit à exister – bruyant, coloré, rempli de bavardages, de rires, et du son feutré des semelles glissant sur le parquet ciré. Tout lui parut étrange, presque étranger. Lorsque Benneit laissa retomber ses mains, elle se dirigea vers l'endroit où se tenait Ewan, qui supervisait sa petite armée de valets de pied. Elle voulait se rendre utile. Là où elle ne risquait rien.

Mais elle n'avait pas encore rejoint Ewan qu'une voix hésitante s'élevait derrière elle.

— Mrs Langdale ?

Jo se retourna, adressant par réflexe un sourire à celle qui allait devenir l'épouse de Benneit.

— Oui, Lady Theresa ?

— Puis-je requérir votre aide un instant ? Mon ruban s'est complètement emmêlé et chaque fois que j'essaie de l'arranger, le nœud se resserre. Je ne veux pas demander ce service à ma mère ou à mes sœurs, sinon elles vont encore me reprocher ma maladresse.

— Bien sûr. Suivez-moi, voulez-vous ?

Jo conduisit la jeune femme dans l'une des petites pièces que Mrs Merry avait fait préparer pour de telles éventualités. Un nécessaire à couture était ouvert sur une table à côté d'un plateau de rafraîchissements et de trois ravissants éventails qui avaient dû appartenir à Bella. Lady Tessa en prit un, en soie bleu ciel, et le déploya d'un geste machinal, faisant chatoyer l'étoffe.

— J'espérais voir Jamie. Mais il accompagnera son père lorsqu'il nous rendra visite, je suppose. Vous viendrez aussi, Mrs Langdale, n'est-ce pas ?

— Je ne crois pas, Lady Theresa.

— Oh ! si il faut venir ! Et appelez-moi Tessa, s'il vous plaît. Theresa, cela fait si guindé. J'ai toujours détesté ce prénom. C'est celui de ma tante et elle est horrible, mais Dieu merci, elle vit à Aberdeen. Vous aimez votre séjour au château ? Il est beaucoup plus vaste que le nôtre et je l'ai toujours trouvé un peu intimidant.

Le ruban de soie rose, qui soulignait la taille haute de la robe, s'était entortillé sous le bras de Tessa. Jo ôta ses gants pour défaire le nœud. C'était un travail de servante mais elle ne s'était pas sentie vexée par la demande de la jeune femme. Ce n'était pas un ordre comme en donnait Celia, mais une manœuvre transparente pour se ménager un tête-à-tête avec elle.

Dans quel but ? Cette jolie jeune femme à la silhouette voluptueuse et à la chevelure flamboyante n'avait aucune raison de s'inquiéter de la présence au château d'une veuve plus âgée qu'elle, sans fortune et sans beauté.

Le ruban une fois dénoué, Lady Tessa s'enfonça dans l'un des fauteuils avec un soupir et arrangea l'une de ses boucles. Ses cheveux n'étaient pas du même roux que ceux d'Angus, mais d'une nuance plus douce, entre blond vénitien et ambre. Les couleurs des Lochmore lui iraient merveilleusement, dut admettre Jo à part elle. Bien mieux qu'à elle-même !

Lady Tessa lui sourit.

— Merci, c'est beaucoup mieux. Savez-vous que ma soubrette est la cousine par alliance de Beth ? Jamie vous adore, d'après elle. Resterez-vous à Lochmore ou devez-vous rentrer en Angleterre ?

Jo hésita, prudente. Et si elle se trompait sur cette femme, en lui prêtant une candeur qu'elle ne possédait pas ? Peut-être Tessa avait-elle lu la vérité sur son visage durant la valse avec Benneit.

— J'ai accepté de rester un mois, c'est tout, Lady The… Tessa.

— Je vois, soupira celle-ci.

Il y avait tant de sincère déception dans sa voix que Jo ne put s'empêcher de se montrer franche à son tour.

— Pourquoi me demandez-vous cela ?

— Eh bien… Vous avez dû entendre parler de ce projet d'alliance entre le duc et moi, n'est-ce pas ? J'espérais trouver ici quelqu'un qui pourrait devenir une amie.

— Si vous devez vous marier, cet ami sera votre époux, non ? répondit Jo, le cœur battant à se rompre.

Tessa eut un sourire dubitatif.

— Ce ne sera pas ce genre d'union, je le crains. Lochmore est quelqu'un de très bien mais… Votre mari était-il votre ami ?

— Oui. Mais je sais que c'est rare. Votre famille ne sera pas si loin pourtant et vous pourrez vous faire de nouvelles relations aux alentours. Vous aurez aussi Jamie et sans doute y aura-t-il ensuite…

Elle ne put achever, vaincue par les affreuses images qui se présentaient à elle. Tessa et Benneit. Leurs enfants…

Elle ne détestait pas cette femme, mais elle aurait aimé la voir disparaître de la surface de la terre !

Elle se leva.

— Nous devrions retourner dans la salle, Lady Tessa.

La jeune femme soupira de nouveau avant de se lever à son tour.

— Oui. Parfois je me demande comment il se fait que les femmes n'aient pas encore changé le monde. Il y a quelque chose qui ne va pas du tout, vous ne trouvez pas ?

Jo sentit sa peine s'alléger un peu.

— C'est très vrai. Peut-être le feront-elles un jour. Votre fille, par exemple ?

Tessa sourit.

— Ou la vôtre !

Jo secoua la tête sans répondre.

Elles regagnaient la grande salle, quand une main agrippa Jo par le coude. Surprise, elle se retourna et se trouva face à Lady Morag.

— Ouste, ma fille ! fit la vieille dame en agitant la main vers Tessa. Laissez-nous seules.

Surprise, Lady Tessa attendit la confirmation de Jo pour obtempérer, ce qui était à mettre à son crédit. Jo lui adressa un sourire rassurant et la jeune femme s'éloigna, non sans jeter un ou deux coups d'œil par-dessus son épaule avant de disparaître dans la grande salle.

— Des secrets entre l'actuelle et la future ? grinça Morag.

Jo ignora le ton venimeux pour se concentrer sur les yeux injectés de sang et la voix pâteuse de son interlocutrice.

— Voulez-vous que je demande à Mrs Merry de vous aider à regagner vos appartements, Lady Morag ?

— Pas la peine, je connais le chemin. Quoi que vous complotiez toutes les deux, c'est ici *chez moi*. Vous projetiez de vous partager mon neveu, peut-être ? Je vous ai vus danser, Benneit et vous – si on peut appeler cela de la danse.

Ne vous imaginez pas que vous pouvez conspirer tous les trois pour me chasser de ma tour !

— Le duc ne vous renverra jamais, Lady Morag. Il en est absolument incapable, croyez-moi. Alors pourquoi le défier sans cesse ?

Le regard brumeux de Morag s'éclaircit un instant.

— Je ne suis pas sûre de vouloir d'elle ici.

— Que vous le vouliez ou non, ce sera ainsi. L'honneur du duc est engagé.

— Oui. Que *vous* le vouliez ou non. Je n'aime pas non plus voir Aberwyld ici.

L'espace de quelques secondes, une note de sincérité vibra dans la voix éraillée de Morag et Jo sentit en elle un chagrin qui ressemblait au sien.

Elle soupira.

— Je n'aime pas beaucoup non plus Lady Aberwyld, avoua-t-elle, songeant à la femme austère et maussade dont elle avait fait ce soir la connaissance.

Morag lâcha le bras de Jo et recula. La méchanceté et la tristesse luttaient sur son visage ridé.

— Perspicace, hein, petite dame ? Mais je ne vous sauverai pas pour autant.

— Je sais, Lady Morag.

— Quant à l'autre, je ne veux pas d'elle ici. Mon père voulait que j'épouse McCrieff, vous le saviez ? « Pour instaurer la paix entre les deux familles. » Mais *elle* a jeté son dévolu sur lui et il a oublié jusqu'à mon existence. Ça lui a fait une belle jambe, n'est-ce pas ? Elle n'a même pas su le rendre heureux.

La souffrance de Morag semblait encore si vivace que Jo en fut bouleversée. Se sentirait-elle elle-même aussi déchirée, même après des décennies ? Prisonnière à jamais de ses sentiments pour Benneit ?

Avant qu'elle n'ait eu le temps de répondre, Mrs Merry apparut dans le couloir. La femme de chambre parut d'abord surprise puis fronça les sourcils.

— Je vais vous reconduire jusqu'à vos appartements, Lady Morag. Beth va vous apporter un bon grog.

Et se tournant vers Jo :

— Angus voudrait vous dire un mot, Mrs Langdale. Il vous attend au pied du grand escalier.

Jo hocha la tête, soulagée, tandis que Mrs Merry emmenait Lady Morag, puis elle alla retrouver Angus. Le géant arborait un visage impassible, selon son habitude, mais elle sentit tout de suite que quelque chose n'allait pas.

— Angus, que se passe-t-il ?

— Ne vous alarmez pas, Mrs Langdale, mais Jamie est malade et il vous réclame.

Retroussant ses jupes, Jo s'élança dans l'escalier, le cœur battant. Angus gravit les marches à ses côtés, visiblement plus inquiet que ne le laissaient entendre ses paroles.

— Où habite le médecin le plus proche, Angus ?

Ce dernier fit la grimace.

— Le Dr Harris est parti à Édimbourg cette semaine. Il ne reste donc que le Dr Mitchell et il doit être imbibé de whisky à cette heure. Nous ne l'envoyons jamais chercher après le coucher du soleil, sauf dans les cas désespérés. Je ne veux pas inquiéter Benneit… Milord, je veux dire. Surtout ce soir.

— Allons voir d'abord de quoi souffre Jamie et nous aviserons ensuite.

Moody, la nourrice, se trouvait dans la nursery, penchée sur le lit de Jamie, quand Jo pénétra dans la pièce. L'enfant se tenait roulé en boule dans un coin de la couche et Jo vit tout de suite qu'il ne s'agissait pas cette fois d'un simple cauchemar comme il en faisait parfois. Il avait le visage blafard et son front luisait de sueur.

— Je veux Jo ! gémit-il, les paupières serrées.

Elle se précipita vers lui.

— Je suis là, Jamie.

— J'ai mal au ventre. Pire que dans la berline.

Jo s'assit près de lui et toucha son front. Il était frais et elle se sentit rassurée au moins sur ce point. L'enfant n'avait pas de fièvre.

— Est-ce qu'il dormait quand cela l'a pris ? demanda-t-elle à Moody.

La vieille femme secoua la tête.

— Je ne sais pas, Mrs Langdale. Je l'ai entendu gémir et je suis accourue.

Jo passa une main sur la joue humide du garçonnet et ses doigts rencontrèrent soudain une substance rouge près de sa bouche. Horrifiée, elle crut d'abord que c'était du sang, puis elle porta machinalement les doigts à ses narines et renifla. Avant qu'elle n'ait eu le temps d'émettre un commentaire, Jamie fut secoué par un spasme violent.

— Angus, la cuvette, vite ! appela-t-elle.

Avec une efficacité louable, Angus présenta à temps l'objet demandé, que Jo glissa sous la tête du petit malade. Pendant quelques instants, on n'entendit plus que les efforts de Jamie pour vomir et ses sanglots étouffés, mêlés aux chuchotements de Jo qui tentait de le calmer.

Lorsqu'il se fut soulagé, elle confia la cuvette à Angus. Le géant s'en saisit avec la délicatesse d'un dandy et l'emporta en hâte. La nourrice tendit une serviette humide à Jo, qui nettoya le visage de Jamie épuisé et grelottant.

— Jamie ? Qu'est-ce que tu as ? s'écria tout à coup Benneit en faisant irruption dans la chambre.

Jamie fit entendre une petite plainte et enfouit la tête dans son oreiller.

— Chut, Benneit ! intima Jo.

— Ne me faites pas taire ! la rembarra-t-il sèchement. Qu'est-ce qui ne va pas ?

Se laissant tomber sur le bord du lit, il tourna Jamie vers lui et le dévisagea, lui-même aussi blême que son fils. Jamie poussa un gémissement et une larme perla au coin de ses yeux clos.

— Je… suis… désolé.

Benneit se tourna vers Jo, le visage pâle et farouche.

— Que s'est-il passé ? Parlez !

— Trop de tartes, répliqua-t-elle en humectant le front et les joues de Jamie. Ne t'inquiète pas, Jamie. Personne n'est en colère contre toi.

— Des tartes ? répéta Benneit, incrédule.

— Il semblerait que Jamie n'ait pas voulu attendre la fin de sa punition pour goûter les fameuses tartes à la confiture de Mrs Merry. À sa décharge, il faut reconnaître qu'elles sont délicieuses… Désolée, Jamie, j'aurais dû tenir ma langue, ajouta-t-elle en voyant le petit garçon lever la tête.

Benneit enserra le visage de son fils entre ses mains. L'enfant se mit à pleurer faiblement.

— Je me sens très mal, papa.

— Chut, Jamie. Ne t'en fais pas, cela va passer, chuchota Benneit, lissant en arrière les boucles moites du fautif.

Jamie secoua la tête, intensifiant ses pleurs. Jo songea à les laisser tous les deux mais ne bougea pas en fin de compte. Devinant peut-être son hésitation, Jamie sortit sa main de dessous la couverture et la glissa dans la sienne. Benneit jeta à Jo un regard noir, comme s'il lui reprochait la maladie de son fils ou le geste de l'enfant.

Ce n'est rien, se rassura-t-elle. *Il est juste bouleversé et peut-être aussi un peu jaloux.*

Mais elle avait beau s'admonester ainsi, cela faisait mal, surtout après la galanterie dont il avait fait preuve ce soir et cet instant où le désir avait flambé en eux, pendant la danse. Cela faisait mal, oui, mais pas au point de l'inciter à s'éloigner. Tous deux restèrent assis en silence au chevet du petit malade. À un moment, Benneit prit le linge mouillé des mains de Jo et humecta lui-même le visage de l'enfant, dont les frissons se calmèrent peu à peu. Jamie se détendit et ouvrit les yeux. Ses joues avaient retrouvé des couleurs.

— Je ne mangerai plus jamais de tartes, papa. Jamais !

Benneit reposa le linge et sourit.

— Pas pendant un certain temps du moins, mon petit nigaud. Peux-tu dormir à présent ?

— J'ai soif.

Benneit jeta un coup d'œil à Angus et Moody, assis près de la porte. Doucement, il reposa la main de Jamie et se leva.

— Je reviens tout de suite, Jamie.

Il disparut avec les deux autres et la chambre retomba de nouveau dans le silence. Jo regarda le petit, dont la lèvre inférieure tremblait.

— Est-ce que je t'ai déjà parlé de mon chien Bumblebee[1] ?

— Vous aviez un chien qui s'appelait Bumblebee ?

— Oui. Enfin, il n'était pas tout à fait à moi, pas comme Flops est à toi. Il appartenait au fermier en bas du chemin, mais je faisais croire que c'était le mien. De toute façon, il n'était pas très utile comme chien de troupeau. D'abord il était beaucoup trop petit et tout ce qu'il chassait, c'étaient les papillons et les bourdons. Mais il possédait un talent que n'avait aucun autre chien.

— Lequel ?

— Il savait parler aux autres animaux, en particulier aux ânes. Il enfourchait l'âne du fermier et le conduisait vers l'étang, là où abondaient les fleurs et les papillons. Je pense que les chats aussi le comprenaient, mais ils ne faisaient pas attention à lui, aussi n'en suis-je pas certaine.

La bouche de Jamie s'incurva en un sourire si semblable à celui de son père que le cœur de Jo se serra un instant. Elle exhala un soupir.

— Ils devaient sûrement le comprendre, affirma le garçonnet. Les chats sont intelligents.

— C'est vrai. Donc, un jour…

Elle en était à la moitié de son conte quand Benneit et la nourrice reparurent avec une tisane de camomille et de menthe bien chaude. Benneit souleva doucement la tête de Jamie et glissa des cuillerées d'infusion dans sa bouche, observant une pause entre chaque gorgée. Jo fut surprise par l'adresse et la précision de ses gestes. De toute évidence, il avait l'habitude de soigner son fils. Jamie et lui dans leur

1. « Bourdon » en anglais.

monde à part, bien loin des autres… Dans leur petit univers, elle n'était qu'une intruse.

Gênée, mais incapable de s'en aller, elle jeta un coup d'œil vers la nourrice qui patientait en silence, assise contre le mur. Elle s'attendait à recevoir en retour l'habituel regard inexpressif dont la gratifiait généralement Moody, mais à son grand étonnement elle vit soudain le visage ridé s'éclairer d'un sourire. Jo sourit en retour avant de baisser les yeux, confuse.

Lorsque la tasse fut vide, Benneit recoucha le malade dans le lit et le couvrit. Les trois adultes restèrent silencieux un moment, observant l'enfant aux paupières closes. La respiration de Jamie se faisait plus régulière. Lorsqu'il le vit profondément endormi, Benneit se leva. Jo et Moody le suivirent dans le couloir.

— Je vais dormir avec la porte de communication ouverte et je vous appellerai s'il se réveille, promit la nourrice avant de retourner dans la chambre.

Jo regarda furtivement Benneit, puis baissa les yeux vers ses jupes tachées et froissées. Sa belle robe ! Complètement gâtée…

— Vous devriez changer de cravate si vous avez l'intention de redescendre dans la salle de bal, Votre Grâce.

Elle voulut se retirer, mais il lui saisit la main au passage.

— Merci, Jo.

— Ne soyez pas stupide.

— C'est de la stupidité d'exprimer sa reconnaissance ?

Il arqua un sourcil.

— Mais pourquoi ne m'avez-vous pas fait appeler ? C'est Ewan qui m'a appris que Jamie était malade, quand je lui ai demandé où vous étiez passée. J'ai sermonné Angus.

— Je ne voulais pas vous éloigner de vos invités, du moins pas avant de savoir de quoi il retournait.

— Ce n'était pas à vous d'en décider.

Jo déglutit avec peine. Cette remarque la blessait affreusement, surtout après les moments d'intimité qu'ils venaient de partager dans la chambre de Jamie.

Dégageant sa main, elle se dirigea vers ses appartements.

— Attendez, Jo ! Ce n'est pas ce que je voulais dire.

— Vos invités vous attendent, Votre Grâce.

— Non. Je leur ai dit au revoir quand Angus est allé chercher la tisane. Maintenant, il est bien plus de minuit et tout le monde a dû se retirer. Nous ne sommes pas à Londres.

— Bonne nuit, Votre Grâce.

— Essayez de comprendre, Jo ! Je vous suis vraiment reconnaissant, mais c'est à moi de m'occuper de Jamie. Pour son propre bien, il ne doit pas devenir trop dépendant de vous. Si vous avez de l'affection pour lui…

Elle avait déjà ouvert la porte de sa chambre, mais elle se retourna à ces mots, plus furieuse et blessée qu'elle ne l'avait été deux heures plus tôt, en le voyant s'empresser auprès de Lady Tessa.

— *Si* j'ai de l'affection pour lui ? Comment osez-vous ? Allez au diable, Benneit Lochmore !

— Chut ! Arrêtez de crier.

Il l'attrapa par le bras.

— Je n'ai pas voulu vous outrager, s'excusa-t-il.

— Je ne crie pas. Vous n'avez pas voulu dire ci et vous n'avez pas voulu dire ça et vous ne voulez jamais rien dire mais vous le dites quand même. Je vous déteste !

Il fit entendre un rire étrange, encore pire que ses paroles. Incapable de se contrôler, elle tenta de le repousser dans le couloir. Il recula d'un pas mais lui saisit les deux mains, et Jo sentit soudain toute sa force la quitter. Elle éclata en pleurs, incapable de se contenir davantage.

— Jo, non ! S'il vous plaît…

Lâchant ses mains, il lui enlaça la taille, et même si ce geste non plus ne voulait rien dire, elle se laissa aller contre lui, s'abandonnant à son chagrin.

— Je n'ai même pas pensé à vous prévenir, hoqueta-t-elle. Je me suis juste précipitée auprès de Jamie. Jamais je n'ai voulu m'immiscer entre Jamie et vous. C'est cruel de penser cela !

Et achevant de se ridiculiser :

— Maintenant, ma belle robe est ruinée et Beth va être terriblement déçue elle aussi, à cause de moi.

— Jo, ne pleurez pas ! Je suis terriblement désolé, *lass*. J'avais peur pour Jamie et je perds l'esprit quand je m'inquiète ainsi. Chut, ma chérie, s'il vous plaît…

Ces mots chuchotés, la chaleur et la force de ses bras autour d'elle, cela n'avait pas de sens. Ou plus exactement, cela n'avait de sens que pour la midinette en elle qui en avait tant rêvé.

« Ma chérie. »

Des mots qui ne signifiaient rien du tout. Il voulait la calmer et l'empêcher de réveiller la maisonnée par ses cris. Voilà tout.

Même chose pour ses mains qui descendaient lentement vers ses hanches, l'enveloppant d'une chaude caresse…

Un geste de réconfort, Jo. Rien de plus.

Elle eut plus de mal à minimiser le reste. Le frisson qui le parcourut tandis qu'il se pressait contre elle. Sa voix chuchotant son nom encore et encore, comme il l'avait fait pendant cet étrange épisode intemporel durant la danse.

— Jo…

Elle se raidit soudain, essuya ses joues mouillées avec ses doigts et chercha en hâte une explication réductrice à l'urgence qu'elle sentait à présent en lui, à la tension de son corps pressé contre le sien.

Un malentendu, de toute évidence. Elle se méprenait sur l'attitude de Benneit. Ce qu'il éprouvait pour elle, c'était de la compassion, rien de plus.

Elle s'obligea à s'écarter pour le regarder dans les yeux et y lire la pitié et la contrition qu'elle s'attendait à y trouver. Mais ce qu'elle y découvrit ne pouvait donner lieu à la moindre méprise.

Le feu du désir.

Jamais elle n'avait imaginé qu'un homme puisse la regarder ainsi. Même Alfred, qui pourtant l'aimait, ne l'avait jamais dévisagée avec cette intensité, cette attention brûlante qui tendait les traits austères de Benneit, accentuant le jeu des ombres sur son visage.

Il leva les mains pour les poser sur ses joues, essuyant du pouce le restant de ses larmes. Son toucher était doux mais sa voix rauque, comme jaillie des profondeurs de son ventre.

— Dites-moi de m'en aller, Jo, de vous laisser. Tout de suite.

— Pourquoi ? s'enquit-elle sans réfléchir.

Il se rapprocha d'elle et l'enlaça plus étroitement, le corps secoué par un étrange rire qui acheva de la dévaster.

— Pourquoi ? Aucune raison. Aucune *bonne* raison, en tout cas. Alors dites-moi de rester, Jo. S'il vous plaît.

— Restez. Je veux que vous restiez.

Il fit entendre un gémissement, la pressant avec tant de force qu'elle sentit la chaleur et la dureté de son sexe, et plus rien n'eut d'importance que le contact de son corps plaqué contre le sien.

— Oh ! Seigneur… Il y a si longtemps que j'ai envie de vous caresser. Je ne peux pas résister plus longtemps, chuchota-t-il, faisant écho aux pensées de Jo.

Un leurre ? Peut-être. Mais quelle importance ? Tout ce qui comptait en cet instant, c'était qu'il la désirait. Même si ce n'était que l'effet de la peur, de la solitude et de la frustration. Là, tout de suite, il la voulait.

— Alors touchez-moi, Benneit.

Elle attendit qu'il lui relève les jupes et la fasse basculer sur le lit pour la prendre, comme faisait Alfred les rares fois où ils n'attendaient pas qu'ils soient déjà couchés. Dans ces occasions-là, il se sentait ensuite coupable et elle… insatisfaite. Elle ne voulait pas penser à Alfred en cet instant mais elle ne pouvait pas s'en empêcher. Son corps palpitait, vibrant de vie, mais son esprit vagabondait. Elle désirait Benneit mais elle savait que dans quelques instants il s'en irait, satisfait, et elle resterait là, plus seule que jamais.

Il s'immobilisa soudain et la panique s'empara d'elle. Elle ne voulait pas de ce qui allait résulter de ces instants, mais elle ne voulait pas non plus qu'il la quitte maintenant. Elle se serra contre lui, les mains agrippées à son tartan.

— Benneit, ne vous arrêtez pas !

— Chut…, murmura-t-il contre son oreille.

Elle sentit la chaleur de son souffle et un frémissement courut sur sa peau.

— Lentement, chuchota-t-il. Laissez-moi vous explorer, vous découvrir. Je veux vous connaître tout entière.

Ces mots la touchèrent au plus profond d'elle-même. Ils exprimaient tant de choses inouïes… Une exigence, une promesse…

Il lui embrassa le lobe de l'oreille, sans appuyer, juste l'effleurement léger de deux épidermes. Involontairement, elle leva une épaule et il l'embrassa aussi là, tout au creux, laissant ses lèvres remonter vers son cou et s'attarder sur la peau satinée sous son oreille en un baiser presque impalpable, telle la caresse d'une brise.

Le corps inondé d'une étrange chaleur, elle appuya les deux mains sur le torse de Benneit, prête à le repousser, mais elle n'était plus maîtresse de ses gestes et elle l'attira vers elle au contraire, relevant la tête pour mieux sentir le contact grisant de sa bouche. Benneit ne partageait pas son impatience – d'un geste lent, il lui caressa le dos tandis que sa bouche continuait sans se presser son voluptueux voyage d'exploration. C'était une lente prise de possession, pareille au déferlement et au reflux des vagues dans la baie. Mais par-dessous couvait la violence farouche de la mer qui avait failli les détruire tous deux et c'était à la fois grisant et terrifiant.

Il emportait Jo dans son rythme, dans le chaud mouvement de sa bouche et de sa langue, partout sur son corps. Il découvrait des endroits auxquels elle n'avait jamais accordé d'attention avant cet instant, mais où se déchaînait à présent une telle tempête de sensations qu'elle en tremblait toute, tendue vers un plaisir qu'il dépendait de lui de déclencher, elle le savait, mais dont il retardait le moment.

— Ah, voilà, j'ai trouvé votre parfum ! s'exclama-t-il. C'est ici. Rose de Damas…

Il inspira longuement, juste à la base de son cou, son souffle lui caressant la peau. Puis il l'enlaça plus étroitement encore et ils restèrent ainsi un instant, leurs deux corps presque fondus l'un dans l'autre, mais ce n'était pas une étreinte paisible. Ce silence et cette immobilité n'étaient qu'un prélude au vertigineux tourbillon qui les avait déjà soulevés sur le sentier de la falaise et pendant la valse – l'orage était là, en attente, rassemblant ses forces.

Lorsqu'il parla, d'une voix posée mais rauque, elle sut qu'ils étaient en proie aux mêmes sentiments.

— Je devrais m'en aller, mais je ne peux pas. Pas si c'est moi qui dois décider. C'est à vous de dire les mots qu'il faut, Jo. Choisissez !

Elle ne voulait pas de cette responsabilité, elle aurait préféré qu'ils la partagent. Mais il lui restait suffisamment de présence d'esprit pour comprendre qu'il tenait à lui montrer du respect, puisqu'il ne pouvait pas lui offrir davantage.

— J'ai besoin de vous ce soir, Benneit. Restez près de moi, je vous en prie.

Ces mots libérèrent toute la passion qu'il tenait jusque-là en lisière. Il la plaqua contre lui et ses lèvres cette fois ne se montrèrent plus douces ni taquines – elles s'écrasèrent sur les siennes. Il prit possession de sa bouche, enlaçant sa langue à la sienne avec une fougue qui la fit s'accrocher à lui, à moitié défaillante de plaisir avant même qu'il ne lui ait ôté un seul vêtement. Elle voulait tout et son contraire – qu'il se hâte, qu'il ralentisse, qu'il s'embrase et l'emmène. Elle brûlait et frissonnait en même temps, à la merci de ces mains caressantes qui exploraient son corps, et toutes ces sensations contradictoires semblaient se concentrer dans le delta brûlant entre ses cuisses où jamais le désir n'avait afflué avec une telle puissance.

Ses sens ressentaient tout avec acuité et pourtant elle remarqua à peine le moment où sa robe et son corset glissèrent sur le sol, bientôt suivis par son tartan à lui. Ce fut seulement lorsqu'elle sentit sous elle le contact du lit qu'elle s'aperçut qu'elle était à demi nue. Debout entre ses jambes, Benneit se débarrassa de ses derniers habits. Elle sentait la pression de ses cuisses entre ses genoux, aussi fermes et chaudes que le roc de la baie chauffé par le soleil. Il se pencha vers elle, l'attirant vers le bord du lit. Surprise, elle sentit un léger baiser se poser sur sa cuisse, puis un autre, tout un semis de baisers tandis qu'il relevait sa chemise.

Le feu qui crépitait derrière lui le nimbait d'un halo rutilant, laissant son visage dans l'ombre. Entre deux caresses, il leva les yeux vers elle, rencontrant son regard.

— Vous aimez qu'on vous touche, n'est-ce pas ?

Son souffle glissait sur la peau si douce de la cuisse, tandis que la chemise remontait avec une lenteur torturante, centimètre après centimètre. S'interrompant soudain, il se pencha en avant pour effleurer d'un baiser la courbe de sa hanche et elle sentit ses lèvres descendre doucement vers son nombril, plus bas encore…

Jo se mordit la lèvre, comme pour soulager la brûlure intime, l'appel croissant du désir qui montait en elle, telle une onde de feu dans les profondeurs de son corps.

— Oui, je ferai cela aussi, promit-il. Mais d'abord, je veux vous voir. Tout entière. Savez-vous à quel point j'ai désiré vous prendre, là-bas, sur la falaise ? Vous dépouiller de ce dernier jupon trempé qui collait à votre peau. Vous réchauffer avec mon corps. Vous savourer… partout.

Il retroussa la chemise autour de sa taille, effleurant son ventre d'une longue caresse, toujours plus bas, les cals de ses doigts éraflant la peau délicate juste au-dessus du triangle blond sombre entre ses cuisses. Le souffle coupé, elle souleva les hanches pour mieux capter la caresse si légère et pourtant si dévastatrice. L'espace d'un instant, elle ferma les yeux pour ne plus le voir au-dessus d'elle dans son animale beauté, pour se protéger de lui.

— Regardez-moi ! fit-il d'une voix rauque, interrompant soudain ses caresses.

C'était presque un ronronnement de félin, mais c'était un ordre. Elle obéit. Si la soumission était le prix à payer pour qu'il continue, alors elle s'en acquitterait.

Posant un genou entre ses cuisses, il se pencha vers elle pour l'embrasser, laissant ses lèvres reprendre le chemin déjà tracé par ses mains, doucement d'abord, un frôlement plus qu'une caresse, tandis que d'une main langoureuse, il plaquait la chemise sur ses seins, dessinant leurs contours et torturant ses mamelons sensibles avec le frottement de l'étoffe…

Comme si elle sortait d'un rêve, Jo leva les mains et les posa sur son torse. Haussant son visage vers lui, elle sentit le souffle de Benneit lui effleurer la bouche tandis qu'il reprenait brusquement sa respiration. Elle prit sa lèvre entre ses dents, la caressant du bout de la langue en une lente prise de possession et il gémit en réponse, accentuant le mouvement de ses doigts sur ses seins. Soulevée vers lui, Jo laissa ses mains voyager sur les lignes dures de son corps, sur tout ce qu'elle avait contemplé de lui avec tant de désir, quand elle le regardait se battre dans la cour.

Il approfondit le baiser. Sa langue et ses lèvres ne jouaient plus, ne titillaient plus, elles exigeaient. Enivrée, Jo voulut l'attirer sur elle, mais il lui saisit les mains et les maintint sur le lit, penchant vers elle son torse où luisaient et dansaient les reflets des flammes.

— Pas encore. Pas avant que vous n'en puissiez plus de désir…

— Mais je…

— Non. Je veux que vous fassiez ce chemin avec moi, Jo. Avec moi, vous comprenez ?

Elle secoua la tête. Avec qui d'autre ? Il n'y avait personne dans le monde. Personne d'autre que lui.

— Plus lentement, chuchota-t-il.

Elle rit tant c'était absurde. Il devait être fou ! *Plus lentement*, alors qu'elle mourait déjà de frustration, d'impatience… Pourtant, elle aussi aurait voulu faire de ce moment une éternité. Les yeux grands ouverts, elle le regarda se pencher de nouveau vers elle pour lui retirer sa chemise. Lorsqu'elle fut nue, il libéra ses cheveux de leurs dernières épingles, tout cela avec une méticulosité à la faire hurler. Puis il pressa des baisers légers sur ses paupières, ses pommettes, une pluie de petits baisers presque innocents, excepté quand il s'attarda au coin de sa bouche, traçant du bout de la langue les contours de ses lèvres.

— C'est ainsi que je vous savourerai bientôt…

Inexplicablement, elle saisit tout de suite l'implication de ces mots. Ils étaient scandaleux, mais la flamme qui lui brûlait déjà le ventre ne s'en accrut pas moins. D'un geste convulsif, elle serra les jambes autour du genou de Benneit.

— Oui, murmura-t-il, tandis que sa bouche et ses mains poursuivaient leur voyage. Vous me sentez déjà, n'est-ce pas ?

— Benneit !

Elle pleurait presque de désir lorsque les doigts aventureux se posèrent enfin sur sa toison soyeuse, traçant un chemin brûlant tout au long de sa fente humide. Elle ne comprenait plus. C'était si différent de ce qu'elle avait connu avec Alfred… et tellement parfait. Mue par un dernier reste de pudeur, elle essaya de s'écarter, mais il en profita seulement pour lui immobiliser la cuisse, et elle sentit courir sur son sexe la chaude caresse de sa langue. Paralysée par la surprise, elle se figea, jusqu'au moment où il effleura du bout des doigts le point le plus sensible de son intimité, déchaînant en elle une sensation si intense qu'elle en devenait presque douloureuse. Jo se contorsionna pour échapper à la caresse.

— Ne me fuyez pas, Jo. Je ne ferai rien que vous ne serez pas prête à recevoir, je vous le promets.

La caresse reprit, de plus en plus intime, et lorsque la bouche de Benneit remplaça ses doigts, toute honte avait disparu en elle. Elle ne pensait plus, elle n'était plus elle-même, plus rien d'autre que ce qu'il découvrait en elle à cet instant – la lumière, la chaleur, la vie. Jamais, de toute son existence, elle ne s'était sentie si présente… et si déraisonnable.

Portant les deux mains à son visage, elle étouffa les cris qu'elle ne pouvait plus retenir tandis que la bouche, la langue et le souffle de Benneit lui infligeaient leur délicieuse torture au plus profond de sa chair. Vague après vague, le plaisir déferla en elle et quand le monde explosa en une pluie d'étincelles mordorées, la joie qui l'envahit fut si puissante qu'elle s'abandonna, oubliant tout le reste.

Lentement, Benneit se souleva sur un coude pour la regarder.

Elle s'était retournée avec un soupir après son orgasme et maintenant elle était couchée sur le flanc, lui tournant à demi le dos. Le feu n'était plus qu'un amas de braises, dont la lueur orangée nimbait la peau nue de Jo, sa joue délicate et la frange dorée de ses cils. Vue ainsi, elle était aussi belle que l'aurore… et lui aussi excité et ardent que l'intérieur d'un volcan.

Il sourit et tendit la main vers elle, épousant la sinuosité de son dos comme pour s'imprégner de la douceur de sa peau. Ce qu'il ressentait en cet instant, c'étaient à la fois les délices du paradis et les tortures de l'enfer. Le plaisir de Jo était grisant, contagieux. Il avait envie de la réveiller pour la ramener à cet instant où la jouissance avait explosé en elle, et la regarder fondre de nouveau. Puis recommencer. Encore et encore.

Il regrettait de ne pas l'avoir emmenée dans sa chambre, où il gardait un préservatif, car cette fois, il voulait être en elle quand elle jouirait, afin de la sentir se contracter autour de lui dans les spasmes de la volupté. C'était encore possible, mais il ne voulait pas bouger. Il ne voulait rien faire qui l'amènerait à se réfugier de nouveau derrière sa cuirasse grise.

Les doigts lui démangeaient de caresser la courbe de sa hanche, là où elle soulevait la couverture, mais il resta immobile, ruminant cette nouvelle réalité. Rien de brillant en ce qui le concernait ! Il avait séduit une respectable veuve, la dame de compagnie de son fils, la cousine de sa défunte épouse, une femme sous sa protection, alors que la moitié des habitants de la contrée séjournaient au château en tant qu'invités.

La chose était inacceptable, sous quelque angle qu'il la considère.

Sauf un. La façon dont elle avait gémi sous ses caresses, tandis qu'il la conduisait lentement vers la volupté, la douceur de son corps pressé contre le sien, le contact de ses mains à elle, curieuses, torturantes, généreuses…

Il frémit au souvenir de ce premier instant de bonheur,

quand elle s'était abandonnée à ses mains et à sa bouche, pendant qu'il plongeait dans le gris sans fond de ses yeux chavirés de désir.

Qui aurait pu se douter que son petit lutin, toujours si placide et contrôlé, du moins extérieurement, se révélerait une amante aussi passionnée ?

Eh bien, pour être franc, il n'était pas vraiment surpris. Même pour quelqu'un d'obtus comme lui, les indices avaient abondé. Une femme sensuelle se dissimulait derrière la narratrice de contes, la fée en robe orange qui valsait comme un ange et pleurait parce que son époux défunt ne pourrait pas la voir dans sa belle toilette neuve. Il repoussa cette dernière pensée, ne voulant pas songer à Jo dans le lit d'Alfred Langdale. Un problème en soi, du reste. La jalousie n'était pas un sentiment qui lui était familier et être jaloux d'un homme mort, ce n'était pas… correct.

Il s'assit sur le bord du lit et son regard tomba sur les vêtements éparpillés par terre. La jolie robe de Jo était probablement ruinée. Il lui en achèterait une douzaine d'autres, si seulement elle le lui permettait.

Il soupira. La bataille allait être rude.

Mais qui sait ? Maintenant qu'il avait découvert une nouvelle façon de résoudre les conflits qui les opposaient, une bataille ne serait peut-être pas une si mauvaise idée, après tout.

Derrière la fenêtre, l'obscurité semblait déjà moins dense. Il allait devoir quitter cette chambre, il le savait. Dans quelques heures à peine, il faudrait s'occuper des invités et les serviteurs allaient se lever tôt.

Benneit tira soigneusement la couverture sur les épaules de la dormeuse, qui émit un soupir et enfonça sa main sous l'oreiller, frottant sa joue sur l'étoffe comme elle l'avait fait un peu plus tôt sur sa poitrine à lui, avec un ronronnement de plaisir. Une onde brûlante le traversa à ce souvenir et il attendit que cet émoi se calme avant de se glisser hors du lit et de rassembler ses habits. Il se sentait un peu ridicule de réagir aussi ardemment à quelque chose de si simple. Sauf que ce n'était pas simple du tout !

Il s'était senti troublé bien avant de pénétrer ce soir dans la chambre de Jo. Tout avait commencé des heures plus tôt, quand il l'avait découverte dans sa ravissante robe neuve, les cheveux coiffés en boucles luxuriantes, ses grands yeux gris débordants de lumière…

Ou peut-être même bien avant. Dans la berline roulant vers le nord. Ou près du ruisseau, quand il lui avait pris la main pour la faire descendre du rocher où elle rêvait de ses montagnes. Ou sur le bateau, lorsqu'il l'avait vue affronter les éléments, puis un peu plus tard en découvrant ses chevilles nues. À chacun de ces instants où le lutin lui avait instillé dans le sang son fluide magique, le forçant à désirer cela, à la désirer, elle et aucune autre…

Bon sang, il se sentait aussi excité qu'un collégien ! Il n'avait qu'une envie, retourner auprès d'elle, dans sa chaleur, enlacer ses jambes aux siennes et goûter de nouveau à ses lèvres. La faire gémir et supplier et crier dans les convulsions du plaisir, et cette fois, se glisser en elle et absorber de tout son corps l'ardeur et la passion qui palpitaient en elle.

Il observa les reflets ambrés du feu qui jouaient sur la dormeuse et, succombant à la tentation, laissa courir sa main de la saillie de son épaule à son bras, s'attardant au creux du coude pour y capter la chaleur de son pouls. Cette pulsation légère se répercutait en lui tel le battement d'un tambour.

Avec une profonde inspiration, il retira sa main, forçant son regard à remonter vers l'épaule. Mais il eut beau faire, ses yeux s'égarèrent de nouveau plus bas, et sans y penser, il laissa ses doigts accompagner son regard, baissant peu à peu la couverture. Elle avait au-dessus des reins un petit grain de beauté en forme de cœur. Il en traça le contour du bout de l'index avant de suivre la ligne onduleuse de la hanche, jusqu'aux fesses fermes et chaudes qu'il enserra dans sa paume.

Jo frémit et se réveilla, les yeux aussi étincelants que des gemmes dans l'obscurité. Elle glissa une jambe entre les siennes, pressant le genou contre son érection. Benneit ne put résister davantage. Il s'étendit contre elle, enveloppé dans son parfum aussi capiteux qu'un jardin de roses en été. Il ferma les yeux et l'imagina là-bas, à la Maison, étendue devant lui tandis qu'il lui écartait les jambes pour s'enivrer d'elle tout son content. Il ne put s'empêcher de faire glisser son sexe le long de sa fente encore humide et qui semblait attendre son incursion… Il s'écarta un peu avec un juron, mais la jambe de Jo revint se placer à l'endroit sensible.

— Il semblerait qu'une partie de vous ne veuille pas s'en aller si vite, murmura-t-elle, un peu gênée et amusée à la fois.

Il enfouit le nez dans son cou pour en inhaler l'odeur.

— Rien de moi ne veut partir. À moins de prendre la fuite…

— Alors restez !

Elle posa les mains sur ses épaules, comme si elle craignait vraiment qu'il ne s'enfuie, puis les laissa glisser le long de ses bras, effleurant ses muscles puissants avant de s'attarder au creux de ses coudes, là où battait son pouls. Il la laissa faire, immobile, ne sachant trop s'il fallait attribuer cette hésitante exploration à l'innocence de Jo ou à une diabolique intention de le dévaster. Accoudé, il essaya de maintenir entre leurs poitrines le plus de distance possible tandis qu'elle poursuivait ses caresses, même s'il mourait d'envie de se laisser aller contre elle pour sentir le bout de ses seins frôler son torse.

Les mains de Jo ralentirent au bas de ses reins et leur toucher se fit aussi léger qu'une plume avant de s'arrêter. S'il ne l'avait pas sentie trembler, s'il n'avait pas perçu son souffle haletant, il aurait pu croire qu'elle n'avait plus envie de poursuivre.

Levant les yeux vers elle, il rencontra son regard égaré et confus.

— Est-ce que… je le fais mal ? s'enquit-elle dans un chuchotement.

— Mal ?

— Oui. Pourquoi… Pourquoi ne venez-vous pas en moi ?

— Venir… Ma chérie, je ne peux pas vous pénétrer. Ce ne serait pas sûr. Le seul moyen que j'aie de vous protéger se trouve dans ma chambre et je me sens incapable de m'éloigner de vous en cet instant, pas même pour cela.

Elle écarquilla les yeux, la bouche arrondie dans une moue de surprise.

— Oh ! je vois… Mais vous voulez bien que je vous touche ?

— Je le désire plus que ma vie ! Il existe bien des moyens de prendre et de donner du plaisir sans pénétration, mais vous n'avez rien à faire pour cela. Restez tranquille à présent…

D'un rapide baiser, il lui effleura les lèvres avec l'intention de détourner aussitôt la tête, mais la bouche de Jo s'entrouvrit sous la sienne et elle referma les doigts sur sa nuque.

— Vous… m'avez… caressée tout à l'heure, chuchota-t-elle d'une voix entrecoupée. Voulez-vous que je vous caresse de la même façon ?

Il hésitait encore, trop à cran pour la guider avec la patience qu'elle méritait. Elle insista.

— Je veux savoir, Benneit. Montrez-moi comment faire, s'il vous plaît.

Il se laissa retomber sur le lit, vaincu, le désir l'emportant en lui sur la raison. S'emparant de la main de Jo, il la fit glisser tout au long de son corps, frémissant quand les doigts frais se refermèrent sur son sexe brûlant. La main de Jo esquissa un recul sous la sienne avant de se refermer sur lui et il enfouit la tête dans la courbe de son cou, luttant pour respirer à fond.

C'était un supplice. Jamais il n'avait été aussi excité et aussi réticent à conclure. Le toucher de Jo était exquis, tel un doux satin glissant sur sa peau, et il s'abandonna à la délicieuse torture de ses caresses, de plus en plus hardies tandis qu'il la guidait. Et s'il n'y avait eu que ses mains ! Absorbée par le zèle qu'elle mettait à suivre ses conseils, elle semblait inconsciente de son propre corps, qui agissait pendant ce temps à sa guise, se cambrant vers lui, une jambe enfoncée entre les siennes.

Il ne voulait pas que cela cesse, jamais. Il voulait rester là, haletant à l'extrême bord de la jouissance, jusqu'à la fin des temps.

Jo se souleva sur un coude pour semer une pluie de baisers sur sa joue, sur les muscles tendus de son cou et de ses épaules, l'embrassant et le savourant. Lorsqu'il céda à la tentation de refermer une main sur son sein, elle feula telle une chatte et il sentit ses petites dents aiguës s'enfoncer dans son épaule.

— Jo…

— Je vous ai fait mal ? chuchota-t-elle en léchant la morsure.

— Non. Mais vous me faites mourir. Ne vous arrêtez pas, par pitié.

Elle souffla sur la peau rougie comme on fait aux enfants, sans interrompre le va-et-vient de sa main.

— Je ne m'étais jamais rendu compte à quel point c'est doux à cet endroit, murmura-t-elle. C'est comme du velours, mais si dur en dessous. Et si chaud…

Refermant sa main sur la sienne pour mieux la guider, Benneit émit un son rauque, entre rire et gémissement. Docile, elle suivit le rythme qu'il lui dictait jusqu'au moment où il fut incapable de réprimer les soubresauts du plaisir. En imagination, il était en elle, se fondait en elle, tous deux communiant dans cette ultime flambée de désir, juste au bord de l'extase. Puis la vague se retira et il se répandit, uni à elle dans une mer infinie où rien ne pouvait plus séparer leurs corps enlacés à jamais.

Chapitre 25

Benneit marqua une pause avant d'entrer dans le bureau. Un silence béni régnait alentour après le départ des derniers invités, mais à l'intérieur de lui, ce n'était que tumulte. Des pensées contradictoires se bousculaient dans sa tête. Il les repoussa à l'arrière-plan de son esprit avant de pénétrer dans la pièce. Il était temps d'affronter la responsable de son trouble.

— S'il vous plaît, Mac Creary, j'aimerais échanger quelques mots avec Mrs Langdale.

Il vit les yeux de Jo s'écarquiller de crainte, mais déjà Mac Creary avait franchi le seuil, les laissant seuls dans le bureau.

Benneit referma la porte et resta un instant sans rien dire, observant la jeune femme. Elle portait une robe jaune pâle qui donnait à son teint un éclat d'ivoire. *Primevère*, songea-t-il étourdiment, ravi de la voir si jolie dans sa nouvelle toilette. Et combien plus jolie encore quand elle était nue…

Il fallait qu'il soit complètement fou pour nourrir de telles pensées, car tandis qu'il contemplait le visage légèrement tourné de Jo, notant la tension dans ses minces épaules, il sut qu'il était loin d'en avoir fini. Et que c'était injuste pour elle. Pour eux tous. Le plus raisonnable aurait été de considérer ce qui s'était passé comme une aberration et de rétablir entre eux une distance, amicale mais respectueuse. Depuis son mariage avec Bella, il avait décidé d'observer une conduite raisonnable et la naissance de Jamie avait transformé cette décision en nécessité morale.

Et pourtant…

— Je ne vais pas m'excuser pour cette nuit, Jo.

— Ni moi.

Elle releva le menton dans un geste de défi et il fut tenté de la tirer de son siège pour remonter avec elle à l'étage. Se rappelant que ce ne serait pas très sage, il changea de dessein.

— Je dois me rendre aujourd'hui à Kilmarchie avec les ingénieurs et je resterai là-bas ce soir, mais demain nous sommes invités chez les McCrieff.

— Je comprends.

— Ce n'est que pour une nuit. Nous serons sans doute de retour le lendemain après-midi.

— Parfait. Amusez-vous bien.

— L'invitation vous inclut. Jamie et vous.

— Moi ? Je n'ai pas la moindre raison d'y aller, objecta-t-elle, sans lever les yeux du registre.

Benneit ne savait pas très bien pourquoi il insistait. Ce n'était pas judicieux d'emmener Jo chez les McCrieff, il le sentait bien. Mais il voulait qu'elle vienne avec eux. Avec *lui*, pour le peu de temps qu'il leur restait à passer ensemble…

— Je ne vous forcerai pas, bien sûr, mais Lord Aberwyld vous a comprise dans l'invitation, nommément. De plus, j'ai des engagements avec les ingénieurs et les maçons à Kilmarchie dans la matinée et je partirai sans doute directement de là-bas pour me rendre chez les McCrieff. Jamie viendra en voiture. Il sera dans tous ses états si vous ne l'accompagnez pas et…

— Oh ! très bien, vous avez gagné ! l'interrompit-elle, les sourcils froncés. Autre chose, Votre Grâce ?

— Non.

— Eh bien, bonne chance pour Kilmarchie.

Benneit s'avança enfin dans la pièce et Jo s'adossa à son fauteuil tandis qu'il contournait le bureau. C'était vraiment étrange, la capacité qu'elle possédait d'arborer une expression impassible, mais il la connaissait assez bien à présent pour détecter les petits signes – les pupilles dilatées dans ses yeux gris océan, le très léger tremblement de ses lèvres. Il posa la main sur son poignet et chercha son pouls, dont le battement enfiévré faisait écho au sien. Il ne pouvait peut-être pas lire ses émotions, mais il déchiffrait le langage de son corps. Ce lutin-là alliait la passion à la profondeur !

— Je ne partirai pas avant que nous n'ayons clarifié les choses.

— Il n'y a rien à clarifier. Et vous n'avez aucune raison de vous excuser. Je ne suis ni une innocente jouvencelle ni une imbécile. Je savais ce que je faisais.

— C'est vrai. Je ne chercherai pas à mentir en prétendant que je regrette ce qui s'est passé ou que je ne souhaite pas que cela se reproduise. Mais pendant mon absence, je voudrais que vous réfléchissiez à ce que *vous* désirez pendant le reste de votre séjour ici. Je respecterai votre choix, quel qu'il soit.

Avec le pouce, il lui caressa le poignet et elle se renversa un peu plus dans son fauteuil, sa chevelure claire contrastant avec le cuir sombre du dossier. Avant qu'elle n'ait eu le temps de réagir, Benneit ôta les deux épingles visibles qui retenaient son chignon et les mèches blondes se déroulèrent sur son épaule.

— Benneit !

Ignorant la réprimande, il ôta la dernière épingle et la posa sur le bureau.

— Je veux avoir cette image dans ma tête ce soir, fit-il d'une voix rauque.

Sa gorge se noua et une chaleur intempestive lui inonda le corps à la seule pensée de la déshabiller vêtement après vêtement, en commençant par cette robe jaune qui lui rappelait les primevères du jardin de la Maison. Soulevant une longue boucle de cheveux, il en inspira le parfum, la joue à quelques centimètres de la chaleur de la sienne.

— Je veux emporter votre odeur pour quand je penserai à vous cette nuit, Jo. Souvenez-vous-en quand vous vous coucherez ce soir dans le lit que nous avons partagé. Je serai à des lieues de là, mais en train de rêver que je vous caresse, vous savoure…

— Arrêtez !

Il sentit la souffrance dans sa voix tandis qu'elle lui enlaçait le cou, les doigts crispés sur sa nuque. Mais elle était encore trop « Joane » à son goût. Celle qu'il voulait voir reparaître, c'était Jo, telle qu'il l'avait vue cette nuit dans sa chambre.

Il embrassa le creux juste derrière son oreille, capturant sa saveur du bout de la langue, tandis qu'il laissait sa main descendre le long de la gorge gracile, effleurer le bord du décolleté avant de se poser doucement sur un sein, dont il sentit le mamelon durcir sous ses doigts. Il voulait la voir nue à la lumière du jour. Lui faire l'amour en plein air, sous le soleil.

— Goûter chaque parcelle de vous, Jo…

Sa main descendit encore pour aller se loger au delta des cuisses, pendant qu'il lui mordillait le lobe de l'oreille. Un lobe aussi doux et délicat qu'un pétale de rose…

— Vous penserez à cela ce soir quand vous vous caresserez, Jo ?

— Quoi ?

— Je veux que vous vous caressiez cette nuit en pensant à moi.

— Me… caresser ? répéta-t-elle d'une voix faible.

Conscient qu'il ne maîtrisait plus son désir, Benneit retira sa main, se contentant de lui caresser la cuisse.

— Oui, répéta-t-il.

Elle le dévisageait, les yeux assombris, la bouche rougie comme s'il venait de l'embrasser avec passion, mais visiblement, elle ne comprenait pas. Hier soir, il avait été trop pris dans le tourbillon du désir pour s'étonner que son mari ne l'ait pas initiée à ce qu'il considérait comme des privautés de base entre un homme et une femme. Il n'ignorait pas cependant que beaucoup de ses pairs plaçaient la relation avec leur épouse sur un tout autre plan que celle qu'ils entretenaient avec leurs maîtresses. À moins que son Alfred n'ait été aussi innocent qu'elle au moment de leur mariage, ce qui semblait peu probable…

Quoi qu'il en soit, il ne put s'empêcher de ressentir une certaine fierté. S'il ne pouvait pas garder pour lui cette amante passionnée, du moins l'aurait-il initiée au plaisir. C'était égoïste, bien sûr. Il détestait l'idée qu'elle pourrait avoir un jour d'autres amants, que quelqu'un d'autre pourrait éveiller de nouveau sa passion. Il l'aurait voulue pour lui seul, mais c'était impossible. Aussi, s'il lui apprenait à se faire plaisir toute seule, peut-être pourrait-il nourrir l'illusion qu'elle n'avait pas besoin d'un autre homme.

Oui, c'était égoïste, possessif et injuste, mais c'était ainsi. Il voulait la garder pour lui.

Tentation dangereuse, qu'il repoussa vite de peur qu'elle ne s'incruste.

— Une petite leçon en perspective, *mo leannan*[1].

— Que… voulez-vous dire ?

Un instant, il appuya son front contre le sien avant de s'écarter.

— Je vous le dirai à notre retour.

Il se tut, tandis que surgissait de nouveau le spectre des McCrieff.

— Au revoir, Jo. Prenez soin de Jamie.

— Cela va de soi.

Il se dirigeait vers la porte quand la voix de Jo retentit derrière lui, un peu essoufflée, curieuse… et indéniablement intéressée.

— Vous voulez dire que je peux faire… cela… par moi-même ?

Il crispa sa main sur l'embrasure.

— Vous voulez vraiment me faire mourir, Jo ? Oui, bien entendu, c'est possible. Si cela ne l'était pas, on n'entendrait jamais de sermons dénonçant cette pratique, non ?

Elle ouvrit de grands yeux.

— Oh ! C'est donc *cela* qu'ils veulent dire ? Je m'étais toujours demandé…

Il se frotta la joue, tenté de l'extirper de son fauteuil pour lui retrousser les jupes et faire quelque chose pour soulager le feu qui lui incendiait le bas-ventre.

1. « Ma chérie », en gaélique.

— Si le trajet à cheval jusqu'à Kilmarchie n'était pas si long, je vous emmènerais en haut et vous montrerais *précisément* ce que cela veut dire.

Les joues de Jo s'empourprèrent.

— En ce cas, vous devriez partir.

— Oui. Je vous retrouverai demain, Jamie et vous. Et à notre retour…

Il n'acheva pas, se forçant à quitter la pièce avant d'oublier complètement ses priorités.

Jo se rassit, tira le registre vers elle et le fixa des yeux un long moment sans le voir.

En l'espace d'une journée à peine, sa vie avait basculé. Elle était devenue elle-même une souris magique et sa métamorphose pour le solstice d'été semblait bien plus incroyable que toutes les histoires qu'elle avait pu imaginer. Benneit lui avait sauvé la vie. Il avait dansé avec elle et lui avait fait éprouver une félicité dont elle ne se doutait même pas qu'elle puisse exister. Un chaos d'émotions s'agitait en elle. Elle ne savait pas si cela la conduirait vers le ciel ou l'enfer, et ne s'en souciait guère. Par quelque incroyable magie, Benneit la désirait. Peut-être que Minerva la magicienne existait bel et bien en fin de compte et qu'elle lui avait jeté un sort ?

Jo ne put s'empêcher de rire à cette idée absurde, mais après tout, cela n'aurait guère été plus surprenant que la réalité – il la désirait pour de vrai, et avec quelle passion ! Avait-il désiré toutes ses maîtresses avec la même ardeur ? Avaient-elles vu briller, elles aussi, cette flamme dans ses yeux, et le vert jade de ses iris virer à l'émeraude ?

Elle ferma les yeux, retrouvant l'image de Benneit penché sur elle, son regard cherchant le sien, son corps brûlant pressé contre elle… Peut-être que c'était mal, mais elle voulait cela, elle le voulait tellement… Elle le désirait, lui. Tout à l'heure, elle aurait voulu qu'il la prenne là, dans le bureau. Partout où il en aurait eu envie.

Une autre image se forma dans son esprit – Benneit et

elle sur le Siège du Diable, la chaleur et la dureté de la pierre sous son dos nu, le contact du sable sur leurs jambes quand…

Elle respira à fond, clignant des yeux pour chasser le fantasme.

Il avait mis à bas toutes ses défenses, mais elle devait tout de même rester prudente avec son imagination. Elle allait le revoir le lendemain, mais ce serait dans la demeure de la femme à laquelle il était déjà lié, engagement formel ou pas. Il ne fallait pas qu'elle se mette à imaginer un avenir avec lui. Ce qu'il lui offrait, c'était une liaison très passagère, rien de plus. Il était à cran, inquiet de son avenir, et elle représentait une distraction bienvenue.

Pire, une commodité.

Encore !

Tu es si utile, Jo. Si accommodante, si serviable. Si stupide !

Tomber amoureuse de Benneit Lochmore, c'était la définition même de la stupidité.

Amoureuse, oui.

Elle ne pouvait se voiler plus longtemps la face. Ce n'était pas seulement le plaisir qu'il lui donnait, c'était lui, toute sa personne qui la ravissait. Il l'avait rendue à la vie, telle une maison de nouveau habitée et dont les fenêtres se rouvrent sur le monde, laissant pénétrer à flots la lumière. Pour la première fois, elle avait pu se voir elle-même, telle qu'elle était vraiment. Et bizarrement, elle aimait ce qu'elle voyait. Oui, malgré tous ses défauts, elle s'aimait à travers le regard de Benneit. Elle aurait tant voulu lui rendre la pareille, l'amener à se voir tel qu'elle le percevait elle-même – complexe, généreux, parfois troublé, un homme d'honneur et si profondément sensible qu'il enfouissait tout cela en lui tel un secret honteux.

Peut-être était-elle stupide en effet, mais elle était aussi follement heureuse, follement vivante.

Et complètement terrifiée.

Chapitre 26

Le trajet de Lochmore au château des McCrieff ne ressembla en rien à leur voyage de Londres à Lochmore quelques semaines plus tôt. Jo se sentait différente. Elle avait davantage mûri en ces quelques jours que pendant les deux années précédentes.

Jamie non plus n'était plus le même. Il se blottissait contre elle sans la moindre honte, tandis qu'ils inventaient ensemble des histoires sur la campagne austère qu'ils traversaient. Jo avait le cœur serré, mais elle ne songea pas un seul instant à repousser l'enfant. Elle savait que c'était un mauvais choix de sa part d'aller chez les McCrieff, mais elle ne voulait pas perdre un seul instant de la compagnie de Benneit et de son fils.

— Voilà le château des McCrieff ! s'écria soudain Jamie en bondissant sur la banquette de la berline.

Il arborait un air tout à fait convenable ce jour-là. Net, propre et bien coiffé grâce aux soins de Moody. Il ne s'était même pas débarrassé de ses chaussures d'un preste coup de pied, comme il le faisait d'habitude !

Par la fenêtre de la voiture, Jo examina le bâtiment en partie visible, tandis que l'attelage descendait une côte. Elle ne distinguait pas grand-chose du château lui-même, mais bien qu'il paraisse plus petit que Lochmore, il dégageait la même impression de lourdeur et de menaçante sévérité.

— Oh ! et voilà papa !

Jo tourna la tête dans la direction que désignait Jamie

et vit des cavaliers descendre la pente derrière le château. Plus grand et plus sombre que ses compagnons, Benneit était aisément identifiable. Jo sentit tous ses nerfs tressaillir, l'esprit assailli par un afflux d'images et de sensations – le corps de Benneit, ses caresses…

Se retournant vers Jamie, elle s'affaira autour de l'enfant tout en essayant de calmer sa propre respiration, pendant que l'attelage ralentissait avant de faire halte.

— Papa !

Jamie se jeta au cou de son père dès que ce dernier eut ouvert la portière de la berline. Par-dessus la chevelure sombre de l'enfant, Jo rencontra le regard rayonnant de Benneit et elle lui sourit en retour en dépit de sa peine. Acceptant la main qu'il lui tendait, elle descendit de l'attelage. Dans un monde idéal, ce geste aurait été son droit et ces deux êtres auraient constitué sa famille. Mais ce n'était pas le cas et un instant plus tard, elle était déjà séparée d'eux, emmenée par une servante, tandis que Benneit et Jamie se joignaient aux frères McCrieff.

En fin de journée, la même servante l'aida à s'habiller avant de la conduire au rez-de-chaussée. Jo avait choisi une robe lilas, couleur acceptable pour une veuve tout en restant printanière et qui mettait en valeur le gris de ses yeux. Elle ne pouvait rivaliser d'aucune façon avec Lady Tessa, mais au moins ne semblerait-elle pas trop mal fagotée !

— Jo ! On vous attendait, s'écria Jamie en escaladant les marches à sa rencontre.

Jo sentit sa gorge se serrer en découvrant Benneit au pied des degrés. Elle s'était préparée à pénétrer seule dans la grande salle et cette marque d'attention lui réchauffa le cœur. Le regard de Benneit s'illumina tandis qu'elle achevait de descendre l'escalier mais il ne prononça pas un mot et Jo était bien incapable d'articuler un seul son.

Dans la salle, ils furent accueillis par des salutations sonores de Lord Aberwyld et un bonjour plus posé de son épouse. Jo ne put ignorer le regard hostile dont la gratifia celle-ci avant de se détourner d'elle pour sourire à Benneit et Jamie. Dieu merci, l'attention générale fut vite happée par les bruyantes exclamations d'un groupe d'enfants, qui jouaient dans un coin de l'immense salle. Une fillette d'environ huit ans s'avança vers Jamie.

— Jamie, viens avec nous !

Apeuré, le petit garçon se réfugia contre Jo, qui surprit le froncement de sourcils de Benneit. Était-ce une réaction à l'accès de timidité de Jamie ou à son mouvement spontané vers elle, elle n'aurait su le dire.

Gênée, elle se pencha vers l'enfant.

— Comment s'appelle cette petite fille, Jamie ?

— Beth, comme notre Beth à nous, chuchota-t-il en réponse. Il y a beaucoup de Beth.

— Et à quoi jouent-ils ?

— Aux jonchets. Je suis très bon aux jonchets. Ewan et Angus y jouent souvent avec moi.

— Dis bonjour à Lord et à Lady Aberwyld et va jouer avec Miss Beth, Jamie, intervint son père.

Jamie fit quelques pas en avant, mais plus il approchait de l'imposante silhouette barbue assise dans un grand fauteuil au milieu de la pièce, plus il se cramponnait à la jupe de Jo. Même quand elle s'assit, il resta près d'elle, jouant avec la broderie de sa robe. Jo se sentait partagée entre l'envie de serrer le petit garçon contre elle et le sentiment de culpabilité qu'elle éprouvait à voir qu'il s'accrochait aussi ostensiblement à elle.

— Eh bien, mon garçon, tonna McCrieff, d'une voix qui résonna dans toute la salle, on a fait une sacrée peur à son papa le soir du bal, hein ?

Jamie devint écarlate et tripota de plus belle la robe de Jo, tandis que le comte éclatait d'un rire sonore.

Lady Aberwyld se pencha en avant et sourit à Jamie.

— Je me réjouis de vous voir en bonne santé, Lord Glenarris. Beth, emmène-le donc auprès des autres enfants, veux-tu ?

— C'est cela, allez jouer, renchérit le comte. C'est une maison pleine d'enfants, comme vous pouvez voir, Mrs Langdale. Ce gamin n'a pas besoin de rester pendu à vos jupes. Cela lui fera du bien de rejoindre les autres. Pas vrai, Tessa ?

Assise à côté de sa mère, Tessa McCrieff adressa un sourire à Jo, avec la même affabilité que le soir du bal.

— Il a passé de très bons moments la dernière fois qu'il nous a rendu visite mais il lui avait fallu un peu de temps pour s'acclimater. Ne le bousculez pas, père.

— Le bousculer ? Je ne bouscule jamais personne, jeune fille ! Où est mon whisky ?

Jamie jeta une œillade implorante à son père, mais lorsque Beth s'approcha de lui, il accepta de la suivre, les yeux baissés, sous le regard satisfait de Lord Aberwyld.

— Trop timide, ce garçon. Il a besoin de s'endurcir. Ici, il apprendra vite.

Tessa se tourna vers Benneit.

— Beth va bien s'occuper de lui, Votre Grâce, glissa-t-elle avec douceur. Elle sait s'y prendre.

— Oui, appuya son père. C'est l'aînée de Duncan et déjà une vraie petite maman. Comme notre Tessa.

— Père !

McCrieff rit de nouveau à gorge déployée avant d'aborder un autre sujet, en l'occurrence l'expulsion des métayers. À en juger par l'expression de Benneit, l'opinion d'Aberwyld sur le sujet ne lui plaisait guère plus que ses remarques sur Jamie. Par une manœuvre habile, il détourna la conversation sur les progrès de la distillerie à Kilmarchie et les fils de Lord Aberwyld ne tardèrent pas à se joindre à l'échange.

Le lendemain, Jo entrevit à peine Benneit et Jamie. Le duc accompagna les hommes tandis qu'elle demeurait au château avec les femmes, discutant de sujets familiaux et des changements de la mode à présent que la guerre était achevée. Des centaines de miles s'étendaient entre ce lieu et Uxmore, mais à part l'accent des Highlands et les épais murs de pierre, on aurait aussi bien pu se trouver dans le comté d'Oxford, songea Jo. Ce genre d'échanges lui étaient familiers et pourtant déjà étrangers, après la décontraction de sa vie à Lochmore.

Le pire, c'était qu'elle appréciait de plus en plus Lady Tessa. En secret, elle avait espéré que la cordialité de celle-ci le soir du bal ne soit qu'une ruse, pas plus sincère que le vernis de politesse de Lady Aberwyld, mais il n'en était rien. Tessa était naturellement gentille. Ainsi que son père l'avait prédit, elle ferait une mère modèle. Une excellente épouse, sincère et généreuse. Jo aurait voulu se réjouir pour Benneit, mais elle était incapable de se montrer aussi noble. Elle appréciait et admirait Tessa, mais son cœur lacéré la détestait en secret.

Elle attendait la fin de l'après-midi avec impatience, mais la journée se traînait. Ces dames commentaient des gravures de mode, s'attardant avec complaisance sur une robe de mariée en mousseline rayée, avec broderies de fleurs sur les manches, non sans couler des regards entendus vers Tessa. Les joues rondes de l'intéressée s'empourprèrent mais elle fit celle qui ne remarquait rien et tourna la page du magazine pour contempler une ravissante toilette du soir en soie mauve agrémentée de volants, sur une sous-jupe de satin blanc.

Le moment embarrassant était passé mais Jo se sentait de plus en plus mal à l'aise. Quittant son siège, elle marcha jusqu'à la fenêtre. Un épais petit bois obstruait la vue, mais elle n'en resta pas moins là à fixer le paysage.

Au bout d'un moment, Lady Tessa la rejoignit et s'excusa.

— Je préférerais qu'elles ne parlent pas de cela, mais elles ne peuvent pas s'en empêcher. Elles glissent sans cesse des allusions depuis que mon père et le duc sont parvenus à un accord il y a quelques mois.

Jo serra ses mains l'une contre l'autre et parvint à sourire.

— C'est compréhensible.

— Vous croyez ? Je n'en suis pas sûre. J'ai l'impression d'être une jument qu'on s'apprête à vendre au plus offrant.

Le sourire de Jo s'évanouit.

— Vous n'appréciez pas le duc ?

Tessa soupira.

— J'apprécie ce que je sais de lui, mais ce n'est pas grand-chose. Nous n'avons pas beaucoup parlé. En fait, je l'aime surtout à cause de Jamie. Je me dis qu'un homme aussi bon pour son fils doit être forcément quelqu'un de bien.

Jo hocha la tête, incapable de répondre.

— Hier soir, il vous a réclamée, reprit soudain Tessa.

— Quoi ?

La jeune femme sourit.

— Je parle de Jamie, bien sûr. Beth m'a dit qu'il s'était réveillé et vous avait appelée. Elle s'est levée pour le réconforter.

— Elle aurait dû m'envoyer chercher !

— Oh ! elle est habituée à s'occuper des petits. Elle fera une bien meilleure mère et épouse que moi. Jamie est très attaché à vous, ajouta-t-elle après un silence.

Jo déglutit avec peine.

— Oui, c'est un petit garçon merveilleux. Il finira par vous aimer beaucoup, vous verrez.

Songeuse, Tessa posa un doigt sur la vitre. La nuit commençait à tomber, effaçant les contours du paysage. Jo distinguait son reflet et celui de Tessa, ainsi que l'image brouillée des autres femmes derrière elles. Elle aurait voulu que tout cela soit fini. Jamais elle n'aurait dû venir chez les McCrieff. Et maintenant, c'était trop tard.

— Aimiez-vous votre mari ? s'enquit Tessa.

Jo aurait dû éluder ces questions indiscrètes, mais même cela, elle ne le pouvait pas. Il était trop tard pour tout, décidément.

— J'avais de l'affection pour lui.

— Ce n'est pas pareil.

— Non, pas tout à fait.

— Pourquoi l'avez-vous épousé ?

— Nous étions bons amis et il m'a rendue heureuse même si je ne l'aimais pas d'amour.

— Et lui, vous aimait-il ?

— Oui. Peut-être qu'avec le temps mes sentiments pour lui seraient devenus plus profonds. Je pense que ce serait arrivé. Je n'avais pas confiance – ni en moi ni dans les autres. Il faut de la confiance pour aimer vraiment quelqu'un.

Tessa acquiesça de la tête, laissant traîner son doigt sur la buée qui se formait sur la vitre.

— C'est étrange, dit-elle. Nous ne nous connaissons pas beaucoup mais je sens que je peux vous parler. J'aimerais que vous puissiez rester. Je sais que c'est impossible mais…

Une voix retentit derrière elles et elle se retourna.

— On nous appelle. Venez !

Jo la suivit, le cœur serré. Elle n'aurait jamais dû se laisser convaincre par Benneit de venir ici.

Tessa ne lui fit pas d'autres confidences mais demeura près d'elle, adoptant une attitude presque protectrice, surtout quand Lady Aberwyld lançait des piques à peine voilées sur la prétendue gaucherie de Jo, son âge, ou le fait qu'elle devrait bientôt plier bagage.

Jo se sentit immensément soulagée quand arriva enfin le moment du départ mais le retour en berline ne fut pas une moindre épreuve. Jamie ne tarissait pas sur son séjour chez les McCrieff et son plaisir évident ajoutait à la peine de Jo, qui se sentait le cœur de plus en plus lourd. Elle détestait sa jalousie mais ne parvenait pas à la contrôler. Un désagrément de plus à endurer !

Jamie s'endormit enfin comme ils traversaient le village de Lochmore, sa petite tête glissant sur l'épaule de Jo. Benneit le souleva pour le prendre sur ses genoux, effleurant le bras de Jo par inadvertance. Elle tressaillit mais il se contenta de regarder tomber la nuit par la fenêtre. Jo appuya la tête contre le bord du dossier et ferma les yeux. Jamais elle ne s'était sentie aussi lasse et misérable.

— Fatiguée ? interrogea Benneit dans un murmure.

Elle se força à se redresser.

— Un peu. Ils ont été très gentils.

— Oui.

— Jamie s'est senti chez lui.

— Je le pense. Merci de l'avoir accompagné.

— Merci à vous de m'avoir invitée. C'était très agréable, mentit-elle.

Cette fois, il demeura silencieux.

Il faisait nuit noire lorsqu'ils arrivèrent au château. Angus et Ewan vinrent les accueillir mais Benneit se chargea de Jamie, qu'il porta à l'étage. Jo savait qu'on n'avait pas besoin d'elle et que lui emboîter le pas n'était rien d'autre qu'une forme de masochisme, mais elle ne put s'en empêcher. Benneit n'envoya pas chercher Moody. Après avoir sorti une chemise de nuit de l'armoire, il déshabilla Jamie lui-même et la lui enfila, pendant que Jo pliait les vêtements de l'enfant sur une chaise. Elle se hâta ensuite de quitter la pièce avant de céder à la tentation.

Elle atteignait sa porte, quand elle l'entendit surgir derrière elle. Sa voix basse et rauque fit courir un frisson sur sa peau.

— Viendrez-vous avec moi, Jo ?

La main de Jo se crispa sur la poignée de la porte.

— Non, Benneit.

— Vous êtes fatiguée…

— C'est vrai, mais ce n'est pas la raison. Je ne peux pas faire cela. Peut-être, si je ne l'avais jamais rencontrée… Si je ne la connaissais pas… Mais là, non, je ne peux pas.

Il appuya une main sur le mur. Jo ne le regardait pas, mais elle sentait la tension qui l'habitait, si intense qu'elle en était presque palpable. Il ne parlait pas mais sa seule présence la troublait, lui ôtant tous ses moyens. De sa main brûlante, elle tourna la poignée et poussa la porte mais n'alla pas plus loin, incapable de bouger.

— Jo…, pria-t-il d'une voix ardente et sombre.

Il tendit la main vers elle, brisant par ce geste le sortilège qui la maintenait captive. Elle s'engouffra dans sa chambre, refermant la porte sur elle avant d'avoir eu le temps de se trahir.

Elle resta là, respirant à peine et les paumes pressées contre le panneau de bois, pendant ce qui lui parut une éternité. Jusqu'au moment où elle entendit enfin grincer le parquet du couloir sous ses pas…

Chapitre 27

Le pire des enfers est une version dévoyée du paradis, se dit Jo, tout en suivant Jamie sur le sentier de la falaise. Jamais ce dicton ne lui avait semblé aussi vrai.

Une semaine s'était écoulée depuis leur retour de chez les McCrieff. Extérieurement, ces journées ne semblaient pas différentes de celles qui avaient précédé le bal. Jamie et elle lisaient et exploraient la grève. Ils se rendaient plus souvent au village, et deux fois ils avaient accompagné Angus et Benneit à la Maison, où séjournaient Mr Warren et Mr Carruthers, les ingénieurs chargés d'évaluer les possibilités du port de Lochmore.

Jamie écoutait avec ravissement les récits des deux hommes, qui le traitaient avec gentillesse, lui confiant de petites tâches qu'il exécutait avec enthousiasme. Jo s'en réjouissait pour lui, heureuse de voir la fierté qui brillait dans les yeux de Benneit tandis qu'il regardait son fils, mais aussi, hélas, profondément malheureuse…

Elle ne pouvait s'empêcher de se tourner vers lui chaque fois que Jamie rayonnait de joie devant le succès de son travail ou écoutait avec un intérêt passionné les explications des ingénieurs, son petit front plissé par la concentration. C'était aussi instinctif chez elle que l'accélération de son pouls quand Benneit venait les rejoindre inopinément sur la plage ou dans la nursery, ou quand il leur envoyait un message de la Maison, les invitant à se joindre à lui pour déjeuner avec les ingénieurs.

Mais elle payait cher ces moments. Benneit ne lui avait plus jamais demandé de le rejoindre, mais il la torturait d'une autre façon. Elle ne savait pas si c'était intentionnel, mais indéniablement, c'était efficace. Il ne s'adressait à elle que lorsque c'était indispensable, mais quand il les rejoignait sur la grève, il lui prenait parfois le bras pour l'aider à escalader l'éboulis ou glissait le sien autour de sa taille pour la tirer en arrière quand la marée montait.

Il se montrait toujours courtois avec elle et il arrivait à Jo de penser qu'il avait accepté son refus de bonne grâce, même si son amour-propre en était un peu blessé. Mais parfois aussi, quand il la tenait par le bras, elle sentait en lui une tension palpable. Jamais il ne la regardait à ces moments-là. Il marchait les yeux fixés droit devant lui, la bouche serrée. Mais quand elle s'éloignait, elle sentait son regard acéré dans son dos et cela ressemblait presque à de la haine.

Chaque fois qu'il la touchait, elle était stupéfiée par la vitesse à laquelle son propre corps réagissait à ce contact, implorant davantage. Une onde de feu se répandait en elle, aussi désespérée qu'intense, et elle se sentait réduite à néant quand Benneit se détournait, le visage aussi impassible qu'un masque.

Pour regagner le château, il n'empruntait jamais le souterrain avec Jamie et elle, préférant longer la plage avant d'emprunter le chemin montant aux écuries. Elle suivait des yeux sa silhouette solitaire tandis qu'il s'éloignait sur le sable, la tête baissée, les mains enfoncées dans les poches de sa veste comme s'il avait froid en dépit de la chaleur quasi estivale.

Une fois, elle se retourna alors qu'il les observait encore et bien qu'elle ne puisse voir son expression, ayant le soleil dans les yeux, elle en eut le souffle littéralement coupé. Était-ce son imagination ? Oui, sans doute. Elle n'avait pas pu voir ce chagrin dans ses yeux, ce trouble indicible et cette terrible lassitude de devoir garder tout cela pour lui. Elle n'avait pas pu voir s'exprimer dans cette silhouette sombre et immobile sur le sable un reflet de sa propre souffrance. C'était un pur fantasme. Pourtant, elle était presque sur le point de revenir vers lui, quand Jamie la héla avec impatience, la rappelant ainsi à la réalité.

Au lieu de s'apaiser, cette tension empirait au fil des jours…

Il y avait exactement un mois, jour pour jour, qu'elle était arrivée à Lochmore, quand Jo accompagna Angus et Jamie à la Maison pour dire au revoir aux ingénieurs. Les deux hommes partaient pour Glasgow, où ils séjourneraient une quinzaine afin d'y effectuer d'indispensables achats. Benneit était déjà sur place et lorsqu'ils pénétrèrent dans les jardins, Jamie s'élança à la recherche de son père.

Angus se tourna vers Jo, qui s'arrêta et sourit au géant.

— Continuez sans moi, Angus. Je vais rester un peu au jardin. C'est si paisible, ici.

— Vous en avez besoin, *lass*. J'enverrai Jamie vous chercher quand le déjeuner sera servi.

Jo hocha la tête. La gentillesse d'Angus lui fit monter les larmes aux yeux, même si elle se sentait incapable de répondre. Elle n'était pas étonnée que le géant lise en elle, Angus ne manquant pas de perspicacité. Il ne la jugeait pas, de toute évidence, il était seulement triste pour elle et cette compassion faillit réduire en miettes ses minces défenses. Elle s'assit sur le banc de bois sous la tonnelle recouverte de vigne vierge, là où s'épanouissait un cytise dans sa glorieuse floraison, ses fleurs jaunes aussi lumineuses que le soleil.

Soudain, elle reconnut le pas de Benneit, qui remontait le sentier depuis la Maison. Elle se leva, regrettant de ne pouvoir se fondre dans l'ombre de la tonnelle et disparaître. Elle était trop près de l'effondrement, il ne fallait pas qu'elle se retrouve seule avec lui. Elle voulut écarter les rameaux de vigne pour gagner le petit sentier qui conduisait vers la demeure, mais les branches se prirent dans son chapeau.

— Et zut !

Étouffant un autre juron, elle tenta de se dégager, mais il

était déjà trop tard. De grandes mains chaudes s'emparèrent des siennes, l'obligeant à se retourner.

Le visage aussi inexpressif que de coutume et les yeux mi-clos, Benneit entreprit de libérer les rubans de la capeline, encore entortillés aux ramilles vertes. Il se tenait si près d'elle qu'il aurait suffi à Jo de se pencher un peu pour que sa tête repose sur sa poitrine. Un instant, son bras frôla le sien, tandis qu'il s'activait sur un nœud coriace. Elle voyait danser sur sa veste des taches de lumière pendant que le vent taquinait les fleurs dorées au-dessus d'eux. Le jardin était en pleine floraison, un enchevêtrement de verdure et de fleurs, où la fraîche senteur du jasmin se mêlait au parfum plus riche du chèvrefeuille. Mais Jo, en cet instant, ne percevait que son odeur à lui – cette chaude fragrance de musc mêlée aux effluves de terre et d'air marin.

Elle se tenait aussi immobile qu'une statue, brûlant d'envie de le toucher, d'ouvrir sa chemise pour laisser ses mains voyager sous l'étoffe, épousant les lignes de son torse puissant. Les rubans flottèrent enfin, libérés de la dernière branche. Benneit laissa retomber ses mains mais ne s'écarta pas. Elle voyait ses côtes se soulever et retomber au rythme accéléré de sa respiration et une ombre l'enveloppa tandis qu'il inclinait la tête vers elle. Jo se sentit défaillir, son propre souffle sembla mourir dans sa poitrine.

Dieu sait ce qui serait arrivé si Jamie n'avait soudain débouché du sentier, ses chaussures crissant sur le gravier.

Lorsqu'ils eurent rejoint tous trois les ingénieurs dans la salle à manger et qu'elle osa regarder de nouveau Benneit, il lui parut aussi calme qu'à l'ordinaire. Un hôte courtois, attentif et enjoué. Aucun signe qu'il se soit passé autre chose que de l'avoir aidée à dégager son chapeau. Pourtant, il s'assit près d'elle à la petite table ronde, sa cuisse si près de la sienne qu'elle sentait sa chaleur – onde contagieuse qui gagna le delta de ses cuisses, s'élevant vers ses seins telle une perfide marée rebelle à tous ses efforts pour l'arrêter.

Lorsqu'ils se levèrent de table, le genou de Benneit frôla le sien. Elle ne put s'empêcher de lui couler un regard et il ne masqua pas assez vite son expression. C'était là, visible – dans la tension de sa bouche, de ses pommettes saillantes, dans son regard presque farouche, qu'il détourna promptement.

Il installa Jamie sur son poney pour le trajet de retour, tandis qu'Angus aidait Jo à se hisser en selle. De nouveau, elle osa regarder Benneit, et ce qu'elle surprit sur son visage, juste avant qu'il ne se détourne, ce ne fut pas de la colère ni du ressentiment, mais un trouble et une lassitude si profonds que ses dernières résistances envers lui abdiquèrent sur-le-champ.

Après tout, serait-ce si mal de lui donner du réconfort et d'en puiser elle-même ? Il restait si peu de temps ! Les scrupules, l'honneur et le respect de soi-même, était-ce donc si important ?

Jamie glissa sa petite main dans celle de son père.

— Vous avez promis de venir avec nous dans la baie nord quand la marée sera basse. Il y aura beaucoup de nouveaux trésors après la tempête d'hier soir.

Benneit sourit, refermant sa main sur celle de l'enfant.

— Ah bon, j'ai promis ?

— Vous le savez bien, papa ! Et les Lochmore tiennent toujours leurs promesses, n'est-ce pas ?

Benneit hocha la tête et son sourire disparut.

— Oui, mon fils. Je viendrai. Il faut d'abord quc je parle à Mr Warren. Ramène les chevaux à l'écurie et retrouve-moi en haut du sentier de la falaise.

Ravi, Jamie éperonna son poney, qui prit gaiement la route du retour.

Jamie escalada les larges roches et se tint debout au sommet, la main en visière, tel un capitaine de navire qui aperçoit la terre. Benneit resta un instant près de lui, les mains sur les hanches, le regard perdu vers l'horizon des vagues. Jo aurait sans doute dû le laisser seul avec son fils, mais à présent que sa résolution faiblissait, elle n'espérait plus qu'une chose : trouver l'occasion de lui faire savoir qu'elle avait changé d'avis. S'il était encore intéressé…

Jamie la héla, ramenant son attention vers lui.

— Vous voyez, Jo ? C'est la grotte où je suis venu avec Angus avant notre voyage à Londres et on y a vu une bûche très longue et très grosse amenée par la marée. Je pense qu'elle venait tout droit de l'Amazonie. Peut-être qu'elle s'y trouve encore.

Benneit se tourna vers son fils mais Jamie s'était déjà élancé en courant vers la grotte. Jo examina Benneit, qui lui parut distrait, le teint très pâle malgré son hâle.

Oubliant sa propre souffrance, elle lui effleura la manche.

— Benneit ?

D'abord il ne parut pas l'entendre. Puis il sembla se reprendre et la prit par la main, l'entraînant sur les traces du petit garçon.

— Jamie, reviens ! cria-t-il à l'adresse de son fils.

Le petit s'arrêta à l'entrée de la grotte.

— Je veux voir si la bûche est toujours là, papa.

— Non. Reviens tout de suite !

— Je vais juste jeter un coup d'œil.

— J'ai dit non !

— Mais papa…

— *Jamie !* Reviens immédiatement ou tu vas passer le reste de la journée dans la nursery.

— Benneit…, hasarda Jo.

La main de Benneit se resserra sur la sienne.

— Ne vous mêlez pas de ça.

Jamie ne bougeait pas, le regard droit dans celui de son père et l'air aussi résolu que lui. En cet instant, leur ressemblance sautait aux yeux. Sur le visage de l'enfant, on ne voyait plus trace de la beauté suave de Bella. Aussi inflexibles l'un que l'autre, le père et le fils se défiaient du regard.

— Jamie !

Benneit n'avait pas élevé la voix, mais elle exprimait une telle menace que Jo ne fut pas surprise quand le petit tourna le dos pour pénétrer dans la grotte. Benneit lui lâcha la main et s'élança après lui. En quelques secondes, il rejoignit le rebelle, qu'il souleva de terre en un tour de main. Jamie se débattait dans ses bras, agitant ses petits poings en un vain combat. Benneit le chargea sur son épaule en lui maintenant les jambes et reprit le chemin du château, sans se soucier des cris et des gesticulations de son fils, dont la crise battait son plein.

Lorsqu'ils atteignirent la nursery, Benneit reposa Jamie à terre avec précaution. Le premier geste de ce dernier fut de donner un coup de pied, qui atteignit son père au tibia. Après quoi, il courut se réfugier dans un coin, entre deux étagères.

— Au diable, espèce de garnement ! Tu passeras ici le reste de la journée, James Hamish Lochmore !

— Je vous déteste ! lança Jamie en guise de réponse, avant de se jeter sur son lit.

Benneit pivota sur ses talons et, apercevant Jo, il la poussa hors de la pièce.

— Vous n'irez pas le voir aujourd'hui. Je ne le laisserai pas me désobéir ainsi.

— Je ne pense pas que…

— Pour une fois, arrêtez de penser et faites ce qu'on vous dit ! C'est mon fils et je vous le répète aussi clairement que possible, afin quc même vous ne puissiez vous méprendre – vous ne mettrez *pas* les pieds à la nursery de la journée. Tenez-vous à l'écart, bon sang !

Il enfila le couloir sur ces mots, visiblement en proie à la fureur et à un autre sentiment qu'elle ne parvenait pas à comprendre. Jetant un coup d'œil vers la porte close de la nursery, elle fut tentée un instant de passer outre à l'interdiction, par défi. Mais en fin de compte, elle regagna sa chambre. Il avait tort, à son avis, mais ce n'était pas à elle de juger. Peut-être, si elle avait été la mère de Jamie…

Elle referma sa porte, le cœur déchiré. Elle ne s'attendait certes pas, en venant ici, à tomber amoureuse de Benneit et à s'attacher autant à son fils !

Comment survivrait-elle à son départ ?

Elle entendit une toux dans le couloir, mais n'y prêta pas tout de suite attention. Ce fut le deuxième toussotement, visiblement délibéré, qui la tira de ses sombres méditations.

Elle ouvrit la porte et un filet de lumière éclaira le couloir plongé dans l'obscurité. Tout au bout, une petite silhouette recroquevillée contre le mur attira son regard.

— Jamie ! Qu'est-ce que tu fais là ?

Il haussa une épaule sans répondre.

— Tu ne veux pas entrer ? Il fait froid dans ce couloir.

Le garçonnet secoua la tête.

Jo soupira, réfléchissant à la conduite à tenir. Retournant dans sa chambre, elle prit un châle épais dans un fauteuil et alla le draper sur les minces épaules de Jamie.

— Il y a un bon feu dans mon boudoir et j'allais demander qu'on m'apporte un chocolat. Si tu veux te joindre à moi, tu peux.

Elle regagna sa chambre, agita le cordon et attendit.

— Il y a un paquet à votre porte, Mrs Langdale, lui dit Beth en entrant, la bouche pincée.

— Je sais, Beth. Puis-je vous demander de me monter deux tasses de chocolat bien chaud… Et peut-être quelques biscuits ?

Un sourire éclaira le visage de Beth, qui acquiesça d'un hochement de tête.

Elle souriait encore lorsqu'elle reparut quelques instants plus tard avec un plateau chargé.

— Le paquet est encore là. Aussi obstiné que son père ! Voici, Mrs Langdale. Le chocolat va peut-être le décider.

Cinq longues minutes plus tard, la porte du boudoir s'entrouvrit, et il s'écoula une autre minute avant qu'elle ne s'ouvre tout à fait. Un garçon têtu, en effet !

Sans un mot, il rejoignit Jo à la table, accepta une tasse et la but en silence, avec la mine d'un condamné qui s'apprête à regagner sa cellule. Mais le chocolat n'en fut pas moins avalé, ainsi que les biscuits.

— Je devrais retourner à la nursery maintenant, déclara-t-il enfin.

— Ce serait sans doute le plus sage.

— Je n'ai rien fait de mal. Je voulais seulement regarder si la bûche était encore là.

— Je sais. Peut-être que ton père avait peur pour toi. Surtout après ma stupide chute dans l'eau l'autre jour…

Jamie leva enfin les yeux vers elle.

— Oui, *ça*, c'était idiot ! Je n'irais jamais là-bas quand la marée monte. Mais là elle ne montait pas.

— Tu sais, les pères s'inquiètent parfois plus qu'ils ne devraient. C'est difficile de savoir doser exactement son inquiétude.

Jamie secoua la tête.

— Il n'était pas inquiet, il était en colère.

— De l'extérieur, les deux se ressemblent, Jamie. Il était très en colère contre moi aussi quand j'ai mis ma vie en danger.

Jamie haussa les épaules et elle ne fut pas certaine de l'avoir convaincu. Mais pour le moment, elle n'avait pas d'autre argument.

— Viens, je vais te raccompagner.

Lorsqu'ils furent parvenus sur le seuil de la nursery, elle s'arrêta et sourit.

— Ton père m'a interdit d'entrer.

— Ah bon ?

Jamie se détendit et un sourire affleura même à ses lèvres tandis qu'il se glissait à l'intérieur, refermant la porte derrière lui.

À son retour, Beth attendait Jo dans sa chambre, une expression bizarre sur le visage. *Est-ce qu'elle trouve elle aussi que j'outrepasse mon rôle avec Jamie ?* Mais la soubrette lui sourit et Jo chassa cette pensée.

— Malcolm McCrieff et son épouse sont en bas, Mrs Langdale. Ils se sont arrêtés ici en se rendant à Kilmarchie. Sans doute qu'ils se croient déjà chez eux, ajouta Beth d'un ton légèrement acide. Milord vous prie de les rejoindre.

Jo écarquilla les yeux. Ah non, il y avait des limites ! Aller s'asseoir docilement au salon après l'accès de colère de Benneit pendant qu'il papoterait avec son futur beau-frère était plus qu'elle n'en pouvait supporter.

— J'ai la migraine, Beth, répondit-elle avec dignité.

— Je vais le dire à Angus. Milord ne va pas être content. Il est de mauvaise humeur et ce sera un miracle s'il ne mord pas quelqu'un avant ce soir, pronostiqua Beth, adoucissant d'un soupir l'irrévérence de sa remarque.

Jo attendit que la porte se referme, incertaine d'en être quitte. Benneit n'allait-il pas faire irruption dans la pièce comme le soir du bal pour exiger sa présence en bas ? Dans l'humeur où il était, il en était bien capable. Et elle se sentait assez sotte pour éclater en larmes !

Jo se leva. Non, elle n'allait pas rester ici à attendre que la menace se concrétise. S'il ne la trouvait pas, il rengainerait ses remontrances et elle n'aurait pas l'occasion de se ridiculiser. Il existait un endroit où elle était certaine que personne ne viendrait la chercher. Pendant une heure ou deux, elle aurait au moins l'assurance d'être seule.

Un chandelier allumé à la main, elle quitta la pièce.

Chapitre 28

Enfin !

Benneit avait bien cru qu'ils ne partiraient jamais. Malcolm McCrieff deviendrait un jour exactement comme son père. Quand il abordait un sujet, il ne pouvait plus s'arrêter ! C'était un supplice pire que de devoir endurer les discours des orateurs les plus ennuyeux à la Chambre des lords. Comment les femmes McCrieff pouvaient-elles supporter aussi placidement ces éternelles palabres ? Cela l'aurait rendu fou. Tessa McCrieff était peut-être charmante et douce, le type même de l'épouse parfaite pour un duc de Lochmore, mais chaque pas qui le rapprochait de l'échéance fatidique soulevait en lui une résistance quasi viscérale.

Non, il ne pouvait pas !

Il se réjouissait que Jo ne les ait pas rejoints, en fin de compte. Cela avait été pure inconscience de sa part de l'envoyer chercher après l'accès de colère qui avait couronné cette affreuse semaine, la pire de son existence. C'était seulement que…

Eh bien, il avait besoin d'elle, voilà. De ce qu'il pouvait avoir d'elle. Même silencieuse, désapprobatrice, distante, il voulait être avec elle. Quel que soit le temps qu'il leur restait, il voulait rester près d'elle, même si cela devait le détruire intérieurement. Ce n'était pas la faute de Jo et pourtant, c'était bien elle la responsable, elle qui déclenchait en lui ce désir irrépressible d'être avec elle, de la toucher. Ce matin, dans le jardin, il avait été bien près de perdre son self-control. Il s'était tenu si près d'elle qu'il pouvait distinguer les légères taches de rousseur sur son nez, la courbe duveteuse de ses joues, les cheveux d'un blond presque transparent sur ses tempes, qui palpitaient au rythme de son pouls. Il avait tellement eu envie d'elle que tout son corps s'était transformé en fournaise. Sans l'arrivée de Jamie, il aurait craqué sur-le-champ, tombant à genoux devant elle pour mendier les miettes de tendresse qu'elle aurait bien voulu lui accorder.

Benneit leva son verre de whisky, puis le reposa sans avoir bu. Peut-être devrait-il aller passer la nuit à la Maison – s'éloigner d'eux tous et surtout de la tentation de se rendre dans la chambre de Jo pour se glisser dans son lit et la serrer contre lui, si douce, si chaude, la faire frissonner et trembler, ainsi qu'elle l'avait fait juste avant de s'abandonner à l'extase. Laisser cheminer ses doigts sur les courbes charmantes de son corps. La savourer centimètre après centimètre jusqu'à ce qu'elle crie son nom, non pour l'arrêter, mais parce qu'elle brûlerait de désir pour lui. Il voulait être en elle quand elle atteindrait l'orgasme. Si profondément en elle que son plaisir deviendrait le sien…

Il ferma les yeux sur cette image. Penser à elle suffisait à le roidir comme une barre de fer.

Au diable la tentatrice !

Du moins devait-il lui présenter ses excuses pour sa conduite de cet après-midi. Ensuite, il retournerait dans sa chambre pour y passer une nouvelle nuit d'insomnie, comme chaque nuit de la semaine écoulée.

Mais d'abord, il devait la voir.

Parvenu devant la porte de Jo, il hésita, puis frappa avant d'avoir le temps de changer d'avis.

— Jo ?

Seul le silence lui répondit.

Prenant une profonde inspiration, il ouvrit la porte. Le feu brûlait encore mais la chambre était vide, ainsi que le boudoir. Sur la table, il remarqua le plateau, les deux tasses vides, les miettes sur l'assiette, et son ardeur se mua en colère.

Il enfila le couloir jusqu'à la nursery. Jamie dormait,

enfoui sous les couvertures, une virgule de chocolat au coin de la bouche.

Benneit s'assit avec précaution sur le lit et toucha doucement le petit dormeur. Les paupières de Jamie papillotèrent un instant avant de s'ouvrir.

— Je suis désolé, papa.

Benneit sentit ses yeux picoter.

— Non, c'est moi qui suis désolé, Jamie. Je me suis montré trop sévère. Mais je t'aime, tu le sais.

Jamie acquiesça, cherchant la main de son père, et lorsqu'il s'en fut emparé, il referma les yeux.

— Jo est venue ici ? s'enquit Benneit, tout en se détestant pour cette question.

Jamie secoua la tête et bâilla.

— C'est moi qui suis allé chez elle. On a pris du chocolat. Ensuite, elle m'a renvoyé.

Et rouvrant les yeux :

— Elle ne vous a pas désobéi, papa.

— Ne t'en fais pas, Jamie, tout va bien. Sais-tu où elle est à présent ?

Un autre bâillement.

— Elle est partie en exploration. J'ai voulu retourner chez elle pour lui rendre cette espèce de châle et je l'ai vue descendre par l'escalier interdit avec une bougie. J'ai voulu la suivre mais je me suis rappelé que je devais rester à la nursery, alors je suis revenu ici. Ne vous en faites pas pour elle, elle est courageuse.

Benneit se tut un instant, le cœur battant à se rompre – mais pour des raisons qui n'avaient rien à voir avec la désobéissance de son fils. Si elle avait choisi d'enfreindre son interdiction, pourtant on ne peut plus claire, de pénétrer seule dans le souterrain, sans rien d'autre qu'une bougie qui risquait de s'éteindre au premier souffle d'air marin traversant les murs, ce qui risquait de lui arriver ne pouvait être que sa faute à elle, elle seule.

« Elle est courageuse. »

Benneit se précipita dans sa chambre, prit une lanterne,

dont il alluma la chandelle, puis glissa un briquet dans sa poche, sans cesser de jurer entre ses dents. S'il avait eu le moindre grain de bon sens, il aurait envoyé Angus à la recherche de Jo. Ou bien il se serait contenté d'attendre. Elle finirait bien par revenir. Ces souterrains n'avaient rien pour attirer qui que ce soit, pas même elle.

Elle est courageuse. Et curieuse. Et très en colère contre toi, souffla en lui une voix contrariante.

Trente ans avaient eu beau s'écouler, il comprit tout de suite en commençant à descendre ces maudites marches que les années n'avaient pas émoussé son angoisse. Il haïssait cet escalier étroit et étouffant qui s'enfonçait dans l'obscurité en tournant sur lui-même. C'était comme d'être avalé peu à peu par un monstre. Le monde disparaissait, réduit au reflet rougeâtre de la chandelle sur les murs de pierre humides.

Quand il aurait mis la main sur elle, il… eh bien, il lui ferait quelque chose !

S'il la retrouvait.

S'il échappait lui-même à cet enfer.

« Elle est courageuse. »

La tranquille confiance de Jamie, la façon béate dont il s'était rendormi, le taraudaient autant que cette peur viscérale en lui.

Ce sont des marches d'escalier. Rien d'autre que des marches. Il savait où elles commençaient et où elles aboutissaient. Il les avait descendues et remontées des douzaines, des centaines de fois avant cet horrible jour et la nuit qui avait suivi. Il allait bientôt en voir le bout. Elles ne pouvaient pas continuer à descendre éternellement, même si son corps se crispait, convaincu qu'il n'échapperait jamais à sa prison de pierre.

Il s'appuya d'une main contre le mur froid et mouillé. Son pouls cognait dans sa paume, tel un marteau essayant en vain de briser le mur d'un cachot. Une marche de plus. Une autre encore. Il les comptait, au bord de la panique.

C'était ridicule, pathétique, indigne d'un père, d'un duc. Voilà qu'il ne pouvait même pas descendre un escalier sans que son sang batte dans ses oreilles comme s'il venait de courir pendant des miles ! Même s'il venait à bout de cette épreuve, comment trouverait-il la force de s'enfoncer dans ces boyaux obscurs pour la retrouver ?

Le diable emporte cette femme ! Le diable l'emporte, le diable l'…

La porte, enfin. *Merci, Seigneur !*

Il franchit l'ouverture en trébuchant, faisant osciller sa lanterne, mais à peine le soulagement l'eut-il envahi qu'il sentit de nouveau tout son corps frémir. Même après presque trente ans, il reconnaissait tout. Non pas qu'il y ait beaucoup à reconnaître – bien qu'assez large, le tunnel s'enfonçait dans le noir, ce qui le faisait paraître encore plus long qu'il n'était. Il ne pouvait même pas distinguer l'entrée du passage qui rejoignait la Porte de la Mer, qu'on avait dû fermer à clé pour la nuit. Jo n'avait pas pu sortir par là.

Benneit essaya de concentrer son attention sur le souterrain lui-même – un simple couloir, se dit-il, pareil à tous ceux du château. Plus sombre et plus humide, certes, mais juste un couloir. Les yeux baissés, il écouta. Aucun bruit.

Elle a dû déjà repartir. Fais demi-tour. Remonter sera plus facile. Dans quelques instants, tu seras de retour dans ta chambre, en sécurité et au chaud.

Oui, mais si elle est encore là-dedans ? Si elle s'est engagée dans un autre des tunnels menant aux caves et si elle s'est perdue ? Si… elle est tombée ?

Tout en bas, se trouvait la crypte. Les marches en étaient étroites et inégales, il ne le savait que trop. Peut-être se trouvait-elle au pied des degrés comme lui autrefois, inconsciente… seule… épouvantée… dans le noir.

Il avançait, la gorge serrée. Pendant combien de temps s'enfonça-t-il ainsi dans son enfer personnel ? Il n'en avait pas la moindre idée. Trente ans plus tôt, l'endroit lui avait semblé profond comme une caverne, empli d'échos. Mais à présent, le boyau lui semblait seulement étroit et resserré, comme si les parois se rapprochaient l'une de l'autre à chacun de ses pas, pour finalement l'écraser.

Pourtant il devait la retrouver.

Une étincelle de raison se ranima enfin en lui et il s'arrêta. Dans le silence, les sons devaient porter très loin, même entre ces murs épais. Pourquoi ne l'appelait-il pas ? C'était stupide, il aurait dû le faire dès le début.

— Jo !

Le nom résonna entre les parois, renvoyé plusieurs fois par l'écho, comme pour le narguer.

Puis il perçut la réponse, enfin :

— Benneit ? Benneit ! Par ici !

Il s'élança, manquant de lâcher la lanterne dans sa hâte.

— Jo ? cria-t-il d'une voix rauque. Parlez encore, que je vous situe !

— Benneit ! répéta-t-elle d'une voix tremblante. C'est idiot, je suis allée voir les statues dans la crypte, j'ai trébuché sur des pierres tombées du vieux mur, ma bougie s'est éteinte, si bien que je n'ai pas pu retrouver la sortie et… Oh ! je vois votre lumière. Par ici ! Je commençais à croire que j'allais devoir passer la nuit ici avant qu'on ne remarque mon absence et il fait si froid… Je n'arrêtais pas d'entendre des bruits et je savais que c'était mon imagination mais c'était tout de même terrifiant. Vous allez être furieux contre moi et c'était vraiment stupide de ma part, je le reconnais.

La lumière pénétra dans la crypte. Avec un petit cri, Jo s'élança vers lui et s'arrêta au pied de l'escalier, les mains croisées sur la poitrine, pareille aux gisants sculptés sur les tombes dans les niches creusées tout au long des murs. Benneit jeta un regard par-dessus l'épaule de la jeune femme et retrouva les images qui l'avaient jadis terrifié – les effigies de ses ancêtres, le couvercle brisé de la tombe vide, la lueur de la broche aux armes du clan posée sur l'autre sépulture, occupée celle-ci.

Détournant les yeux, il vit Jo s'avancer vers lui.

— Je suis désolée, Benneit. S'il vous plaît, ne vous mettez pas en colère, du moins pas avant que nous ne soyons de nouveau en haut devant un bon feu. Je suis gelée.

Benneit posa avec précaution la lanterne sur le sol et

ôta sa veste, qu'il plaça sur les épaules de Jo. Elle leva les mains pour resserrer les pans autour d'elle et leurs doigts se frôlèrent. Ceux de la jeune femme étaient glacés et les siens tremblaient, humides de sueur.

Il s'adossa contre le montant de pierre.

— Benneit ?

Il voulut ramasser la lampe, mais elle lui parut soudain très loin. Au prix d'un effort surhumain, il réussit à saisir la poignée. À quel moment Jo comprit-elle ce qui se passait en lui ? Elle avança la main pour l'aider.

— Donnez-la-moi, je vais la porter, déclara-t-elle d'une voix raffermie, où ne vibrait plus aucune trace de panique.

Il ferma les yeux, profondément humilié mais encore incapable de décoller son dos du mur, dont il sentait le contact râpeux et froid à travers sa chemise.

De son autre main, Jo saisit la sienne et il se força à concentrer son attention sur elle. Une main petite et fine, avec une écorchure près du poignet… Il aurait tant voulu la porter à ses lèvres et respirer son parfum… Mais déjà Jo l'entraînait dans l'escalier, gravissant avec lui ces marches qui lui avaient paru si hautes trente ans plus tôt, quand il avait eu l'impression de descendre vers les tréfonds de la terre…

Parvenu sur le dernier degré, il se retourna, le regard une fois de plus happé par les gisants de ses ancêtres. Cette image ne ressemblait pas à celle qui s'était gravée dans son cerveau d'enfant juste avant que sa chandelle ne tombe sur le sol, toutes ces années plus tôt. Il se rappela ce visage de pierre aux traits animés par le jeu d'ombre et de lumière, avec la broche étincelant au milieu comme l'œil d'un cyclope ou d'une bête maléfique surgie de l'enfer. Ce tableau s'était gravé au fer rouge dans son esprit, juste avant la nuit totale et soudaine qui avait suivi la chute de la chandelle. Et cette obscurité ne s'était jamais dissipée.

— Avez-vous du whisky ici ?

La question de Jo le ramena au présent. Surpris, il s'aperçut qu'ils se trouvaient déjà dans le petit salon attenant à sa chambre. La bougie allumée sur le manteau de la cheminée n'était consumée qu'à moitié. L'affreuse épreuve n'avait pas duré l'éternité mais juste quelques moments. Comment était-ce possible ?

Jo lui saisit les deux mains et le scruta dans les yeux, visiblement inquiète.

— Benneit ? Y a-t-il du whisky ici ou dois-je aller en chercher ?

Il resserra les doigts autour des siens.

Ne me laissez pas. Pas encore…

— Dans ce placard, croassa-t-il enfin.

— Allez vous asseoir près du feu, intima-t-elle en lui retirant ses mains.

Il la lâcha à contrecœur et alla s'installer dans le fauteuil disposé près de l'âtre. La chaleur, le siège familier, la pièce confortable et surtout la présence de Jo commençaient à opérer leur effet lénifiant et l'épouvante se dissipait en lui, laissant place à une humiliation accrue.

Il se passa les mains sur le visage, redoutant la suite.

— Tenez !

Elle lui tendit un verre et tira un fauteuil près du sien.

— Buvez, insista-t-elle.

La brûlure bienvenue du whisky acheva de rendre Benneit à lui-même. Il but en silence et attendit.

— J'aurais dû comprendre, commença Jo. Près de la grotte aujourd'hui et même dans la berline, pendant notre voyage vers le nord, quand vous m'avez interdit de tirer le rideau. J'avais trouvé cela bizarre, même alors, mais j'étais trop préoccupée… Je regrette de m'être montrée aussi aveugle, Benneit.

Il ne répondit pas, les mains serrées sur son verre. *Laissez-moi tranquille avec ça, au nom du ciel !*

— Il est arrivé quelque chose ou cela a-t-il toujours été ainsi ?

Je ne veux pas en parler, protesta-t-il en lui-même. *Laissez tomber !*

Il finit pourtant par trouver les mots.

— La même chose qu'à vous. J'explorais la crypte et

ma chandelle s'est éteinte. J'avais quatre ou cinq ans, je ne sais plus.

Elle émit un léger sifflement.

— L'âge de Jamie. Vous êtes resté là longtemps ?

Une éternité.

Sans doute avait-il dormi une partie du temps, épuisé, et il était probablement encore assoupi quand les serviteurs avaient commencé leurs recherches dans les souterrains. Ce n'étaient que les voix des domestiques criant son nom, mais pour lui, cela avait représenté le summum de sa terreur. Dans son esprit d'enfant, il avait cru que la statue de pierre s'était levée de son sarcophage et s'approchait de lui pour le prendre et le garder à jamais là, dans le noir.

— Une nuit et un jour. Mes parents s'étaient de nouveau disputés et je m'étais enfui. On ne m'a pas recherché tout de suite car mon père a pensé que j'étais à la Maison avec ma mère, pendant qu'elle me croyait au château avec lui. Je voulais aller dans un endroit interdit, exprès pour les mettre en colère, mais je suis tombé dans ce maudit escalier et ma chandelle s'est éteinte. Ils n'ont commencé à me chercher que le lendemain et même alors il leur a fallu plusieurs heures avant de penser à la crypte. Je me souviens que c'était déjà le soir quand ils m'ont trouvé parcc que la première chose que j'ai vue quand on m'a porté dans la nursery, c'était le coucher du soleil.

— Vingt-quatre heures… Oh ! mon Dieu ! Je ne suis restée en bas que quelques instants et j'étais déjà prête à hurler de terreur. Et vous aviez quatre ans ! Oh ! Benneit…

Elle porta la main libre de Benneit à sa joue et la tint pressée là un instant. Il lisait dans ses pensées. Elle était avec ce petit garçon, un autre Jamie, et son cœur se serrait de compassion pour le petit Benneit terrifié qu'il avait été. Il se retrouvait ramené, réduit, à cela – un faible enfant épouvanté.

D'un geste brusque, il dégagea sa main.

— Je vous avais bien dit de ne pas aller là !

— Je sais que c'était stupide, mais…

— Mais vous vouliez me défier. D'abord vous n'êtes

pas descendue accueillir nos invités, puis il a fallu que vous filiez là-bas, précisément *là-bas*. Le seul endroit où je vous avais interdit d'aller !

— Ce n'était pas *nos* invités mais les vôtres, et oui, j'ai voulu vous défier, je l'avoue, mais je n'ai jamais eu l'intention de…

Il reposa brusquement son verre sur la petite table près de son fauteuil et se leva.

— Non, n'est-ce pas ? Vous n'avez jamais l'intention de tout bouleverser, de tout réduire en miettes, mais c'est pourtant ce que vous faites à chaque instant.

— Je comprends à présent pourquoi votre claustrophobie vous rend la vie difficile, Benneit, mais cela ne vous diminue en rien.

Il se détourna avec un juron et se passa les mains dans les cheveux.

— Ne pouvez-vous me laisser au moins une parcelle de fierté ?

— De la fierté ? Il me semble qu'il vous en reste encore beaucoup, peut-être même un peu trop.

— Le diable vous emporte, Jo !

Elle se leva à son tour, les mains nouées devant elle, le regard soucieux. Il aurait voulu apaiser cette inquiétude, mais en même temps, il voulait qu'elle souffre, autant qu'il souffrait lui-même, parce qu'il lui était impossible d'endurer seul ce tourment. En fait, il ne savait pas ce qu'il voulait, il ne savait plus rien. Elle l'avait réduit à cela. À la Grande Liste des choses qu'il ne savait pas.

Excepté… elle, Jo Langdale. Il *savait* qu'il la voulait.

Il se tourna avec un rire amer.

— Peut-être que vous l'avez fait exprès, après tout, fit-il, sans tenter de cacher son ressentiment et son dépit.

Quelle importance désormais ? Il était au-delà de cette préoccupation, au-delà de tout.

— Peut-être que sous cet étalage de compréhension, vous aimez me voir souffrir, me torturer comme vous l'avez fait cette semaine.

— Je ne vous ai pas…

— *Si.* Ne mentez pas. Vous savez à quel point je meurs d'envie de vous toucher, d'être près de vous, quel supplice c'est pour moi de vous voir sourire à Jamie, à Angus, même aux domestiques, de voir vos yeux s'éclairer pour eux alors que vous ne me regardez même pas. Avec moi, vous ne riez plus jamais. Vous vous sentez forte quand vous me réduisez à cela, hein ? Comment puis-je savoir si vous ne prenez pas un plaisir pervers à me regarder agoniser dans ce purgatoire ?

— Ce n'est pas vrai, Benneit. Vous ne pouvez pas croire cela !

— Je ne crois plus grand-chose désormais. Je me suis tellement trompé par le passé. Pourquoi ne me tromperais-je pas sur votre compte ?

Jo sentait son cœur battre si fort qu'elle entendait à peine ce qu'il lui disait. La peur et l'exultation se mêlaient en elle. Elle ne pouvait se tromper sur cette flamme dans les yeux de Benneit. Ce n'était pas seulement de la colère, du dégoût envers elle et envers lui-même, mais le même désir sans fond qui la dévorait.

Elle se moquait bien, désormais, que ce soit mal ou non.

Cela lui avait semblé si naturel qu'il surgisse quand elle avait eu besoin de lui. Mais savoir qu'il était descendu la chercher à ce prix-là… Comment pouvait-il ne pas voir combien il avait été magnifique et à quel point ce sauvetage, où il lui avait fallu vaincre ses angoisses, représentait pour elle le plus précieux cadeau qu'il pouvait lui faire ? C'était une chose de l'avoir tirée de l'eau, mais c'en était une tout autre que d'avoir franchi pour elle les portes de son enfer personnel.

Son héros.

Si elle avait pu lui épargner cette épreuve, elle l'aurait fait, mais puisque c'était impossible, elle se réjouissait de l'avoir partagée avec lui, même s'il la détestait pour cela.

Elle lui tendit les deux mains mais il recula, le visage durci par la colère.

— Ne jouez pas avec moi. Je ne veux pas de vos consolations.

— Je ne veux pas vous consoler, Benneit. Je veux vous faire l'amour. Je suis lasse d'essayer de faire ce qui est juste. Je ne supporte plus d'être ici et de ne pas être à vous. S'il vous plaît…

— *Non.* J'ai peut-être découvert en moi des capacités de self-control que je ne soupçonnais pas, mais elles sont épuisées après cette infernale semaine. Je ne réponds plus de rien. Vous feriez mieux de vous sauver sans attendre. Restez ou partez, mais choisissez vite !

Elle posa les deux mains sur son torse, comme elle avait tant désiré le faire au jardin, enveloppant ses épaules musclées d'une longue caresse.

— Toutes les nuits, je m'imagine en train de faire cela, chuchota-t-elle. Toutes les nuits j'imagine que vous me touchez. J'ai essayé de me dire qu'il suffisait d'avoir vécu cela une fois – votre corps contre le mien. Mais c'est un mensonge. Je vous désire. Pour le temps qu'il nous reste… Oui, c'est cela que je veux.

Les mains de Benneit se refermèrent sur les siennes, les étreignant à leur faire mal.

— Bon sang, Jo, je pourrais jouir rien qu'à vous écouter ! Je vous entends dans mes rêves, je vous sens contre moi. Je me réveille aussi roide qu'une barre de fer, je sens sur moi votre odeur et je redoute le lever du soleil parce que c'est le début d'une nouvelle journée où je devrai faire semblant – semblant de ne pas désirer vous toucher à chaque instant !

Elle se souleva sur la pointe des pieds, effleurant sa joue d'un baiser.

— Et moi, le moindre de vos frôlements involontaires me fait mourir, chuchota-t-elle en déposant un autre baiser, cette fois au coin de ses lèvres, où elle sentit un muscle palpiter sous la peau légèrement râpeuse de barbe.

— Rien n'était *involontaire*. Vous m'avez réduit à me comporter en gamin, qui se frotte contre vous faute de mieux !

Elle se cambra vers lui, les seins écrasés contre son torse, et elle sentit enfin ses bras se refermer autour d'elle, d'abord hésitants, puis se resserrant dans une étreinte farouche. Avec un gémissement rauque, il l'attira contre lui, le visage enfoui dans son cou. Jo sentit son sexe brûlant et dur se presser sur son ventre et frémit d'anticipation.

— Un gamin bien pourvu, se moqua-t-elle.

Un son étrange, entre grognement et rire, fusa de la gorge de Benneit. Il la souleva dans ses bras et la porta vers le lit. Un instant, il la tint là, au-dessus de la couche, son regard d'émeraude fixé sur elle. Puis il l'allongea doucement et s'inclina vers elle pour l'embrasser. Un baiser d'abord léger comme l'aile d'un papillon, une caresse du bout de la langue incitant une réponse semblable, aérienne et joueuse, en contradiction totale avec le désir vibrant, exigeant, qui se déchaînait en elle.

Il ne la rejoignit pas ni ne la dévêtit, se contentant de rester là, les poings appuyés sur le lit, pendant que sa bouche séductrice explorait et caressait la sienne, jusqu'au moment où elle l'attira vers elle, incapable d'attendre plus longtemps.

— Benneit, s'il vous plaît… S'il vous plaît…

— Bientôt. Je veux que vous me désiriez autant que je vous désire. Je veux que vous souffriez la même agonie que vous m'avez infligée.

— Mais je souffre déjà. Venez, je vous en supplie !

— Pas question !

Lentement, il la déshabilla, s'arrêtant deux ou trois fois pour faciliter les fébriles tentatives de Jo de le dévêtir lui-même. Si elle n'avait pas vu cette flamme verte dans ses yeux, la tension qui lui crispait la bouche, elle aurait craint qu'il ne partage pas la violence de sa passion et joue avec elle. Mais elle savait que le contrôle qu'il exerçait sur lui-même en cet instant était proportionné à son désir. Elle le sentait à la chaleur de sa peau, au staccato de son pouls, à sa respiration saccadée.

Lorsqu'ils furent enfin nus tous les deux, il l'enveloppa d'un regard si appréciateur que les derniers doutes de Jo s'envolèrent.

— Vous êtes belle, Jo. Et vous êtes mienne…

Belle ? Elle ne protesta pas. En cet instant, oui, elle se sentait belle. Aussi séduisante que lui. Elle l'attira sur elle, jouissant de la pression de son corps contre le sien. Elle voulait l'absorber, le prendre en elle et ne plus jamais le laisser partir.

— J'aime vous sentir, Benneit. J'aime vous sentir sur moi, contre moi.

Il émit un rire qui s'acheva en gémissement, les jambes entrelacées aux siennes et le ventre pressé contre le sien tandis qu'elle bougeait sous lui, éperdue de désir. De cet instant, elle aimait tout – le plaisir, la douleur, l'anticipation, et tant pis si cela devait la mener à sa perte. C'était un moment parfait, pareil à l'éblouissement d'un coucher de soleil.

— Mon lutin lubrique, vous allez m'achever avant même que nous ayons commencé.

Sans répondre, elle attira son visage vers elle pour l'embrasser de toute son âme, sans réserve. Chaque caresse, chaque toucher la rapprochait du moment vertigineux de l'extase. Son excitation ne faiblit pas, même lorsqu'il la quitta un instant pour extraire un objet d'une boîte et le glisser autour de son membre avant de revenir s'allonger entre ses jambes.

Doucement, lentement, il pénétra en elle, la remplissant complètement, si chaud, si dur et si bien à sa place, là où il devait être. Elle ne voulait pas qu'il bouge car ce serait fini, pensait-elle, mais lorsqu'il commença à aller et venir en elle, elle s'abandonna à la joie de leurs corps enfin réunis, levant les jambes pour l'accueillir aussi profondément que possible. Puis le plaisir se fit insoutenable, avant d'exploser enfin en chaudes vagues de miel, déferlant en elle encore et encore, comme si elles ne devaient jamais cesser.

Elle aurait voulu crier, mais tout ce qu'elle put faire fut de se laisser sombrer tandis que le monde s'abolissait autour d'eux. Tout ce qu'elle percevait encore confusément, c'étaient les mouvements accélérés de Benneit, sa voix rauque, sa respiration haletante.

— Jo… Jo…

Le son se répercuta à travers tout son corps en même tant que les ondes décroissantes du plaisir, tandis que Benneit atteignait le sien dans un ultime spasme, resserrant son étreinte autour d'elle comme s'il ne voulait plus jamais la lâcher.

— Non, ne partez pas encore. Il est à peine plus de minuit. Restez un peu !

Il la ramena vers lui comme elle essayait de se lever, effleurant sa tempe d'un baiser avant d'en presser un autre sur son épaule.

— Je ne devrais pas.

— Pourquoi ? gronda-t-il. Vous regrettez de nouveau ?

Ces paroles un peu brusques contredisaient le message de son corps, dont elle sentait contre elle la puissante érection. Elle secoua la tête. Peut-être regretterait-elle plus tard, quand elle aurait quitté Lochmore. Mais elle ne voulait pas gâcher le temps qu'il leur restait par des remords.

— Non, même si c'est encore difficile pour moi. Peut-être n'aurions-nous pas dû faire cela ici, dans la chambre que vous avez partagée avec Bella.

Il l'attira plus près, la main posée sous ses seins. Elle sentit un agréable picotement sous cette large paume un peu calleuse et tout son corps frémit, réclamant davantage.

— Que cela ne vous pèse pas sur la conscience, car elle n'a jamais couché dans ce lit.

Oubliant le proche avenir, Jo se concentra sur le passé, plus curieuse et intéressée que jalouse.

— Jamais ?

— Elle préférait son propre appartement. Elle détestait le château et avait exigé qu'on rénove l'intérieur. Comme vous avez pu le voir dans la grande salle, je lui ai donné carte blanche pour presque toutes les pièces, sauf pour ma chambre, le bureau et la crypte. Sa fascination romantique pour le pittoresque écossais n'a pas duré longtemps, une fois confrontée à la réalité. Quand mon père lui a raconté le mystère de la tombe pillée dans la crypte, elle a voulu faire de cet endroit une attraction pour les visiteurs, mais cette fois j'ai mis le holà.

— La tombe pillée, c'est celle avec le couvercle cassé ?

— Oui, il n'y a plus personne dedans et la broche a disparu. Le vol a eu lieu il y a plusieurs siècles, durant une guerre avec les McCrieff, personne ne sait exactement dans quelles conditions. Bella avait pensé que ce serait une attraction plaisante quand nous recevrions nos amis anglais.

— Elle ne connaissait donc pas votre phobie des espaces clos ?

Les doigts de Benneit s'immobilisèrent un instant sur sa hanche, mais il ne les retira pas.

— Non. Mes parents m'avaient fait comprendre qu'il n'était pas bon de partager avec quiconque ce qu'ils appelaient mon « instabilité mentale ». D'habitude, je réussis très bien à la masquer.

— Ce n'est pas de l'instabilité mentale ! s'insurgea Jo. C'est la suite naturelle d'une horrible expérience. Si cela arrivait à Jamie, vous ne supporteriez pas un instant qu'on en pense cela !

— Pour commencer, je ne laisserais jamais une chose pareille lui arriver. Pourquoi croyez-vous que je lui interdis de s'aventurer seul dans les souterrains ?

— Vous ne pouvez pas savoir ce que la vie lui réserve. Mais je sais que vous ne lui feriez pas honte d'avoir eu peur, pas plus que vous ne faites honte à Angus de se focaliser sur ses cicatrices.

— C'est pur égoïsme de ma part. J'ai besoin de lui ici.

Jo pressa un baiser dans le creux de son épaule.

— Oui, vous êtes un monstre d'égoïsme. Je l'ai toujours su.

Le bras de Benneit se resserra autour d'elle et sa jambe effleura la sienne.

— C'était en tout cas l'avis de Bella, déclara-t-il.

Jo se retint de ricaner.

— Bella faisait certainement autorité en matière d'égoïsme. Elle avait beaucoup de qualités, mais on l'avait trop gâtée depuis le berceau. J'ai souvent envié son assurance.

— Moi aussi. C'était une des choses que j'admirais en elle. J'aurais voulu lui ressembler sur ce point.

— Je pensais que vous étiez comme elle, avoua Jo. Vous sembliez parfaitement assortis.

Elle posa la main sur celle de Benneit, qui soupira en enlaçant ses doigts aux siens.

— Nous étions un couple parfait en apparence. C'était du moins l'image que nous offrions au monde. Mais il aurait fallu à Bella quelqu'un de plus gentil que moi et d'assez indulgent pour apaiser en elle la petite fille qui craignait toujours qu'on ne l'aime plus si elle cessait d'être parfaite. Je ne savais pas le faire, et pour être franc, je n'en avais aucune envie réelle. Quelquefois, je me dis que ce qui l'irritait le plus en moi, c'était que je préférais ses imperfections – ce qui les rendait encore plus évidentes à ses yeux. Une fois passé notre béguin réciproque, il a bien fallu nous rendre compte que nous n'étions pas très bien assortis.

Tout en parlant, il porta la main de Jo à ses lèvres et elle sentit son souffle chaud sur ses doigts.

— Elle avait épousé un riche futur duc qui jouait à la perfection le jeu londonien et elle s'est retrouvée dans un désert social avec un sauvage écossais en conflit avec son père et plongé jusqu'au cou dans les affaires du domaine. J'ai cru que la naissance de Jamie créerait un pont entre nous, mais avoir un enfant a tout changé pour moi. Comment l'expliquer ? Dès l'instant où je l'ai pris dans mes bras, j'ai su que tout serait différent.

Il éclata d'un rire frais qui le rajeunit soudain.

— Mon ressentiment à l'encontre de mon père, les soucis de Lochmore, la frustration de Bella, tout cela s'est évanoui d'un coup. Plus rien ne comptait que Jamie.

— Pauvre Bella, commenta Jo, sincère.

— Oui, pauvre Bella. J'étais incapable de masquer mon

amour pour Jamie. Peut-être, si nous avions habité Londres, aurait-elle trouvé nos différences plus supportables. J'espérais que Jamie comblerait ce fossé entre nous, mais cet espoir même n'a fait qu'empirer les choses, en fin de compte. Le dernier été, quand elle est partie pour Uxmore en me laissant ici avec Jamie, j'étais si soulagé que lorsque la nouvelle de sa maladie puis de sa mort m'est arrivée, tout ce que j'ai pu éprouver, c'est la culpabilité d'avoir tant apprécié ma solitude avec mon fils.

Jo sentit la tension monter en lui à ce souvenir. Elle cherchait un moyen de le détourner de ces réminiscences, quand il la devança.

— Et votre Alfred ? L'accident s'est-il produit trop tôt pour que le désenchantement ait le temps de s'installer ?

Jo hésita. Que dire ? Elle voulait se montrer aussi franche que lui, mais sans le choquer. Elle tenait trop à préserver cette intimité qui les unissait, aussi fugace soit-elle.

— Il n'y a pas eu de désenchantement pour la bonne raison qu'il n'y avait jamais eu d'enchantement. Vous allez me trouver horrible – je n'ai pas épousé Alfred parce que je l'aimais mais parce que *lui* m'aimait. J'ai fini par éprouver de l'affection pour lui parce qu'il estimait en moi des qualités que les autres ne voyaient même pas. Quand il est mort, je me suis promis de ne pas laisser cela se perdre complètement. Je me suis sentie coupable moi aussi parce que je ne l'avais pas aimé autant qu'il le méritait et que je me sentais capable d'aimer.

Dans le silence qui suivit cet aveu, elle entendit les craquettements du feu et le son de la pluie contre les vitres. Les doigts de Benneit avaient repris machinalement leur va-et-vient sur sa hanche. Puis la caresse cessa et Jo rassembla son courage. Allons, il était temps de revenir à la réalité ! Mais quand elle voulut regagner le bord du lit, elle se retrouva soudain sur le dos avec Benneit au-dessus d'elle, les jambes enlacées aux siennes, pressant son sexe rigide contre sa cuisse. Même dans l'ombre, elle voyait briller ses yeux verts, où luisait une expression prédatrice.

— Vous ne partez pas maintenant. Nous n'avons pas encore fini.

La transition de l'empathie au désir incendiaire fut si brutale qu'elle sentit son corps s'enflammer avec une soudaineté presque douloureuse. Elle ne put s'empêcher de lever les jambes pour lui enlacer la taille, le bassin cambré vers lui.

Pour le moment, il était à elle. Il la désirait. Aussi étrange que cela lui paraisse, elle savait que c'était réel… et absolument merveilleux. En cet instant, Benneit, duc de Lochmore, la désirait avec une passion égale à la sienne.

— Alors que faisons-nous ? s'enquit-elle, le souffle court.

Un sourire félin retroussa les lèvres de Benneit.

— Vous, vous ne faites rien. Vous avez bien gagné votre repos. C'est moi qui ferai tout.

— Mais j'aime accomplir ma part, protesta-t-elle, en dessinant du bout des doigts la courbe de son épaule.

Si puissant. Si beau qu'elle en eut l'eau à la bouche.

— Plus tard. Je veux vous rendre dépendante de nos échanges avant que le jour ne se lève et je n'arrive pas à me concentrer quand vous me touchez, murmura-t-il dans son oreille. Aussi, vous allez pour l'instant laisser vos dangereuses mains tranquilles, petit lutin, et laisser faire les miennes. Fermez les yeux… et laissez-vous aller.

Chapitre 29

Benneit se réveilla dans un nuage de douceur. Le lit confortable, la couverture moelleuse, la douce satisfaction de son corps comblé… Il regrettait que Jo se soit éclipsée à l'aube. Il aurait aimé lui refaire l'amour. Impossible d'attendre de nouveau la tombée de la nuit ! Il voulait lui dire à quel point il se sentait bien avec elle. Si merveilleusement bien qu'il se sentait capable de redescendre dans la crypte pour y piquer un somme ! Enfin, pas tout à fait. Jo avait raison en affirmant qu'il était inutile de réveiller les fantômes du passé.

En fait, une bonne partie de sa vie dépendait à présent de ce que disait Jo, de ce qu'elle faisait ou désirait. Et étrangement, il trouvait cela normal. Pas comme avec Bella. Les paroles, les actes et les désirs de Jo lui semblaient une extension de lui-même. Lui, Benneit, et non le duc de Lochmore.

Il ouvrit les yeux, le regard fixé sur le ciel de lit.

C'est donc cela, l'amour ?

Une vague de chaleur déferla dans son corps, au moment même où il formulait ces mots dans son esprit.

J'aime Jo.

Ce n'était pas à proprement parler une révélation. C'était venu peu à peu, au fil des mots, des regards et des gestes, d'abord pendant leur voyage vers le nord puis ici, à Lochmore, au fur et à mesure que Jo découvrait son univers et apprenait à le connaître, lui. Au fur et à mesure qu'elle leur faisait une place, à Jamie et lui, dans son petit monde à elle, leur dévoilant peu à peu la richesse dissimulée sous l'extérieur austère et méfiant de la veuve Langdale.

Je vous aime, Jo.

Les mots lui semblaient inappropriés, un pâle reflet de ce qu'il ressentait.

Et vous, est-ce que vous m'aimez ?

Il s'assit sur le bord du lit, le cœur un peu serré de nouveau. Question dangereuse, plus dangereuse que toutes ses autres pensées. Parce que si Jo l'aimait… Comment pourrait-il l'écarter de sa vie ?

Il secoua la tête. Comment pourrait-il l'écarter de sa vie, même si elle ne l'aimait pas ? Même si ce qu'elle éprouvait pour lui n'était rien de plus que du désir et de l'affection ?

Il fallait vraiment que quelque chose n'aille pas avec lui pour qu'il craigne ainsi de la perdre. Une femme qu'il ne connaissait que depuis un mois ! Et voilà que le sentiment qu'il éprouvait pour elle pouvait rivaliser avec son amour pour Jamie…

Avait-il jamais ressenti cela pour Bella ? Même au plus fort de sa passion pour elle, il n'était pas certain d'avoir eu l'impression qu'elle était essentielle à sa vie. Son père n'avait jamais tenu une place aussi prépondérante dans son cœur et il ne se rappelait pas clairement ce qu'il avait éprouvé à la mort de sa mère. Avec Bella, il avait cru trouver le même genre d'union que ses parents avant lui – un mélange de fascination et d'antagonisme – mais en fait, il avait toujours gardé la plus grande partie de lui-même en retrait, ainsi qu'il l'avait fait jadis avec ses parents. Avec Jo, il ne pouvait pas se dérober, quand bien même il l'aurait voulu.

Même avec Jamie, c'était différent. Jamie était sous sa responsabilité, en tant que père il devait prendre soin de lui et le porter dans la vie jusqu'à ce qu'il soit capable d'avancer sur ses propres jambes. Mais il voulait Jo pour lui-même. Pour elle. Et pour toujours. La seule pensée qu'il allait devoir passer sans elle le restant de ses jours lui était insupportable.

Non, cela n'allait pas.

Il devait pouvoir faire quelque chose. Mais il avait beau

réfléchir, il ne voyait aucune solution. Garder Jo, c'était léser l'avenir de son fils. Il ne pouvait pas lui faire payer le prix de son égoïsme. S'il n'y avait pas eu Jamie, il aurait pu renoncer à tout cela, non sans chagrin, car Lochmore était aussi sous sa responsabilité, mais il l'aurait quand même fait et aurait enduré les conséquences. Mais comment accepter que Jamie en paie le prix toute sa vie ? En humiliant Tessa McCrieff, c'était son propre fils qu'il exposerait à la honte.

Et cela, c'était tout bonnement impossible.

— Mrs Merry assure que le beau temps va durer et que c'est le moment ou jamais de faire la lessive. Elle veut faire venir trois filles du village, des nigaudes qui passeront leur temps à faire les yeux doux à Ewan et Angus au lieu de travailler, maugréa Beth en déployant la robe de mousseline à fleurs vertes.

Tandis que la soubrette l'aidait à s'habiller, Jo essaya de compatir… sans le moindre succès. Elle avait beau apprécier pleinement ces journées lumineuses et chaudes, sa joie était tempérée par l'approche du chagrin à venir. Ces jours splendides s'enfuiraient bien trop vite et elle aussi allait partir. Cela lui semblait tellement absurde ! Aussi contre-nature que d'arrêter de respirer.

Jamie entra en courant dans la chambre pour lui annoncer qu'ils allaient déjeuner à la Maison et Jo pria Beth de se hâter. Pas question de perdre un seul des instants qu'elle pouvait passer avec Benneit !

Le contraste avec leur dernière visite à la Maison était saisissant. Cette fois, Benneit et elle chevauchaient côte à côte, leurs genoux s'effleurant parfois, tandis que Jamie se retournait souvent pour leur sourire comme si c'était lui le père tout fier de sa progéniture et eux les enfants dociles et bien élevés.

Angus et Ethel les attendaient pour leur servir un repas

léger, qu'ils dégustèrent dans la serre donnant sur le jardin des statues. Après le déjeuner, Jamie se blottit sur le sofa et ne tarda pas à s'endormir. Benneit donna le bras à Jo pour la conduire dans le jardin.

Mais ce bonheur insouciant s'évanouit dès qu'ils se retrouvèrent seuls, remplacé par un sentiment diffus de malaise. Sous la tonnelle, Benneit lui lâcha le bras et fit mine d'inspecter la vigne, pendant que Jo rassemblait son courage.

Elle finit par se jeter à l'eau.

— Je pensais…

— Oui ?

Il se retourna brusquement vers elle et sur son beau visage aux traits rudes, elle vit se refléter la tension qui l'habitait elle-même.

— Je vous ai déjà dit que je ne voulais pas retourner à Uxmore, n'est-ce pas ? J'avais l'intention de m'installer à Londres ; mais au village, l'autre jour, j'ai parlé avec Mrs Mac Manus, qui m'a raconté combien cela devenait difficile pour elle à l'école. La population de Lochmore a peut-être diminué mais il y a davantage d'enfants et elle veut demander à Mr Mac Creary de lui trouver une assistante plus jeune. J'ai pensé que peut-être je pourrais…

— Vous voulez devenir maîtresse d'école ? l'interrompit Benneit. À Lochmore ?

Jo déglutit avec peine, confuse.

— C'était une idée stupide, je sais, admit-elle en hâte. Ce serait très gênant qu'une parente de Bella soit nommée à un tel poste.

Elle se détourna pour attraper un rameau dépassant du lacis qui recouvrait le treillis au-dessus d'eux.

— Qu'est-ce que c'est ? demanda-t-elle très vite.

— De la glycine. C'est ravissant mais il faut la voir en fleur pour se rendre compte.

Il lui montra une grappe au parfum suave, d'un mauve aussi doux qu'une aube de printemps.

— Tenez, voici la première ! Bientôt, elle sera tout entière ainsi et vous comprendrez pourquoi ma mère lui donnait tous ses soins.

Il regarda Jo effleurer la hampe délicate, dont les clochettes tremblèrent sous ses doigts, et un frisson lui courut sur la peau comme si c'était lui qu'elle caressait ainsi. Instantanément, il sentit son corps s'enflammer de désir et sa respiration s'accéléra. Il l'imagina nue dans cette tonnelle, sous une pluie de fleurs, prête à l'accueillir en elle, et la pensée que cela n'arriverait jamais lui serra le cœur.

— C'est charmant, murmura-t-elle.

Et sa voix un peu rauque décupla le désir de Benneit, qui posa les mains sur ses épaules avant de la tourner vers lui. Un sourire très doux jouait sur les lèvres de Jo et il sentit toutes ses résolutions vaciller à cette vue. C'était ce sourire, aussi suave qu'un pétale, qui la rendait irrésistible et abattait ses dernières défenses.

— Il faudrait aussi des rosiers comme jadis, observa-t-il d'une voix gutturale. J'aurais dû essayer de les conserver. Ils seraient en fleur aujourd'hui. Je voudrais vous voir entourée de roses, en trouver une qui serait aussi douce que vos lèvres et aussi parfumée que vous afin que je puisse vous retrouver quand vous serez partie.

Quand vous serez partie.

Cela faisait mal de prononcer ces mots.

Du bout des doigts, il traça la douce courbe de ses joues, les contours du petit menton ferme et volontaire, l'arc de la bouche généreuse, qui la trahissait bien plus que ses yeux. Il sentait ses lèvres entrouvertes trembler sous la caresse, pareilles à deux pétales effleurés par le vent.

Il ne pouvait pas la toucher ici. N'importe qui pouvait les surprendre…

Benneit glissa une main sous les cheveux blonds. Sans le chignon, il lui était plus facile de laisser couler les mèches tièdes et soyeuses entre ses doigts, ainsi qu'il l'avait fait cette nuit.

— Je veux vous faire l'amour ici, en plein jour, avec ces gouttes de lumière filtrant à travers le feuillage. Je veux goûter le soleil doré sur votre peau, je veux vous voir rougir quand j'entrerai en vous. Ici, au milieu du jardin, pour que votre présence y demeure à jamais, pour que tout reste imprégné de vous, de votre parfum, pour que chaque recoin se souvienne de vous. Ainsi, vous serez toujours là.

Jo tremblait, les yeux embués de larmes. Il allait trop loin, il le savait, mais il ne pouvait plus s'arrêter, et au diable tous les Lochmore et les McCrieff ! Cela, c'était à lui. Un dernier moment pour lui seul. Il ne pouvait pas garder Jo, mais du moins il aurait eu cela, ces instants inoubliables – Jo dans son jardin. Jamais il n'y amènerait une autre femme. Ici, avec elle, il était totalement lui-même. Et elle aussi – parfaite, charmante, intelligente, impossible. *Sa* Jo.

Le baiser qui suivit fut profond et farouche, sa bouche capturant la sienne, ses mains avides la pressant contre lui. Mais pendant tout ce temps, son esprit ressassait la même pensée torturante, conscient que ce ne serait rien de plus qu'un moment, un unique moment.

Comment était-ce possible ? Une aberration !

— Jo, Jo… Vous êtes mienne. C'est pour cela que vous ne pouvez pas rester. Vous savez ce qui arrivera si vous habitez au village. Chaque jour, je devrai empêcher Jamie de venir vous voir. Et chaque nuit, je devrai m'empêcher moi-même de penser : *Elle est si près, seule dans son lit, peut-être en train de songer à cela…*

Joignant le geste à la parole, il referma la main sur son sein, taquinant le mamelon jusqu'à ce qu'il se roidisse sous la caresse. Elle exhala un gémissement, et comme pour la punir, il mordilla le dessous de son oreille avant de lui lécher la peau, mariant la chaleur de son souffle à la douce tiédeur de sa peau.

— Je penserai : *Elle est si près et je ne peux pas la rejoindre.* En imagination, je verrai chaque pierre et chaque touffe de bruyère du chemin de votre cottage. Et je mourrai d'envie de vous y retrouver pour vous faire ceci… et encore ceci… Et il faudra mentir jusque dans mon lit, sachant que vous êtes si près et pourtant aussi lointaine et inaccessible qu'un rêve. Puis un jour, vous rencontrerez un autre Alfred et il faudra que je voie cela, que j'assiste à votre mariage. Dieu me pardonne, je ne suis pas assez fort pour endurer ce supplice, Jo. Cela me briserait.

Il la garda serrée contre lui, la bouche dans ses cheveux, respirant son parfum pour l'imprimer à jamais dans sa mémoire.

— Quand j'essaie de revenir à la raison, je souhaite que vous trouviez un homme qui vous aime de tout son cœur comme vous méritez de l'être, Jo. Je voudrais que vous ayez une famille à vous et…

Il s'arrêta, submergé de douleur, une douleur qu'elle partageait, il le savait. Il n'avait même pas besoin de la regarder dans les yeux pour le savoir.

— Mais cela aussi, c'est un mensonge. Je ne veux pas que vous aimiez quelqu'un d'autre, jamais. Je ne peux pas vous imaginer une seule seconde avec un autre…

Il se tut de nouveau, la respiration oppressée.

— Non, je ne peux plus… C'est trop insupportable. Je retourne à la Maison. Angus se chargera de vous reconduire au château.

Il s'éloigna sur ces mots, fuyant le jardin. Se fuyant lui-même…

Jo se laissa tomber sur le banc, le regard fixé sur la grappe de clochettes mauves qui se balançait dans la brise.

Pour la première fois, elle avait perçu dans la voix de Benneit l'écho de ses propres sentiments. *Il l'aimait.* Il l'aimait vraiment, au-delà du désir qui s'était emparé d'eux par surprise. Mais cela ne l'aidait en rien de le savoir. Elle aussi connaissait ce déchirement de souhaiter sincèrement le bonheur de Benneit et ce furieux désespoir à la seule pensée qu'il puisse être heureux avec quelqu'un d'autre.

Heureux, sans doute le serait-il à la longue, ou du moins satisfait. Il aurait d'autres enfants, les aimerait autant qu'il aimait Jamie. Cela remplirait sa vie de joie. Un beau matin, il découvrirait peut-être qu'il aimait vraiment Tessa.

Jo s'enfonça les ongles dans les paumes.

Benneit avait raison. Rester serait une torture pire que de partir. Ce serait une mort lente, surtout maintenant qu'elle savait qu'il l'aimait. Elle serait trop tentée de s'en servir contre lui, pour l'amener à cet état déchirant qu'il venait de décrire. Et elle prendrait elle-même un torturant plaisir à l'imaginer éveillé comme elle au milieu de la nuit, pensant à elle tandis qu'une autre femme dormirait près de lui. Jour après jour, elle guetterait une nouvelle occasion de rencontre et toute sa vie tournerait autour des échos qu'elle pourrait glaner de la sienne.

Non, décidément, elle ne pouvait pas rester.

Chapitre 30

— Bonjour, Votre Grâce. C'est un honneur pour nous de vous revoir si vite après votre dernière visite, mais… Hum… Vous auriez dû nous prévenir, afin que nous préparions votre arrivée.

Absorbé dans sa honte et sa détresse, Benneit mit un moment à comprendre qu'il n'était pas le bienvenu chez les McCrieff. Lady Aberwyld semblait encore plus hautaine que d'habitude, mais il vit ses mains se crisper sur son tambour à broder.

— Excusez-moi de vous importuner ainsi, Lady Aberwyld, mais je dois parler à votre époux. Et à Lady Tessa.

Visiblement nerveuse, son hôtesse promena un regard effrayé autour d'elle.

— Lord Aberwyld est dehors avec le régisseur et Tessa n'est pas très en forme aujourd'hui. Peut-être…

— Je vais très bien, maman, interrompit l'intéressée en faisant irruption dans la pièce.

— Tessa ! Retournez immédiatement dans votre chambre. Votre père vous a interdit d'en sortir.

— Je sais, mais j'ai vu le duc remonter l'allée à cheval. Vous avez disposé de mes sœurs comme bon vous a semblé, mais je ne vous laisserai pas agir de même avec moi. Je veux m'entretenir avec lui. Seule à seul.

Lady Aberwyld se leva d'un bond, les joues empourprées de colère.

— Taisez-vous et retournez chez vous, fille ingrate ! On vous offre tout sur un plateau et…

— Pas tout, non, interrompit Tessa, aussi cramoisie que sa mère. En tout cas, pas ce qui est important à mes yeux.

— Que savez-vous de ce qui est important ? Je n'aurais jamais dû vous laisser toute une année avec votre tante à Glasgow. Elle vous a bourré le crâne de sottises. Il est temps pour vous de revenir à la réalité. Vous allez épouser Lochmore et vous devriez déborder de gratitude. Toutes les jeunes filles des Highlands vont vous envier !

Tessa respirait vite, visiblement oppressée.

— Je veux parler à milord, mère. Seule !

— Vous ne ferez rien de tel. Je vais de ce pas appeler votre père ! cria Lady Aberwyld en tirant furieusement sur le cordon de la sonnette.

Et se tournant vers Benneit :

— Ne faites pas attention à ces sottises. Elle a ses nerfs, voilà tout.

Benneit avait à peine osé respirer durant la scène. Mais à présent, il tourna la tête vers Tessa et rencontra son regard étincelant.

— Quelque chose ne va pas, Lady Tessa ?

Lady Aberwyld s'apprêtait à répondre pour sa fille, mais il l'arrêta d'un geste de la main.

La jeune femme pointa le menton.

— Oui, Votre Grâce. Le soir de votre départ, j'ai déclaré à mon père que je ne vous épouserais pas et je ne changerai pas d'avis. Nous femmes ne possédons pas beaucoup de prérogatives, mais je crois que nous détenons au moins celle-là.

— C'est exact, répondit-il avec autant de calme que le lui permettaient les battements accélérés de son cœur. Cela a toujours été votre droit. Pour ma part, je ne voudrais jamais d'une épouse qui ne serait pas consentante.

Un sourire inattendu détendit les traits crispés de Tessa.

— Justement, Votre Grâce. J'aurais accepté de pactiser avec le souvenir d'une belle comtesse décédée, mais pas avec celui d'une femme vivante que j'admire. J'attends davantage de la vie.

— Petite sotte ! s'écria Lady Aberwyld. Peut-être qu'il s'est entiché d'elle, mais c'est vous qu'il va épouser et c'est tout ce qui compte.

— Non ! protestèrent Tessa et Benneit.

Le mot avait jailli en même temps de leur bouche et soudain, la tension entre eux s'évanouit comme neige au soleil.

— Pourquoi êtes-vous venu aujourd'hui, Votre Grâce ? s'enquit Tessa, ignorant sa mère. Pour demander ma main ?

Il secoua la tête.

— Pour parler avec vous. Vous expliquer. Vous supplier peut-être. Mais vous épouser quand même si c'était là votre choix et tâcher de faire de mon mieux auprès de vous. Jamie compte plus que moi et c'est son avenir qui est en jeu.

Tessa fit la moue.

— Voilà pourquoi je ne peux pas consentir. Je veux un homme qui m'épouse pour moi-même, pour ce que je suis et non par devoir et sens de l'honneur.

La porte s'ouvrit à la volée et McCrieff s'engouffra dans la salle, fronçant les sourcils à la vue de sa fille et de Benneit. Il coula un regard méfiant vers son épouse, qui étouffait ses pleurs dans un mouchoir. Faisant un effort sur lui-même, il plaqua un sourire factice sur son visage.

— Ah, Lochmore !

Tessa s'avança vers lui.

— Je lui ai dit que je ne voulais pas l'épouser, Père.

McCrieff poussa un cri de fureur et Benneit, d'un mouvement instinctif, alla se placer entre Tessa et lui. Mais le maître des lieux se contenta de porter les mains à sa tête, faisant mine de s'arracher les cheveux.

— Ne faites pas attention à elle, Lochmore. Ce sont des peurs de jouvencelle, rien d'autre !

— Je ne l'épouserai pas, répéta Tessa d'un ton calme, définitif.

Et l'espace d'un instant, elle ressembla incroyablement à son père. Ferme, inflexible.

— Inutile d'insister, je ne céderai pas, prévint-elle.

— C'est votre faute, Aberwyld, gémit son épouse. Vous l'avez trop gâtée !

— Moi, je l'ai gâtée ? C'est bien vous qui l'avez envoyée à Glasgow, non ? Elle avait besoin d'acquérir les manières de la ville, disiez-vous. Eh bien, vous avez gagné. Voilà le résultat !

Benneit et Tessa se taisaient pendant que la querelle battait son plein entre les époux. L'échange hargneux dura bien cinq minutes avant que Lady Aberwyld ne se retire, toujours pleurant dans son mouchoir. Le tambour à broder tomba sur le sol.

McCrieff se retourna vers sa fille mais toute colère parut soudain le déserter, laissant place au désespoir.

— Ah, fillette, fillette… Quelle sottise ! Vous seriez duchesse de Lochmore. Le rêve de ma vie !

— *Le vôtre*, Père, pas le mien, corrigea simplement Tessa.

— Je vais devoir vous envoyer au loin.

— Je m'en doute bien, Père. J'espère seulement que ce ne sera pas dans un désert. Je suis déjà une telle sauvageonne !

Les épaules de McCrieff s'affaissèrent.

— Essayez de la raisonner, Lochmore ! C'est votre faute, après tout. Elle croit que vous êtes amoureux de cette petite Anglaise. Je lui ai dit que c'était différent pour les hommes. Vous pourriez même demander à votre veuve de rester, nous ne ferions pas d'objections, je vous le jure.

— Père !

— Non, je ne pourrais jamais agir ainsi, intervint fermement Benneit. Ni Mrs Langdale ni votre courageuse fille ne méritent un tel manque de respect. Jamais je ne déshonorerais ainsi votre famille ou une femme que j'aime.

McCrieff se laissa tomber sur le siège abandonné par son épouse.

— Vous, les jeunes, avec vos idioties sur l'amour ! Le monde est décidément devenu fou. Jamais votre père ou moi ne nous serions conduits ainsi.

— Mon père aimait ma mère, objecta Benneit, avec une assurance qui le surprit lui-même.

— Oui, et il n'y a pas eu un seul jour où il n'en ait souffert. Ils se bagarraient comme chien et chat.

— Je me souviens.

— Et c'est cela que vous voulez aussi ?

— Ce que je veux ne regarde que moi, et jusqu'à un certain point, votre fille. Elle n'est pas tombée sur la tête. Elle sait que je l'épouserai si elle l'exige et que j'honorerai l'engagement tacite entre nos deux familles. L'avenir de Jamie est tributaire de l'honneur des Lochmore autant que de la distillerie, dont l'existence dépend maintenant de votre bon vouloir. Je ne mettrai pas cet avenir en danger, quelque chagrin que cela me cause.

McCrieff esquissa un sourire torve.

— Vous voilà à ma merci, hein ?

— C'est exact. Je serais venu vous implorer même si Tessa n'avait pas pris les devants, aussi ne rejetez pas tout le blâme sur elle.

— Sur moi, vous voulez dire. En tant que père, je me suis montré en dessous de tout.

— Ce n'est pas vrai, papa ! protesta Tessa, dont la voix se brisa pour la première fois.

— Il va falloir que vous partiez, ma fille. Votre mère va faire de nos vies un enfer pendant au moins toute l'année à venir.

— J'y suis prête.

— La tante Maura va devoir vous accueillir. Peut-être que vous l'écouterez, elle.

Tessa écarquilla les yeux, une lueur d'espoir dans le regard.

— Maman ne me permettra jamais de retourner à Glasgow.

— Je voudrais bien voir ça ! Je suis encore le maître dans cette maison, non ? tonna McCrieff en abattant ses poings sur les bras du fauteuil.

— Bien sûr, papa. Merci…

— Décampez, à présent ! Je ne veux pas vous revoir avant que vous n'ayez fait vos paquets.

Tessa ne demanda pas son reste et fila vers la porte.

— Dites-lui que je vous souhaite à tous les deux beaucoup de bonheur, chuchota-t-elle à Benneit avant de sortir, fixant sur lui des yeux à la fois rieurs et embués de larmes.

— Vingt pour cent ! grogna Lord Aberwyld lorsqu'elle eut disparu.

Benneit haussa les sourcils.

— Vingt quoi ?

— Pour cent. De la distillerie. C'est mon prix pour vous laisser aller, la conscience et l'honneur en paix.

Benneit manifesta sa surprise.

— Vous pourriez demander davantage, milord, observa-t-il en toute sincérité.

— J'ai mon honneur aussi, Lochmore. Le diable vous emporte, Tessa et vous ! C'est cette damnée malédiction depuis que votre ancêtre Ewan a volé la fiancée française de Duncan McCrieff. Chaque fois que nos familles envisagent de s'unir, l'affaire tourne mal. La malédiction, je vous dis !

Benneit n'avait pas le moindre penchant à la superstition, mais en l'occurrence, il s'abstint de discuter. Si cette vieille histoire pouvait réconforter McCrieff, qu'il en soit ainsi, songea-t-il.

— Peut-être. En ce cas, nous ferions mieux de nous soumettre au destin et de nous contenter de ce que nous avons.

— Si vous aviez mis ce précepte en pratique, Tessa et vous, nous ne serions pas dans ce guêpier jusqu'au cou, affirma Lord Aberwyld.

Il se reprit cependant pour ajouter :

— Bon, ce n'est pas à moi de vous blâmer, après tout, car je n'ai pas agi différemment quand mon père et votre grand-père ont voulu arranger un mariage entre votre tante Morag et moi d'un côté et ma sœur et votre père de l'autre. Aussi serais-je malvenu de vous faire la morale à présent. Bien que ma femme ne soit pas tout à fait ce que j'espérais en l'épousant, elle est tout de même mieux que votre tante, Lochmore. Allons, buvez un verre avec moi avant de vous en aller. Si j'étais vous, j'emmènerais cette petite Anglaise dans le Sud pendant quelques semaines, le temps que je calme ma femme. Et maintenant, trinquons. Ah, au fait, les dix premières caisses de whisky de notre distillerie seront pour moi. J'y tiens !

Chapitre 31

Benneit étouffa un juron en trouvant la nursery vide. Où étaient-ils allés encore ? C'était bien le moment !

— Angus ! cria-t-il en dévalant de nouveau l'escalier. Angus ! Ah, vous voilà… Où est Jo ? J'ai besoin de…

Il s'interrompit net en voyant l'expression de son ami.

— Qu'est-ce qui ne va pas ?

— Dois-je vous présenter mes félicitations et mes vœux de bonheur, Votre Grâce ?

— Quoi ? Où sont Jo et Jamie ? Il s'est passé quelque chose ?

— Jamie est dans la salle du planisphère. Il va très bien sauf qu'il est aussi malheureux que les pierres.

— Que diable me chantez-vous là ? Où est Jo ?

— À mi-chemin d'Inveraray, je dirais.

— Hein ? Au nom du ciel, qu'est-ce qui se passe ? Angus !

— Ne criez pas sur moi, Votre Grâce. Elle a laissé une lettre pour vous dans le bureau, l'informa le géant avant de tourner les talons.

— Angus, ne vous en allez pas ! Pourquoi est-elle partie, bon sang ?

— Qui sait ? Peut-être qu'elle n'avait pas envie de porter un toast à votre bonheur avec une autre. Vous n'avez même pas eu le cran de lui dire que vous vous rendiez chez les McCrieff pour demander la main de Lady Tessa. C'est Beth qui le lui a appris. Elle le tenait elle-même des garçons d'écurie. Mrs Jo m'a demandé de la conduire à Kilmarchie pour la mettre dans la diligence mais je n'ai pas voulu prêter la main à cette sottise et elle a dit que cela ne faisait rien, qu'elle irait à pied s'il le fallait. Alors j'ai fait atteler la voiture. Elle a raconté à Jamie que sa famille avait besoin d'elle et elle est partie il y a déjà une heure. Alors, dois-je vous présenter mes vœux de bonheur ?

Benneit ouvrit la porte du bureau et s'engouffra dans la pièce.

— Je ne vais pas épouser Tessa McCrieff, bon sang ! Je suis allé là-bas pour la prier de me libérer de ma promesse. Vous n'auriez pas dû laisser partir Jo, que diable ! Faites seller Lochlear sur-le-champ. Je vais couper par le vallon.

La lettre était posée au milieu du bureau. Il l'ouvrit en hâte, furieux, anxieux… et heureux malgré tout. Elle ne se serait pas enfuie ainsi si elle ne l'aimait pas ! chantait son cœur. Dans une heure, un peu moins s'il avait de la chance et si le vallon n'était pas trop boueux, il la rattraperait et ne lui cacherait pas ce qu'il pensait de sa fuite. Mais d'abord, il lui expliquerait clairement qu'il n'était plus question pour elle de partir. Ou plutôt non, il la prierait de lui confirmer qu'il ne se trompait pas en pensant qu'elle l'aimait autant qu'il l'aimait. Il avait besoin de la regarder quand elle prononcerait les mots. De lire la vérité dans ses yeux, que cela le mène au ciel ou en enfer.

Dépliant la lettre, il lut le message.

Cher Benneit,

Beth m'a dit où vous étiez allé, aussi est-il temps que je parte.

Je devrais terminer ici ce petit mot et vous remercier pour tout, en vous priant de prendre bien soin de Jamie – mais je sais que vous le ferez. Puis vous féliciter et vous souhaiter bonne chance, mais cela je ne le peux, pas plus que je ne peux rester ici un seul instant de plus. Je sais que c'est le bon choix pour vous, mais si j'étais riche, belle ou même simplement un peu jolie, je me battrais pour vous garder et je dirais à Tessa McCrieff qu'elle ne peut pas vous épouser.

Mais je ne peux rien vous offrir d'autre que ce que je suis. Ou plutôt non, car cela, vous me l'avez déjà pris. Vous m'avez dépouillée de l'armure que j'avais érigée autour de moi contre le monde et voilà désormais que je m'exprime tout haut au lieu de me contenter de penser et commence à devenir exigeante, ce qui est dangereux.

Si je restais plus longtemps, je me mettrais peut-être à implorer et à mendier, ce que je n'ai jamais fait de ma vie.

Vous allez vous sentir chagriné et coupable, je le sais, et peut-être envisagerez-vous de vous lancer à ma poursuite. Mais si vous osez faire cela… Eh bien, vous aurez affaire à moi, Benneit Lochmore !

Vous avez votre fierté et j'ai la mienne. Je vous écris parce que vous restez mon meilleur ami, même si nous ne pouvons être rien d'autre. Je viendrai à bout de cette épreuve et je serai plus forte grâce à vous, malgré le chagrin que j'emporte avec moi.

Jamie est bouleversé et malheureux, mais Tessa McCrieff est une bonne personne. Elle fera une excellente mère pour lui et je suis sûre qu'il s'attachera à elle. Quant à vous, vous êtes et serez toujours le meilleur des pères, n'en doutez jamais, s'il vous plaît. Cette certitude vient en tête de ma Grande Liste des choses que je sais absolument.

Adieu, Benneit. Il n'y aura jamais que vous, mo chridhe[1].

— Papa ?

Jamie se tenait sur le seuil, les joues encore striées de larmes. Benneit remarqua, Dieu sait pourquoi, qu'il portait des chaussures. Flops, le museau pressé dans la main de l'enfant, lui léchait doucement les doigts.

1. « Mon cœur », en gaélique.

— J'ai essayé de la retenir, papa. Elle a dit qu'elle ne pouvait pas. Je ne comprends pas pourquoi.

Benneit se couvrit un instant les yeux de sa paume puis se dirigea vers Jamie et le souleva dans ses bras.

— C'est ma faute, Jamie. Mais je vais tâcher de la rattraper. Ne t'inquiète pas, je vais la ramener et elle ne partira plus.

— Plus jamais ?

— Pas si je peux l'empêcher. Je dois y aller à présent. C'est toi qui seras le laird en mon absence, alors assure-toi que tout soit prêt pour notre retour. D'accord, Lord Glenarris ?

Chapitre 32

C'était injuste ! Il avait fait un soleil magnifique lorsqu'il s'était rendu à cheval chez les McCrieff pour y affronter son malheureux destin et maintenant qu'il galopait après sa part de bonheur en cette vie, le monde semblait se liquéfier – tout dégoulinait, le ciel, la terre, la bruyère, sa pèlerine et même ses bottes.

Le pauvre Lochlear sentait son impatience et faisait de son mieux sous la pluie battante, soulevant sous ses sabots des mottes boueuses et des touffes d'herbe. Les miles avaient beau défiler, Benneit ne pouvait se défaire de la crainte superstitieuse qu'il n'arriverait jamais à la rattraper, qu'elle allait s'évanouir dans la nature, ne lui laissant que le souvenir imprimé dans son cœur, son esprit et son corps. Elle allait disparaître, telle la souris magique de son conte après la nuit du solstice d'été.

Mais en approchant des Pierres Levées, il aperçut au loin l'attelage et éperonna Lochlear. Dougal entendit son cri d'appel et tira sur les rênes. La berline s'arrêta sur le bord de la route, à l'endroit d'où partait le sentier conduisant aux mégalithes.

— Quelque chose ne va pas, Votre Grâce ? s'enquit Dougal, surpris.

— Oui ! Vous avez pris la mauvaise direction, Dougal. Je vais échanger quelques mots avec Mrs Langdale pendant que vous trouvez un endroit propice pour faire demi-tour. Chargez-vous de Lochlear, voulez-vous ?

Dougal sauta de son siège et saisit les rênes, non sans jeter un regard stupéfait à Benneit, qui l'ignora et alla ouvrir la portière de la voiture. Jo se tenait assise dans un coin, très droite, ses grands yeux gris fixés sur lui. Il connaissait ce regard.

Benneit lui tendit la main.

— Dougal va faire faire demi-tour à l'attelage et cette route est étroite. Malgré la pluie, vous serez plus en sécurité sur la terre ferme avec moi qu'à l'intérieur de la berline.

— La route de Glasgow est-elle barrée pour qu'il nous faille en prendre une autre, Votre Grâce ?

— Vous n'allez pas à Glasgow mais à Lochmore. Si vous tenez à discuter de cela ici devant Dougal et Ewan, je veux bien, mais je préférerais que les chevaux ne restent pas trop longtemps immobiles sous la pluie. Venez !

Comme elle ne bougeait pas, il fit mine de grimper dans la voiture.

— Non ! s'exclama Jo. D'accord, allons dehors.

Benneit redescendit et lui offrit de nouveau la main. Refusant son aide, elle s'appuya à la portière avant de sauter sur le sol. Benneit la conduisit vers le sentier menant aux Pierres Levées et elle marcha devant, la bouche sévère et le menton levé, dans une démonstration de fierté en partie gâchée par la boue qui lui collait aux semelles. Benneit réprima à grand-peine l'envie de l'attirer contre lui et de la serrer assez fort pour faire fondre toute sa résistance.

— Vous n'auriez pas dû prendre ainsi la fuite.

Elle s'arrêta devant le premier mégalithe et tourna vers lui un regard aussi fulgurant qu'un ciel d'orage.

— Je n'ai pas pris la fuite ! Notre accord stipulait que je resterais un mois et le délai est écoulé. J'étais venue vous aider pour Jamie et c'est ce que j'ai fait. Ce n'est pas mon rôle de vous tenir la main et de réchauffer votre lit pendant que vous préparez l'arrivée de votre nouvelle duchesse. Maintenant que votre engagement est officiel, je n'ai plus aucune raison de rester au château. Je respecte trop Tessa McCrieff pour cela.

— Si c'est là votre objection, je peux la balayer aisément. Il n'y aura pas de mariage. Elle m'a refusé.

— Elle vous a… quoi ?

— Incroyable, n'est-ce pas ? J'arrive à peine à y croire moi-même, en vaniteux invétéré que je suis. Elle m'a fermement déclaré qu'il était hors de question qu'elle m'épouse.

Jo parut si stupéfaite qu'il ne put réprimer un sourire.

— Votre incrédulité met un peu de baume sur mon amour-propre. *Un tout petit peu.* Il me faudra bien plus que cela pour m'en remettre…

— Y a-t-il quelqu'un d'autre ? Est-ce la raison ?

— Quelqu'un d'autre ? Assurément. Oh ! vous voulez dire pour Tessa ? J'avoue ne pas avoir posé de questions, même si elle semblait ravie d'être exilée chez sa tante à Glasgow pour quelque mystérieuse raison. J'étais trop suffoqué par ma bonne fortune pour demander des détails. J'étais venu me remettre entre ses mains et elle m'a délivré avec une promptitude qui m'a laissé pantois. Dans d'autres circonstances, elle aurait sans doute fait une épouse tout à fait convenable, mais pour ce qui est de trancher dans le vif, elle n'est pas mal non plus. En cela aussi j'ai eu plus de chance que je n'en mérite. Bref, je suis libre, Jo.

Libre !

Jo s'appuya du dos à la pierre derrière elle. Ses oreilles bourdonnaient, son cœur battait à se rompre. La joie qui n'attendait que son consentement pour déferler en elle la terrifiait par sa violence et elle la contenait à grand-peine.

Tessa l'avait refusé. Mais qu'est-ce que cela changeait ? Rien du tout ! Si Tessa n'épousait pas Benneit, McCrieff ne manquerait pas de lui proposer une autre jeune femme de son clan. Ou bien Benneit trouverait lui-même quelque charmante fille de lord à Inveraray ou à Kilmarchie – elle avait vu assez de jolies jouvencelles lui tourner autour pendant le bal. Le problème restait le même. Simplement, ils avaient gagné un peu de temps.

Du temps…

Avec Benneit et Jamie.

Pour ce répit-là, elle aurait sacrifié tout au monde ! Déjà elle avait donné son cœur. À côté de cela, qu'importaient sa fierté, son honneur et sa réputation ?

— Et vous voulez que je revienne à Lochmore avec vous ? interrogea-t-elle d'une voix étonnamment calme.

— Oui, Jo. Vous ne partez plus.

— Ce n'est pas à vous de décider !

Il s'appuya de la main au granit rugueux derrière elle.

— Vous savez où vous êtes ?

— Dans un champ. Mouillé et boueux.

— Oui, mais pas seulement. Vous avez choisi, très imprudemment, de pénétrer à l'intérieur du cercle d'Inverdine, *mo ghràdh*[1].

Jo promena un regard autour d'elle, notant enfin l'arrangement très particulier des pierres. Le nom avait de quoi impressionner, mais après tout, ce n'était qu'un large cercle de hautes pierres mal dégrossies. Qu'est-ce que cela avait à voir avec les nouvelles perspectives qui s'ouvraient à elle et le tourment de son cœur ?

— Pourquoi « imprudemment » ?

— Voyons, Jo ! Vous, l'experte en souris magiques et autres chats mystiques, devriez savoir cela. Vous ne pouvez pas défier un laird des Highlands chez lui, dans un cercle de pierres, et espérer en être quitte avec l'Écosse.

— Je ne serai jamais quitte avec l'Écosse, murmura-t-elle en décollant son dos du mégalithe.

Mais Benneit posa son autre main sur le granit, la retenant ainsi captive. Elle faillit se dégager d'une secousse, mais ç'aurait été puéril. La vérité, c'était qu'elle ne voulait pas sortir du cercle enchanté de ses bras.

Elle s'obligea à lever les yeux, ce qui fut une erreur, car même à travers le fin brouillard du crachin, elle vit scintiller dans le regard de Benneit la flamme déjà familière du désir.

1. « Mon amour », en gaélique.

— Cela, je vais faire ce qu'il faut pour m'en assurer, Jo.

— Non, ne… Ils vont nous voir !

— Dougal et Ewan ne sont pas tombés de la dernière pluie. Ils vont prendre tout leur temps pour faire faire demi-tour à l'attelage. Je regrette que nos ancêtres n'aient pas prévu de toit sur ces mégalithes. Je voudrais un abri, un lit, un bon feu et du whisky, dont je répandrais quelques gouttes sur vous pour lécher votre…

— Benneit !

— Alors dites oui, bon sang !

— Bien sûr que je vais revenir à Lochmore. Tout le monde va penser que je suis folle, et je crois que je le suis en effet. Je devrais remonter dans la berline et continuer ma route. Vous n'avez pas pitié de moi, Benneit.

Il l'attira de nouveau contre lui, refermant les bras autour d'elle. Elle sentit sa bouche remuer dans ses cheveux et ses mots lui parvinrent étouffés mais remplis d'une indicible tristesse. De la culpabilité ? Du regret ?

— Ne dites pas cela, Jo, s'il vous plaît.

— Benneit…

Elle glissa les mains sous sa pèlerine et lui caressa le dos en un geste de réconfort. Elle ne voulait pas qu'il se sente coupable. C'était à elle de choisir, après tout.

— Je n'aurais pas dû, pardonnez-moi. Ce n'est pas votre faute si je suis faible.

— Eh bien, je ne suis pas aussi magnanime que vous. C'est totalement votre faute si je suis faible, Jo. Depuis des semaines, je vis un enfer. Ou plutôt j'oscille entre le paradis et l'enfer. En revenant de chez les McCrieff, j'étais pour la première fois en plein ciel, et j'apprends en arrivant que vous vous êtes enfuie ! Pourtant, j'avais tout préparé dans ma tête, tout ce que je voulais vous dire, vous demander. Ensuite, je comptais bien vous séduire de nouveau. Mais voilà que vous étiez partie ! Et pendant dix affreuses minutes, avant de lire votre lettre, j'ai vraiment cru que vous souhaitiez être débarrassée de nous.

Relâchant son étreinte, il se laissa tomber devant elle, un

genou à terre. D'un geste instinctif, elle voulut l'aider à se relever, mais il se contenta de lui saisir la main, qu'il effleura d'un baiser. Un frôlement aussi léger que celui d'une aile de papillon, mais à l'effet dévastateur… Jo sentit tout son corps s'enflammer.

— Benneit ! Que faites-vous ? protesta-t-elle d'une voix à peine audible.

Levant les yeux vers elle, il lui adressa son sourire ravageur et les dernières réticences de Jo fondirent comme neige au soleil. Si elle n'avait pas eu la pierre dans son dos pour la soutenir, elle se serait effondrée près de lui, à genoux dans la boue.

— Je profite de mon avantage, répondit-il. Vous ne pouvez pas m'opposer un refus ici, à l'intérieur du cercle de pierres. Cela vous porterait malheur, et du malheur, nous n'en voulons plus. Vous devez m'accorder tout ce que je vous demande.

— Benneit…

— Voyez, Jo, je suis à genoux. Enfin, sur un genou. Deux, dans cette boue, ce serait un peu risqué.

Il reprit son sérieux pour ajouter, d'une voix rauque et grave, pressant la main de Jo sur son front :

— Si vous partez… Je ne sais pas ce que je deviendrai. Je ferai face, bien sûr, pour Jamie. Mais je ne veux pas que cela arrive. Je suis égoïste et je veux vous avoir à mes côtés. J'ai besoin de vous. Près de moi.

— Je vous ai déjà dit que je resterais jusqu'à…

Il la tira par la main, l'obligeant à s'agenouiller près de lui dans la boue.

— Ma robe !

— Au diable votre robe ! Et arrêtez de dire « jusqu'à ». En ce qui me concerne, ce sera jusqu'à la fin de mes jours. Je vous épouse, Jo, ici, dans cette maudite gadoue. Oh ! nous aurons aussi une cérémonie convenable afin que Lady Theale puisse se vanter du succès de ses manigances, car je ne serais pas surpris qu'elle ait prévu tout cela dès le départ dans son esprit pervers. Mais ici, en cet instant, c'est juste pour nous. Vous êtes mienne et nous scellons notre engagement à la bonne vieille façon des Highlands – sous la pluie, dans la boue et parmi ces pierres où plane l'esprit de quelque druide, prêt à renverser ces rochers sur nous si vous dites non. Je vous aime, Jo. Est-ce que vous m'aimez un peu ?

Sans lui lâcher les mains, comme s'il craignait encore qu'elle ne s'enfuie, il s'essuya le visage avec sa manche, maculant ses joues de stries boueuses. La flamme qui brûlait dans ses yeux vacilla devant le silence de Jo. Et de nouveau, elle lut dans son regard cette expression qu'elle n'avait pas vraiment comprise jusqu'alors – ce mélange d'incertitude, de solitude et de souffrance.

Ce fut d'une voix tremblante d'émotion qu'elle répondit enfin :

— Bien sûr que je vous aime. Comment pouvez-vous l'ignorer ?

Il lui lâcha les mains pour lui enserrer le visage et elle sentit ses doigts frais glisser sur sa peau mouillée de pluie et de larmes.

— Jo, j'ai besoin de vous l'entendre dire. Avec vos mots à vous.

— Oh ! Benneit, je vous aime tant ! Je n'en peux plus de garder cela pour moi mais je suis terrifiée de devoir le dire. J'ai peur de vous croire. Vous pensez m'aimer mais c'est juste une histoire de souris magiques. Bientôt le solstice s'achèvera et vous oublierez même que nous avons été amis. Je n'ai rien de ce qu'il faut pour faire une duchesse…

— Bien sûr que si, petite sotte ! Mais le plus important, c'est que vous avez tout ce qu'il faut pour être mon épouse. Vous possédez mon amour, mon cœur et beaucoup trop de mon esprit. La seule chose qui vous manque, c'est un peu de bon sens. En tant que mari, je veillerai à y remédier.

— Je suis trop laide…

— Cessez de dire cela ! Qu'est-ce que cela signifie, d'ailleurs ? Que vous ne ressemblez pas à une poupée sur une étagère ni à une gravure de mode ? Eh bien, c'est exact. Vous ressemblez à Jo et je ne me lasse pas de vous regarder. Ces dernières semaines j'ai passé mon temps à vous observer malgré moi, à vous rechercher même si je savais que je n'aurais pas dû, et à vous désirer à en perdre l'esprit. Ce que je vois, c'est *vous*, telle que vous êtes. De même que vous me voyez tel que je suis. Je ne sais pas comment c'est arrivé mais je ne peux même plus imaginer de passer une seule journée loin de votre présence. Sans vous, je ne suis plus rien. Je ne devrais pas le dire, mais vous perdre serait aussi terrible pour moi que de perdre Jamie. Il a besoin de moi, et moi, c'est de vous que j'ai besoin.

Il la soutint tandis qu'elle s'effondrait contre lui, sanglotant sur son épaule. Il n'avait plus qu'une envie, la ramener à la maison, lui ôter ses vêtements mouillés et la plonger dans une baignoire d'eau bien chaude, de préférence avec lui, puis lui faire l'amour encore et encore jusqu'à ce qu'elle admette la vérité – à savoir qu'elle était exactement la femme qu'il lui fallait. Elle se montrait parfois déraisonnable, mais pas au point de ne pas reconnaître cela s'il le lui prouvait par tous les moyens à sa disposition !

Mais pas dans la boue, peut-être…

Elle se calma enfin, s'essuyant les yeux avec un pan de la pèlerine maculée de Benneit.

— Me voilà propre, Benneit Lochmore ! De quoi ai-je l'air, hein ?

Il sourit, ôtant du bout du doigt une éclaboussure sous son œil avant de lui effleurer les lèvres d'un baiser.

— Cela vous apprendra à vous dérober, petit lutin. Je ne vous reproche pas de ne pas avoir cru en moi, je me suis montré si stupide ! Mais j'aimerais que vous ayez davantage foi en vous-même. Et en mon amour pour vous. Allons-y à présent. Jamie doit se ronger les sangs à l'idée que je ne vous ai peut-être pas rattrapée, et Mrs Merry et Beth ne me pardonneront pas de vous avoir tenue ainsi sous la pluie et d'avoir gâté une autre de vos robes. Je compte sur vous pour me sauver de tous ces assauts.

Ils regagnèrent la route en pataugeant et Ewan leur ouvrit la porte de la berline. Le visage fendu d'un large sourire, ce dernier s'abstint de tout commentaire pendant que Benneit aidait Jo à se hisser à l'intérieur. Lorsqu'elle fut installée, il posa un pied sur le marchepied et s'arrêta.

— Ewan, je vais encore vous demander un service. Regagnez le village avec Lochlear et allez trouver le père McManus. Comme j'ai essuyé un refus des McCrieff, je voudrais qu'il me dise quand je pourrai épouser Mrs Langdale.

Le sourire d'Ewan s'accentua encore.

— Connaissant McManus, je suis sûr qu'il répondra : « Aussi vite que possible ! » Il n'aime pas beaucoup les McCrieff et les villageois étaient partagés sur la possibilité d'un mariage entre un Lochmore et une McCrieff. Je crois qu'ils préféreront une Anglaise en fin de compte. Surtout cette Anglaise-ci !

— Nous voilà du même avis, Ewan, et je m'en réjouis. Si la cérémonie ne peut avoir lieu dès demain, alors cette semaine. Qu'il invoque une coutume locale ou un saint…

— Je lui dirai que vous avez sollicité la main de la dame à l'intérieur du cercle des Pierres Levées. Cela suffira amplement et vous connaissez McManus. Avec lui, la nouvelle aura tôt fait de se répandre comme une traînée de whisky.

Ewan enfourcha l'étalon, pendant que Benneit montait dans la voiture. Attirant Jo sur ses genoux, il l'enveloppa dans sa cape, en regrettant de ne pouvoir la serrer ainsi toute nue – Jo et rien d'autre. Ils grelottaient tous les deux, transis et boueux, mais Benneit rayonnait d'un tel bonheur qu'il ne sentait rien.

— Vous ne devriez pas faire cela, Benneit. Je ne veux pas causer de problèmes.

— C'est bien trop tard pour cela, *mo ghràdh*. Vous êtes un problème depuis l'instant où j'ai cédé à la demande de Lady Theale. Vous avez réduit ma cervelle en bouillie, ramené mon corps à l'âge des premiers émois, et comme si cela ne suffisait pas, vous m'avez rendu jaloux de mon propre fils. Donc cessez de vous inquiéter. McCrieff va recevoir un substantiel dédommagement en échange de ma liberté et il n'est pas dans son intérêt de soulever des difficultés. Quant aux villageois, ils sont déjà bien disposés à votre égard.

Mrs Merry et Beth se jetteraient au feu pour vous et leur parole a force de loi dans la contrée. Les habitants m'ont dans leurs petits papiers en ce moment, grâce au projet de distillerie et aux bonnes rentrées d'or qui vont en découler. Alors cessez de chercher la petite bête et occupez-vous plutôt de me réchauffer. J'ai dû galoper longtemps sous la pluie pour rattraper ma duchesse envolée.

— La couverture est là, répondit Jo, en désignant le plaid coloré plié sur la banquette d'en face.

— Ce n'était pas ce que je voulais dire, petit lutin, et vous le savez très bien, protesta Benneit.

Il n'en saisit pas moins la couverture et la drapa sur Jo. Avec précaution, il essuya ensuite le restant de boue qui maculait les joues empourprées de celle-ci.

— Je me rappelle ce premier jour, dans la berline, quand vous vous êtes blottie dans ce plaid et que j'ai tant désiré vous toucher. Je savais déjà que vous étiez un problème, mais je ne me doutais pas de ce qui m'attendait.

— Et si vous l'aviez su ?

Il sourit, traçant du bout du doigt le contour de ses lèvres douces et chaudes.

— Si je l'avais su ? Je n'aurais rien changé du tout. Pas même si nous avions dû nous séparer en fin de compte, pas même pour échapper à la souffrance qui en aurait découlé. Jamais je ne sous-estimerai le cadeau qui m'a été fait de pouvoir partager ma vie avec vous, Jo.

Il vit les yeux de cette dernière s'élargir, soudain brouillés de larmes, le gris-bleu autour de la prunelle plus visible qu'il ne l'avait jamais été. Elle lui prit la main pour l'enfouir sous la couverture, tout contre son cœur, les doigts enlacés aux siens.

— Ni moi, chuchota-t-elle. Vous ne savez pas à quel point je vous aime, Benneit.

— Dites-le-moi, alors !

Jo pouffa de rire.

— Je le ferai. Souvent. Vous finirez par me supplier de me taire.

Elle secoua la tête avant d'ajouter :

— Je ne remercierai jamais assez Tessa. Il faudra que nous fassions quelque chose pour elle, Benneit.

— Nous ferons notre possible pour qu'elle n'ait pas à souffrir de ce qui s'est passé. Dès notre retour.

— Nous allons quelque part ?

— Jamie et vous méritez un voyage. Ainsi, vous pourrez me torturer de nouveau en exhibant vos jambes sous vos jupes mouillées. Mais nous ne partirons pas trop longtemps. Je veux être de retour à temps pour vous faire l'amour dans le jardin pendant que la glycine est en fleur. À la Maison. Ma… *Notre* chambre vous plaira bien mieux que celle de Lochmore. Ses fenêtres donnent sur le jardin, on aperçoit la mer au loin et les couchers de soleil y sont encore plus spectaculaires qu'au château.

— Oserais-je vous avouer que je préfère déjà la Maison au château ?

— Nous pouvons y vivre, si vous voulez. Nous pouvons vivre dans un cottage au village, si vous voulez. Nous pouvons tout ce que vous voulez. Je préfère habiter un taudis boueux avec vous plutôt que Lochmore sans vous.

— Pas boueux, Benneit, s'il vous plaît. Je ne peux pas me permettre de ruiner encore d'autres robes.

Il glissa une main dans l'ouverture de la pelisse et s'arrêta net en découvrant ce que Jo portait dessous.

— Bon sang, Jo ! Je croyais que nous étions débarrassés de ces horreurs !

— Mrs Merry n'avait pas voulu donner celle-ci à la veuve Mac Manus, à cause des taches. Mais nous avons réussi à la nettoyer à peu près. Et en partant, je n'ai pas voulu…

— Vous avez voulu accomplir un geste très noble et complètement inutile, petit lutin tout hérissé d'épines.

— Ce n'était pas inutile à mes yeux… Benneit, arrêtez ! Vous ne pouvez pas faire cela ici !

Mais Benneit, imperturbable, continua à déboutonner la robe.

— Bien sûr que si, je peux et vais le faire. Cette robe ne franchira pas la grille du château.

Elle ne put s'empêcher de rire, pendant qu'il tirait sur l'une des manches.

— Vous êtes fou, Benneit !

— La faute à qui ? Soulevez un peu votre adorable postérieur, voulez-vous ? Là, c'est mieux.

La robe glissa par terre avec un sourd bruissement d'étoffe. D'un geste prompt, Benneit ouvrit la portière et jeta le vêtement dehors d'un coup de pied. Jo s'étouffait de rire tout en serrant la couverture autour d'elle.

— C'est malin. Je gèle à présent !

— Je vais vous réchauffer, promit-il.

Glissant une main sous le plaid, il la referma sur un sein palpitant, au galbe aussi parfait que dans ses rêves. Sous la mince chemise, il sentit la chaleur de sa peau et la pression d'un mamelon durci contre sa paume, rallumant dans son corps la flamme vivace du désir.

— Vous m'avez manqué, Jo.

— Il fait trop froid, protesta-t-elle sans conviction, tandis que le rire mourait dans sa gorge.

— Non. Répétez après moi : « Vous m'avez manqué. »

Elle exhala un soupir tremblant.

— Oui, vous m'avez manqué. Horriblement. Je veux que vous m'aimiez, Benneit. S'il vous plaît…

Elle s'empara de sa main pendant qu'il s'inclinait vers elle pour capturer sa bouche, inhalant dans une longue inspiration son doux parfum de roses printanières.

Pour la première fois de sa vie, il se sentait en paix avec le monde et avec lui-même.

— Ce sera toujours un plaisir pour moi de vous complaire, *mo chridhe*. Maintenant et jusqu'à la fin des temps…

Les Historiques

HARLEQUIN

Retrouvez en janvier,
dans votre collection

Les Historiques

À la merci du Viking, de Michelle Willingham - N°894

SÉRIE : LES GUERRIERS D'ODIN - TOME 1

Royaume de Maerr, Norvège, IXe siècle

Depuis la tragédie qui a coûté la vie à tous les membres de son clan ainsi qu'à son père, le roi Sigurd, Alarr n'a plus qu'une idée en tête : se venger de ceux qui ont perpétré ce terrible massacre. Et plus particulièrement de Feann de Killcobar, le guerrier irlandais qui a instigué l'attaque et laissé sa marque sur le corps d'Alarr lui-même. Pour accomplir sa vengeance, l'intrépide Viking s'introduit en Irlande avec la ferme intention d'enlever la fille adoptive de Feann, une jeune femme répondant au nom de Breanne. Mais rien ne le prépare à sa confrontation avec la flamboyante rousse : aussi belle que farouche, Breanne fait immédiatement vaciller toutes ses certitudes…

Les secrets du Highlander, de Nicole Locke - N°895

Écosse, XIIIe siècle

Ailsa est hors d'elle : son père, le chef Frederick McCrieff, a offert sa main en mariage à Rory Lochmore, héritier du clan ennemi du sien depuis des générations. Elle se fiche bien que cette union scelle la réconciliation entre leurs deux familles, il n'est pas question qu'elle se laisse traiter comme une vulgaire marchandise ! Encore moins qu'elle lie son destin à celui d'un inconnu ! Mais face à l'allure implacable de son futur époux, elle sent aussitôt sa détermination faiblir. Car dans les yeux étincelants de Rory, elle entrevoit la flamme naissante de la passion… ainsi que des secrets profondément enfouis. Des secrets qui impacteront sa vie à jamais…

Une lady en fuite, de Sarah Mallory - N°896

SÉRIE : SCANDALES EN ARISTOCRATIE - TOME 3

Angleterre, XIXe siècle

Afin d'échapper à un mariage forcé, Nancy a fui la demeure familiale et renoncé à sa vie d'aristocrate anglaise. Tant pis ! Elle préfère cent fois vivre sous une fausse identité et gagner sa vie en tant que cuisinière plutôt que d'être prisonnière d'une union sans amour. Mais un soir, alors qu'elle rentre chez elle après un séjour à Londres, elle trouve un homme blessé. Intriguée par ce lord aux traits mystérieux et virils qui prétend mener une mission secrète pour le compte de la Couronne, elle décide de lui venir en aide. Mais celui-ci la met en garde : en liant son destin au sien, elle compromet la vie paisible qu'elle s'était construite…

Le naufragé sans passé, d'Elisabeth Hobbes - N°897

Bretagne, XIVe siècle

Lorsque Jack ouvre les yeux, le souffle vient aussitôt à lui manquer : au-dessus de lui se tient une femme d'une beauté époustouflante. Une inconnue au visage délicat et aux lèvres si charnues qu'il rêverait d'embrasser. Seulement voilà, Jack ignore tout de cette dernière et de la raison pour laquelle il se trouve alité dans son château. Pis encore ! Il est incapable de se souvenir du moindre événement de sa vie passé. Et lorsque son hôte, la Blanche Tanet, lui révèle qu'il a réchappé de peu au naufrage d'un navire, il tombe des nues. Que lui est-il arrivé ? Et pourquoi a-t-il le pressentiment que la douce Blanche ne lui révèle pas toute la vérité ?

Trilogie intégrale « Les sœurs Shelley », de Louise Allen - N°898

France et Angleterre, XIXe siècle

Meg Shelley doit regagner l'Angleterre au plus vite. Aussi saisit-elle l'occasion d'embarquer à bord du Rose Falmouth, quand l'équipage sauve de la noyade un officier blessé – officier dont elle prétend aussitôt être l'épouse. Mais une fois face au ténébreux major Ross, Meg mesure les conséquences de son audace…

Enceinte d'un homme qui l'a séduite puis abandonnée, Bella Shelley n'a plus qu'une idée en tête : exiger réparation. Mais elle apprend vite que son séducteur a disparu. Son titre et ses terres sont désormais la propriété de son frère, Eliott Calne. Une surprise qui en cache une autre, car Eliott ordonne à Bella de l'épouser quand il découvre son secret…

Accusée à tort d'être une voleuse, Lina Shelley fuit Londres et se réfugie chez un ami de sa tante, l'honorable lord Dreycott. Mais voilà que ce dernier disparaît, léguant sa fortune à son neveu, Quinn Dreycott. Et le désarroi de Lina est à son comble lorsqu'elle fait la connaissance de Quinn, car le beau libertin ne semble pas s'encombrer de convenances…

Le secret d'Elise, de Carol Townend - N°899

SÉRIE : CHEVALIERS DES TERRES DE CHAMPAGNE - TOME 3

Champagne, 1 173

Lorsque Gauvain apprend qu'il est le père d'une petite fille, il peine à y croire. Pourquoi la belle Elise, avec qui il a eu une aventure brève et passionnée, ne lui a-t-elle rien dit ? À présent, elle se tient devant lui, affirmant qu'elle peut s'occuper seule de la petite Perle. Et dire que cette révélation tombe au moment même où on annonce les fiançailles de Gauvain avec dame Roxane, la pupille du roi ! En tant que comte, il sait qu'il doit tenir ses engagements et que les nobles n'épousent de toute façon pas les roturières. Mais comment pourrait-il s'unir à Roxane, quand il est déchiré entre les devoirs de son rang et ses responsabilités de père ? Et, surtout, quand le souvenir d'Elise ne cesse de le hanter ?

Réveillez la lady qui est en vous !

Composé et édité par HarperCollins France.

Achevé d'imprimer en octobre 2020.

CPi
BLACK PRINT

Barcelone

Dépôt légal : novembre 2020.

FSC
www.fsc.org
MIXTE
Papier issu de sources responsables
FSC® C108412

Pour limiter l'empreinte environnementale de ses livres, HarperCollins France s'engage à n'utiliser que du papier fabriqué à partir de bois provenant de forêts gérées durablement et de manière responsable.

Imprimé en Espagne.